W9-CHY-353

De esta agua no beberé

Margarita Posada Jaramillo

Barcelona•Bogotá•Buenos Aires•Caracas•Madrid•México D.F.•Montevideo•Quito•Santiago de Chile

Título original: De esta agua no beberé

1.ª edición: Abril 2005. Colombia

Kr 53a No 81-77. Bogotá D.C.
www.edicionesb.com
www.edicionesb.com.co
ISBN: 958-97405-9-6
Depósito legal hecho
Impreso por: Imprelibros S.A
Impreso en Colombia - Printed in Colombia

De esta agua no beberé

Margarita Posada Jaramillo

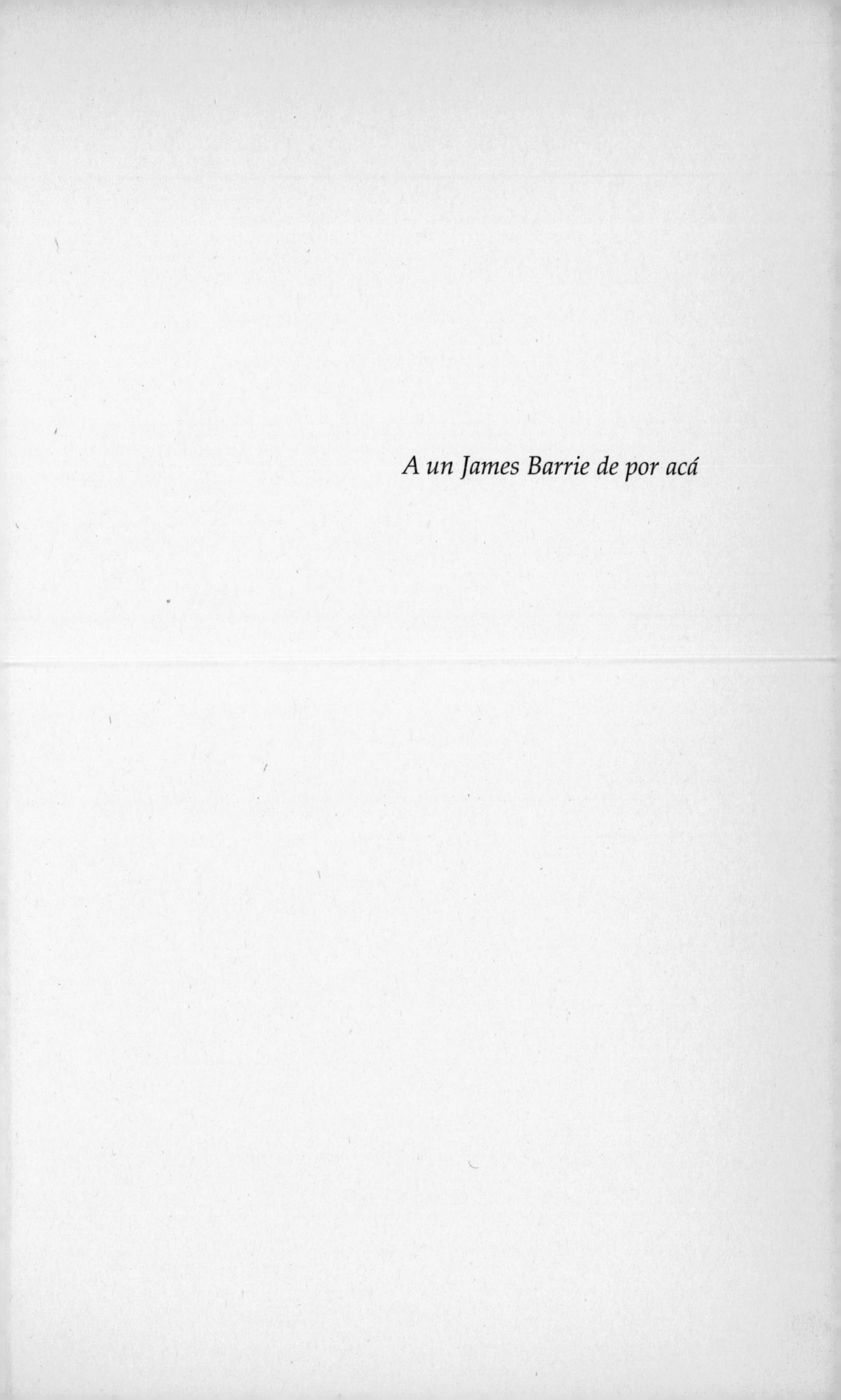

A un James Barrie de por acá

PRIMERA PARTE
APNEA ESTÁTICA

1

Era un espectáculo de admirar. Todos los gatos se enfilaban al borde de la vieja y honda piscina de piedra. Tu abuelo los llamaba uno a uno por su nombre y se iban tirando a la orden de tres. "Ambrosio, a la una, a las dos y a las tres", y el gato blanco con manchas negras saltaba como si fuera un alumno de natación. Pasaba por lo menos una vez al mes. Era impresionante. Nunca lo habías recordado, hasta que te acercas al borde de la piscina ya mareada por el efecto del Panadol y de los vinos. Tu cabeza da vueltas y te tambaleas de un lado al otro. Sólo se oye el ruido de las chicharras y de los sapos. No hay nadie en la finca. Oyes la voz de tu abuelo, una voz que nunca antes has oído. "Ana Cristina, a la una, a las dos y a las tres". Sientes el frío por tus huesos medio adormilados. Recuerdas una a una las veces en que te sumergiste en el agua con tus gafas y tu gorrito. Imaginas que estás nadando como solías hacerlo, pero tus extremidades no responden. Sientes que puedes aguantar la respiración hasta el infinito. Empiezas a imaginar lo que sucedería si Pedro el mayordomo te sacara del agua y te llevara en su moto hasta el centro de salud de Vistahermosa. Tus papás llegarían a buscarte preocupados. Tu papá muy diligente, tu mamá desencajada, pálida, no hablaría. Estudiarían tu caso más de tres psiquiatras. El primero diría que tienes un cuadro psicótico maníaco-depresivo bipolar que podría tratarse con altas dosis de litio y antidepresivos. Con la esperanza de que fuera falso, tu padre pediría que te tratara otro médico, y ese otro estimaría pertinente hacerte unos exámenes para determinar si tal vez tengas la corteza del cerebro inflamada por una meningitis viral desde hace un tiempo. Una vez hechos los exámenes, afirmarían que sí hay una ligera inflamación de las meninges, porque además aparecieron todos los síntomas: tuviste altibajos emocionales, estabas irritable y agresiva, no te concentrabas con facilidad y a veces te comportabas como una niña. Ahí estaría tu mamá para corroborarlo, con el dolor del alma. Sin embargo, ese médico tampoco descartaría el cuadro bipolar. Podrían esculcar en tu cabeza y analizar tus neuronas una a una, pero nunca podrían traspasar el umbral de tus sentimientos para entender a ciencia cierta qué te llevó al episodio del Panadol y la piscina. Si despertaras unos días después, balbucearías cosas completamente irracionales y hablarías de los enanitos verdes que se estaban comiendo tus uñas. Los médicos te examinarían exhaustivamente, hasta que tus papás, resignados, decidirían llevarte a una clínica psiquiátrica. Entonces querrías recordar, aunque irías acostumbrándote, hasta poder distinguir la gama de blancos: la pared, el piso, el vidrio esmerilado y los uniformes de la mujer de la pastilla. Todo estaría muy quieto. Ni el aire se movería. Sólo sentirías tu respiración, los pasos de personas que caminan con mucho cuidado, casi en puntillas, y muy de vez en cuando algunas voces nítidas y un par de palabras coherentes. Pero la mayoría del tiempo estarías absorta, ensimismada, embotada, embolatada. Habría una luz tenue, no tendrías una noción muy exacta del tiempo, los días se repetirían sin nada que los distinguiera. Una enfermera entraría tres veces al día a darte medicamentos y anunciaría la noche al destender tu cama, blanca también. Irías a dormir sumisa porque todo el tiempo tendrías sueño. Y al apagar la luz, el blanco desaparecería y todo adquiriría matices grises. Las sombras de las cosas volverían a ser. En ese momento tu cabeza trataría de reaccionar y recordar. Tomarías conciencia del efecto de la pastilla y querrías engañar a la enfermera, pero al otro día sería como si nunca lo hubieras pensado. Tu mano se llevaría la pastilla automáticamente a la boca y te la tragarías en un segundo. Y así, hasta que un día te diera una angustia incontenible y sintieras ganas de arañarla y de pegarle para llevarlo todo al límite. Entonces vendrían los hombres de los tapabocas y te agarrarían de los brazos. Gritarías desesperadamente.

Recuerdas los chillidos de los marranos cuando los matan y ¡puff! te quedas completamente aniquilada por un cansancio extremo. De pronto reaccionas y sales a flote. Te agarras del borde de la piscina y sacas medio cuerpo. No sientes ya ningún dolor. Tu cuerpo está anestesiado. Sólo esperas que cuando Pedro te encuentre algo pase. Que te saquen de la monotonía, que la vida adquiera algún tipo de sentido o que la muerte misma se lo dé. Que te expliquen por qué todo el mundo piensa que cuando crezca va a tenerla clara y cada día todo va desdibujándose más. Ahora que estás inconsciente todo parece una película en la que tú quieres ser la protagonista y el director lo único que ha tenido en cuenta para escogerte es que eres su amante *—no tiene talento, pero es muy buena moza—*, porque la verdad no crees tener el carisma suficiente para ser un personaje central. ¿Qué se necesitará para ser protagonista de una película, si hay que vivir experiencias fuertes o ser absolutamente *clueless,* tenerla clara o saber cero?, preguntaba La Toñi alguna vez... ¿Será que basta con que Pedro te encuentre?

2

Medio tanque de gasolina. Ana Cristina se pone un saco, coge sus cigarrillos de la mesa de noche con una mano y con la otra *volea* las llaves del carro. Chico Migraña la mira con cara de tristeza. Ese sonido ya predice su ausencia. No puede vivir sin ella. Siempre que la ve llegar se pone eufórico, no le cabe la alegría en el cuerpo, salta, chilla, y ella lo saluda cariñosamente. Cuando se distrae finalmente y termina ese saludo largo, que es más emotivo que cualquiera de los que le da a algún miembro de su familia, él le mueve el brazo con su hocico para que lo consienta y, si ella se duerme, la mira insistentemente, revisa cada uno de sus movimientos y parpadea al son de su respiración.

Volea las llaves y Chico Migraña la mira como si se fuera a desmayar —quién habrá visto alguna vez a un perro desmayarse, privarse—. Hay diecisiete cigarrillos de los veinte que reposaban en la cajetilla que anoche compró. Mientras calienta el carro, él la mira desde una ventana. Ana Cristina no oye sus chillidos, pero sabe que llora cada vez que ella se va y se sume en una profunda tristeza durante un rato, hasta que llega su sobrino y lo distrae. Chico Migraña está enamorado de Ana Cristina, dice su mamá.

A dos cuadras y media de su casa vive otro perro enamorado de su dueña y, mientras Ana Cristina calienta su carro y Chico Migraña la mira con tristeza, esa desconocida sale corriendo sin darse cuenta de que dejó mal cerrada la puerta y su perro enamorado sale detrás. Un camión que lleva unos marranos apretados lo atropella. Se devuelve malherido a la acera y allí agoniza con la imagen de su dueña de ojos grandes que ha desaparecido minutos antes entre el humo y los pitos de los carros. El perro no sabe que no es ella la que ha desaparecido, sino él.

Arranca por fin Ana Cristina, prende el radio. Va ensimismada y andar por ahí sin tener rumbo fijo la tranquiliza, la hace olvidarse de todo lo que pasó con Miguel, que en ese preciso instante está en un salón de clases con una alumna que le entrega un *quiz* y lo mira fijamente a los ojos como si fuera ya una mujer, mientras él controla la sangre en su cuerpo y se atreve a imaginarla en su cama por un segundo. Ana Cristina anda y anda. Pone un disco de Coldplay y trata de cantar con ese mismo gallo de Chris Martin, que más que desafinado parece perfecto. Y *singing pleaaaase pleaaaaase pleaaaase, come on and sing it ooout, to me, to meeeeee,* las nubes pasan por las ventanas del carro como en las películas, el sol la encandelilla, y luego una sombra le endurece las facciones. Ana Cristina nunca piensa en su perro, ni tampoco su vecina, que camina afanada mientras el pastor se muere y Miguel se imagina en la cama a su alumna.

La vida de un perro es cualquier cosa. En cambio la muerte de ese perro enamorado hará muy triste a la mujer de ojos grandes, que sólo lo sabrá cuando vuelva, tres horas más tarde. Por ahora, nadie lo extrañará y Ana Cristina seguirá andando y cantando y olvidando, hasta que su celular suene y un número extraño le quite los ojos de la calle. Es Silvia desde París. Su niño llora y grita mientras ella intenta tener una conversación hilada con Ana Cristina, a quien le brillan los ojos al oír la voz de su amiga. Cada palabra se repite por el eco y sus variaciones suenan sincopadas. Ana Cristina piensa en lo bonito que es tener a una aliada viviendo en su futuro, siete horas adelante de ella. En su presente son poco más de las dos de la tarde, mientras que en París ya ha anochecido. Al lado de Silvia y su niño llorando está un *clochard* borracho que vocifera en un francés de letra pegada. Parece lleno de melancolía y de rabia. Escupe el vino tinto con fuerza y algunas gotas alcanzan una de las mangas de Silvia, que alza a su hijo llorón mientras se trata de acomodar el auricular entre la cabeza y el hombro. La conversación no tiene ningún tipo de trascendencia. Está colmada de "cómo estás tú" y de frases entrecortadas por la velocidad del sonido, pero es bonito oír a Silvia, aún cuando no se digan nada. Cuando cuelga y sigue andando se imagina lo terrible que sería tener que aguantar el llanto de ese niño en cualquier estación, en cualquier ciudad. Luego se distrae con otra canción de Coldplay: *"I had to fiiiind you, tell you I neeeeed you, oh let´s go baaack to the staaaaart"*. No. Esa canción no la deja estar tranquila, es la que le puso a Miguel en el contestador un mes atrás. Ya ni siquiera se trata de que la letra la ponga triste, es más bien una cuestión de orgullo… ¿cómo pudo hacer eso, cómo pudo llamar a poner canciones en un contestador? *Stop.* Radio. Radio mal sintonizado. Cualquier canción horrorosa y a unos volúmenes insoportables. El semáforo en rojo y un sol sofocante, así que Ana Cristina se quita el saco y cuando sale del enredo con el cinturón de seguridad descubre unos ojos saltones mirándola desde otra ventana. Cuando sus ojos se encuentran con los del tipo, él se pone unas gafas oscuras y le sube el volumen al radio. Por entre las ventanas se oye una canción de esas que bailan en los *after parties.* Nada refinado, nada *avant garde*: puro bacalao. Ana Cristina desvía la mirada y cierra su ventana para evadir el espantoso ruido que emite el carro del de los ojos saltones. El tipo arranca como si estuviera en una carrera de la Fórmula 1 y dos cuadras más adelante se estrella con un alemán furioso que iba para el Instituto Goethe y se baja de su Volkswagen a gritar como un nazi.

Ana Cristina cambia el disco de *Coldplay* por uno de... no sabe qué poner y está maniobrando con la otra mano para poder arrancar medianamente rápido y que el taxi de atrás deje de pitar. Finalmente decide poner una canción de U2 que la describe a la perfección: *"you´re an accident waiting to happen, you´re a piece of glass left there on the beach...* y más adelante: *who´s gonna ride your wild horses, who´s gonna drawn in your blue sea?".* Quién, Anacrista, quién va a soportar tus pataletas, tus leyes, tus euforias, tus trasnochadas y tus lágrimas repentinas. Ya vendrá alguien, piensa mientras decide remitir esas preguntas al buzón de correspondencia que está prohibido abrir. Una vez más, Miguel, persistente, metido en su cabeza, cantándole una a una las frases de esa canción que la enfrenta a sí misma y que no la deja perdonarse el hecho de haber rechazado varias veces los desayunos que él le preparaba con amor por alguna de sus pataletas. Recuerda con angustia el día en que rompió la cáscara de un huevo sobre el borde del mesón de la cocina, y cuando lo echó a freír en la cacerola un pollo a medio gestarse inundó de rojo la clara. Dio un alarido y Miguel llegó corriendo. Ella se tiró al piso y lloró inconsolablemente hasta que se quedó dormida otra vez. "Me aguantaba, eso era lo que hacía el pobrecito. Y yo como una madrastra, no me mojes mi toalla, ponte esta camisa, tienes el zapato desamarrado, mañana te recojo en punto, tienes que estar en punto y dame el primer cuadernillo del periódico que es el más importante y tengo que leerlo, pero ráscame la espalda un ratico más, y vamos a hacer una fiesta en la casa, pero no fumes marihuana, pero yo sí, hoy sí quiero, y mírame a los ojos que te quiero, y por qué estás tan raro, definitivamente tú y yo no tenemos nada que hacer juntos, pero ven acá que estoy muy arrecha y más bien sé cariñoso, que tampoco somos animales, pero no siento que estés del todo conmigo, te quiero, eres un rinoceronte bebé, pero cómo se me ocurren esas cursilerías, hazte a un ladito que estoy acalorada, pero estás como si hubiéramos partido cobijas, mañana te recojo en punto".

Empieza a hacer frío en Bogotá. Ana Cristina cierra su ventana, deja atrás el pollo de la cacerola y un ruido fuerte y estruendoso, acompañado de un salto de *rally,* la deja sin aliento. Se preocupa porque el hueco era grande, muy grande y el carro sonó como raro, pero sigue su camino hacia ninguna parte. Con el frío ya no se pueden disipar las tristezas. ¿Tristezas de qué, Ana Cristina, de qué? Si te sabes culpable de lo que pasó con Miguel, tristeza por qué. Inevitable que después de seis años todo lo que pasa por tu mente sea un punto de encuentro con él. Pero ya no está, se fue. En este momento Miguel se dispone a grabar en el celular el teléfono de su alumna, la del *quiz*, y está con el dedo índice justo encima del número dos, pero no se atreve a marcarlo por eso de la ética profesional. No es que piense en ti, Anacrista. No es que le importe lo que tú puedas pensar o sentir. Para él ya están lejos los días en que su felicidad dependía de tu estado emocional. Ya no son importantes tus curvas, sino las de su Fender Telecaster y su alumna con las tetas recién nacidas. Así que sigue tu camino, aunque no vayas a ninguna parte. No te queda más remedio que andar.

Se queda estupefacta ante las paredes blancas de un hospital. ¿Cuánta gente estará muriendo en ese instante, cuánta naciendo? La muerte... esa palabra. Muriendo, esa conjugación tan dramática, tan fuera de la realidad. Llamar a una casa y que alguien diga "murió". Así, verbo con sujeto tácito o qué sabe ella, pero que digan "murió". No "se murió" ni "está muerta", sino "murió". Qué patético. De pronto alguien pasa la calle entre los carros que zumban y Ana Cristina tiene que frenar para no atropellar a ese hombre de unos cuarenta y cinco años que sale del hospital completamente abstraído. Su ex esposa acaba de morir en el quirófano poco después de que el médico empezara a practicarle una lipoescultura. Y unos corredores más allá, una enfermera compra tres *croissants* y una empanada en la cafetería y se atiborra, mientras lee una revista de farándula y hace roña hasta tomar su turno.

¿Ha pensado en morirse? No. Sólo en lo que los demás sentirían si ella se muriera. Cada vez que retoma la idea, se imagina su entierro lleno de personas que no ve hace mucho tiempo y deja a un lado la escena cuando por fin, después de recorrer las caras de todos los que asisten, llega a los ojos de su má y se imagina a Chico Migraña solo en la casa, acostado al lado de su cama. Es por culpa de ellos dos que no logra llegar hasta su cadáver en esa cámara subjetiva que la pasea por la sala de velación. Y tampoco ha logrado decidir cómo moriría, porque no le gustaría que doliera, pero quisiera que su muerte dejara una imagen impactante. Alguna vez hizo un *filminuto* mudo para la universidad en el que ella misma era la actriz y se cortaba las venas en calzones blancos y una camisetica blanca de manga sisa, en una tina blanca llena de margaritas blancas. Todo blanco. Y la sangre era alguna anilina medio fucsia que después fue imposible quitar de sus calzones. Pero no… eso era cuando todavía estaba en la universidad y no se había cambiado de artes visuales a ciencias políticas. Ahora tal vez preferiría algo menos estético, menos cursi. Alguna vez Miguel habló de unas pastillas que se llamaban Panadol y le contó que había compuesto una canción con su amigo Britto que se llamaba así, justo días antes de que ella volviera a su casa con el rabo entre las piernas a pedirle que volvieran. *Pan*, todo. *Dol*, ¿dolor? La respuesta a todos los dolores: Panadol, Panadol, Panadol. De tanto repetir la palabra empieza a perder todo el sentido y

Ana Cristina inclusive llega a olvidar que se trata de unas pastillas y que está pensando en su muerte. La muerte… esa palabra. Esa y otras palabras. Fantasmagórico, polipropileno, intemperie, mariposa, ensimismamiento, liviandad, irreductible, pistilo. Suenan bonito, como cuando se imagina a Miguel tocando la Fender en su entierro y todo el mundo llorando. "Digo, todo el mundo no, sino los que me quieren y por cada dos personas que lloren habrá unas cinco con los ojos encima de esos dos, llenas de morbo. Y el aire espeso, como arequipe. No faltará quien levante la tapa para verme pálida, tal vez con algunas heridas remendadas. Murió. Qué patético".

Se está acabando la gasolina y la luz de las cinco de la tarde lo vuelve todo borroso, casi imperceptible. Canta Martirio en el Gol azul policromado de Ana Cristina: *"Ay cuánta falta me haz hecho estas nochez de pena inzesshshaaaaante, cuántas cozas se pierden en una semaaaaaaaana sin ti. Pero a vezes quiziera volver a zentirte taaan leeeejos, porque nunca te tuve tan zerca de miiiii"*. Piensa en Miguel, que ya se arriesgó a marcar el número de su alumna y en este momento se está amarrando los zapatos para llevarla a un café de Usaquén, pero al agacharse ha sentido un hedor que viene del tapete. Se arrodilla, toca con pequeños golpecitos la zona que le huele mal y descubre un charco amarillento y poco notorio, pero asqueroso. Es, seguro, algún experimento de David, su *roommate,* que anda haciendo abonos orgánicos a partir de hígados de pescado, cáscaras de langostinos y deshechos de tortuga para sembrar tomates a las afueras de la ciudad. La mezcla estuvo bien, pero David olvidó que sobre la tapa del balde había que poner una piedra para hacerle contrapeso a los gases que surgen de todas esas porquerías revueltas que se fermentan. Ya arreglará David lo del olor fumándose un porro, al tiempo que una arepa que puso en el fogón hace quince minutos se achicharra en un acto de solidaridad con sus neuronas. Miguel se pone la chaqueta que le regaló Ana Cristina y al cerrar la puerta una arañita de la buena suerte baja por su telaraña.

3

Ya está de vuelta en su casa, pero no se baja del carro hasta que termine esa canción que nunca ha podido tener entre sus discos. Siempre aparece de la nada, en una emisora que acaba de sintonizar. *"The very thought of youuuu makes, my heaaart sing like an april breeze in the winds of spriiiing... the touch of your hand is like heaven, a heaven that I´ve never known, the blush on your cheek whenever I speak, tells me that you are myyyyyyy loooove... You fill my eager heart with such desire, every kiss you give, sets my soul on fire, I give myself in sweet surrender, my one and only love"*. Las mismas palabras susurradas por Sting que traen de vuelta esas imágenes de *Leaving Las Vegas* están sonando en el carro de Miguel, que espera a que la Lolita de tetas recién nacidas salga por fin liberada de su uniforme. Y a media cuadra del lugar se ve un tipo flaco, desgarbado y pálido corriendo y buscándose las llaves de su casa entre el bolsillo. Miguel se queda mirándolo cuando la alumna le hace *toc, toc* por la ventana y entonces él se reincorpora, le abre y arrancan. El flacuchento al fin logra entrar en su casa y sube corriendo las escaleras hasta alcanzar el baño de sus papás, en donde se sienta plácidamente y se deshace de una vez por todas de eso que se revolvía en su intestino y que estaba a punto de causarle la muerte súbita en medio de la calle. "Pura mierda", piensa el tipo.

Acaba la canción. Se baja Ana Cristina y Migraña ya la espera, acelerado, desde la ventana. Ella lo mira desde lejos y se le hace un nudo en la garganta. Es producto de esa relación eterna y no ha podido desligarse del recuerdo:

Ana Cristina + Miguel = felicidad = perro

Ana Cristina – Miguel = perro con trauma psicológico de hijo abandonado

Perro – Ana Cristina = perro triste acostado al lado de su cama.

Tiene nombre, sí. Ana Cristina trata de olvidarlo para no sentirse tan amarrada, tan responsable. Chico Migraña es un weimaraner plateado con ojos tristes y actitud muy noble. El nombre fue escogido precisamente para que sonara irónico, porque Chico Migraña casi siempre está feliz. No es que no tenga personalidad, sino que es chavo, miembro de la familia Flanders. Pensar en que alguien dependa verdaderamente de ella le genera un pánico aterrador. Igual le dice cosas hermosas al oído cuando abre la puerta y al Chico Migraña le brillan los ojos y mira hacia el horizonte concentrado en la voz de ella, "mi perrito plateado, mi perro flaco, hermoso perro flaco de ojos clariticos, cómo le fue esta mañana sin mí, perruno de mi vida", hasta que una pulga glotona lo muerde en la entrepierna y él tiene que hacer un esfuerzo para no tirarse al piso a buscar entre su pelo corto y brillante a la maldita esa.

La sangre es alimento de pulgas y vampiros. Ya en la

noche, Ana Cristina duerme en su finca y se arrulla con el susurro de los murciélagos que conversan entre el cielorraso y el techo. Una vez se duerme, las raticas voladoras salen de su hacinamiento y buscan las ventanas para vivir sus vidas de noche. Cree que salen a succionar vacas y caballos dormidos, pero en realidad comen mangos y guayabas. Por la mañana ella se levanta, mira todos los muebles viejos (algunos con gorgojo) y trata de imaginarse a su abuelo dormido en la cama de al lado, juntando todas las piezas de un rompecabezas que ha ido armando a punta de testimonios de otros que sí lo conocieron. Hace treinta años, ese señor estaba acostado día y noche, como le cuenta su mamá cada vez que habla de él: "Debajo de su cama sólo había un par de pantuflas viejas, una mica y una botella de brandy, que siempre reemplazaba por otra cuando estaba a punto de acabarse. Los únicos que podían entrar sin permiso en su cuarto eran los seis pastores alemanes albinos que desayunaban con él sentados en la mesa del comedor y tu hermano, que por esa época debía tener unos cinco años". El abuelo no hablaba mucho y el ambiente estaba atiborrado con tufo de alcohol. A nadie le gustaba permanecer mucho tiempo ahí adentro.

No hace mucho sol en su finca. Una, dos, tres nubes. Otra gigante que vale por siete. Se pone el vestido de baño por si sale el sol, una camiseta vieja que adora y unas abuelitas negras que compró hace mucho en el pueblo. Coge un palo que hace las veces de bastón y sale por el camino de piedras hasta encontrar la carrilera vieja y en desuso que la llevará a un pueblo desolado en donde venden *bon bom bunes* de uva viejos, de los que se muerden y se hacen melcocha en la boca. A un lado de la carrilera hay unos hombres jugando tejo. También un gallo persiguiendo a unas gallinas que caminan como si tuvieran retraso. Ana Cristina se concentra en los avichuchos, hasta que una mecha totea y desvía su mirada hacia un tipo que se tambalea sentado en un petaco de cervezas al revés. Cuando el sol se ponga, este campesino maloliente de manos grandes y ásperas va a llegar a su casa y encontrará a su mujer bañándose. *Jincho de la perra* la cogerá del pelo y golpeará su rostro contra el cemento improvisado de la ducha porque "quién sabe qué estaba haciendo y con quién". Un chorro de sangre va a mezclarse con el agua, pero al otro día, con todo y el ojo negro, María le preparará una changüita a su marido, que estará pudriéndose del guayabo.

Con la boca morada por el *bon bom bum* viejo que se pega entre los dientes, Ana Cristina se devuelve por la misma carrilera por la que solía tirarse en un carrito de balineras con su primo Mariano, que años más tarde resultó decidiéndose por los hombres y que en este momento está en un *loft* gigante en Chelsea, intercambiando un anillo idéntico con sus más preciados amigos, entre los que se encuentra Deborah Harry, esa cantante famosa de los ochenta que a ella se le viene a la mente porque sí. Ya pasando el portón de su finca, tararea: *"Mariiiiaa, you´ve got to see her, go insane and off of your mind"*. Mariano dice unas palabras con el anillo ya puesto en su anular izquierdo y luego besa a Joe y a los demás participantes del pacto. Después de unas cuantas rondas de Moët et Chandon en botellitas personalizadas con pitillo, Mariano y su novio se despiden, pues al otro día por la mañana partirán en su barco hacia las islas Galápagos con el papá de Joe, que tiene unos setenta y tres años, y su esposa Melissa, una modelo de *Playboy*, que tiene treinta y dos.

Allá en Nueva York también está Felipe, el hermano menor de Miguel, aunque no sabe dónde está parado por la sobredosis de heroína que acaba de inyectarse. Se arrastra por el andén de un callejón lleno de *grafittis "get a grip", "fuck Britney", "viva Colombia"*, basuras, gatos, dementes, entes. Muchas horas después, sin saber cómo, despierta en Jackson Heights, en la casa de una inmigrante colombiana muy humilde que le pide un número de teléfono para llamar a alguien de su familia. "No tengo familia, todos están muertos", responde Felipe.

La mamá está desesperada. Esa angustia por su hijo menor la hace ponerse hermética, dura, insoportable con los demás. Su marido va al baño, se toma el Prozac y se mira al espejo con ojos tristes. Todo lo que ha hecho en su vida es trabajar y criar hijos. Después de su jubilación esperaba encontrar la paz al lado de su mujer en Puerto Rico, pero fue entonces cuando Felipe empezó a jalarle a las drogas: fin de la paz. Sale del baño y coge el teléfono instintivamente. Marca varios números. Al otro lado se oye la voz de Miguel, que va hacia un café de Usaquén con la alumna sin uniforme.

—Se perdió, Miguel. Tu hermano volvió a perderse…

—¿Pero cómo así, pá, no me dijiste que estaba súper bien hace unos días?

—Sí, pero se perdió. No lo encuentran.

La alumna mira confundida la expresión de angustia de Miguel que cuelga de un momento a otro y retoma la sonrisa, esta vez impregnada de hipocresía. Ella no sabe, nunca sabrá el dolor que le causa a Miguel saber que su hermano está en la mala, sencillamente porque nunca más volverán a verse. Al papá de la Lolita lo van a amenazar y toda la familia tendrá que salir del país en cuestión de horas. Lástima, ¿no?: la alumna se convertirá en una gorda mofletuda después de pocos meses de haber llegado a Miami, debido a las inclemencias de las comidas rápidas.

4

"She walks like she don´t care smoooooth as silk, cool as airrr. Oooh it makes you wanna' cryyyy". Llega a la finca de su paseo por la carrilera y justo entonces sale el poco sol que queda. No se ha perdido el tiempo con lo del vestido de baño. Busca una toalla, se va a la piscina y mete un pie en el agua haciendo un movimiento de bailarina que la reafirma en su belleza. El agua está helada, pero la llama. Su paz viene del agua, el agua es su psiquiatra, su Advil. De todas las formas que conoce para nadar, su preferida es la que hacía cuando era chiquita, que no consiste en nadar, sino en saltar entrando y saliendo del agua hasta llegar al otro lado. Pero desde que se inscribió en una piscina pública ha aprendido varios estilos y ha conocido a varios hombres. Al principio iba a nadar con Miguel, pero él se aburrió de que un grupo de homosexuales lo espiara en el *vestier* mientras se bañaba. Entonces Ana Cristina comenzó a ir sola y ahí fue cuando conoció a Juan Antonio, un tipo de gafas Speedo negras y gorrito de caucho azul cielo, que salió del agua, se le acercó jadeando y le dijo:

—Ese viejo que está nadando en el carril de al lado es asqueroso. Fíjese que cuando quiere desempañar las gafas, se las quita y las escupe. Y después, como si nada, las enjuaga en el agua en la que todos nadamos.

—Mmm... —respondió Ana Cristina como desinteresada en el tema—. Qué asco.

—El súper atuendo de natación no nos dejaría reconocernos si nos viéramos en la calle. ¿Qué hace?

—Yo soy actriz porno ¿y usted?

—Soy artista y me interesa encontrar a una actriz porno para mi próxima obra, ¿se le mide? —contestó entre carcajadas que se hicieron insoportables por la acústica del lugar.

Ana Cristina se sumergió, aguantó la respiración hasta la mitad de la piscina y terminó el resto de pecho. Él se quedó al otro lado y esperó a que volviera. Ella se puso seria y le dijo:

—No me interesa tanto. ¿Pero cuándo es su próxima exposición?

—Yo a usted la conozco, estoy seguro. Detrás de esas gafas aguamarina hay algo que yo ya he visto.

—¡Qué lora! Nade más bien, que a eso vinimos —dijo Ana Cristina y se fue nadando de espaldas.

En el turco se encontraron nuevamente y él le dijo que habría podido jurar que ella tenía el pelo más largo. Efectivamente, Ana Cristina se lo había cortado dos semanas atrás, pero no se lo dejó saber. La conversación se centró en la exposición que Juan Antonio iba a inaugurar esa noche en una galería cerca del apartamento de Ana Cristina.

—Sí, sí sé cuál es la galería. Ellos son los galeristas de un amigo, que también se cree artista como usted —dijo manteniendo el mismo tono distante que no encajaba en el cuadro que resulta de conversar con un extraño en paños menores.

—¿Ah, sí?, ¿cómo se llama su amigo?, ¿por qué no va esta noche? Podemos conocernos más vestidos y me puede contar a qué se dedica de verdad.

—Se llama Diego, mi amigo. Y yo no creo que pueda ir, pero voy a intentarlo —dijo ella terminando con el diálogo y sumergiéndose una vez más en el agua.

Esa noche, en la Galería Lerí Leró, Juan Antonio se emborrachó con vino tinto en copa de plástico. Había unas ochenta personas, muchas de ellas escondiéndose detrás de gafas, mochilas arhuacas y *jeans* viejos, todas prendas dignas del artista incomprendido. ¿La obra? Unas pantallas de televisor empotradas en las paredes con diferentes imágenes de bocas hablando, o modulando más bien, pues no había sonido. Nada especial dirían unos, mientras otros sostendrían con ahínco que este era el artista más prometedor que habían conocido en los últimos años. Cuando Juan Antonio vio entrar a Ana Cristina, se *bogó* la quinta copa de vino y se acercó a hablarle. No era ella, pero se parecía mucho a esa sirena de gorro morado y gafas aguamarina. Era Isabel, que un par de años después se convirtió en la madre del primer hijo de Juan Antonio. *"Ahí va la serpienn-te de tierra calienn-te, que cuando se ríe se le ven los dienn-tes, uy si está demenn-te, critica la genn-te, porque come pláá-tanos con aguardienn-teee"*. Esa sería la canción preferida del bebé de Isabel y Juan Antonio y esa es precisamente una de las favoritas de Ana Cristina. La canta desde que era niña y hace mucho no se acordaba de ella, hasta que su sobrino se dedicó a pedirla repetitivamente durante un mes entero. *"La serpiennn-te un dí-aaaa, se fue a tierra frí-aaa, a comprarse zapaaa-tos a la zapaterí-aaaa, pero ¡ay qué tristeeee-za y qué amarga sorpreeeee-sa, como no tiene pataaaas, no se los pudo comprar!"*. Su sobrino se tambalea como si estuviera borracho y saca los *dientes* cada vez que dice esa palabra. Todos los niños de esa edad parecen borrachos. Nunca tienen equilibrio suficiente para poner firmes sus pies en la tierra y hablan incoherencias la mayor parte del día. Tiene tres años y un temperamento de viejito que no puede con él. Habla solo y está incursionando en el tradicional arte infantil de inventarse chistes y contarlos a carcajadas: "Entonces el señor pasó la calle y jajajaja, le dijo popó al perro y el perro cayó aplastado y jajajajaja, dijo pipí y jajajajaa". Cuando nació, Ana Cristina estaba en la clínica y era su ginecólogo el que recibía el parto. Su cuñada estaba sentada en una silla de ruedas con cara de cólico multiplicada por tres y su hermano pálido con la angustia en una mano y la felicidad en la otra. Se la llevaron por un corredor amplio. A las cuatro horas la llamó su ginecólogo con un tapabocas y un bebé recién nacido en las manos, desde una puerta de vaivén con ventanita. Ana Cristina lo miró y le causó mucha impresión pensar que *eso* era lo que tenía su cuñada en la barriga. Hizo cara de asombro, más que de ternura. "Es un toro", dijo su mamá y a ella le pareció que era un insulto, no un piropo. Todo lo que está asociado con la palabra grande le parece ofensivo y no soporta que cuando se mide ropa en un almacén y algo no le queda, la vendedora muy confianzudita le diga: "Tú no eres gorda, sino grande". La palabra grande cobra unas dimensiones paquidérmicas y siente ganas de matar, de aplastar. Pero eso fue lo que dijo su mamá del pelao, que parecía un torito, qué lobera.

Miguel no existía en la vida de Ana Cristina cuando Daniel nació. Estaba estudiando literatura en Filadelfia en ese entonces y compartía sus días con una argentina de nombre Violeta, que le lamía el cuello por las noches y lo convidaba a mate por las tardes. Una de esas tardes ella decidió que no quería más a Miguel. Violeta la villana. Cada vez que Miguel abría su boca para opinar sobre tal o cuál cosa, ella le decía con su acento prepotente: "Vos no sabés nada de esto, Miguel. Mejor calláte y dejános mantener el nivel de esta conversación". Después de varios días de discusiones y peleas, ella lo invitó a pasar por su apartamento. Miguel entró y había varias personas fumando hachís y oyendo a Leonard Cohen. No sabía que hubiera una fiesta, pero saludó amablemente y, mientras buscaba a Violeta con la mirada, se fumó unos cuantos *plums*. Violeta no estaba en la sala, no estaba en la cocina. Caminó por el *hall* hasta llegar a la puerta del cuarto, que estaba entreabierta. Cuando la empujó, encontró a Violeta sin ropa debajo de Flavia, su mejor amiga, que le besaba las tetas apasionadamente. Por varios minutos la amiga no se percató de su presencia. Miguel se excitó, pensó que podía participar del juego y entonces hizo un gesto de acercamiento con el cuerpo cuando Flavia levantó la cabeza por entre los pechos de Violeta.

—¿Qué hacen? —dijo Miguel ya un poco aturdido por el hachís. Un silencio interminable inundó el aire tibio de la habitación. Violeta se incorporó, le metió la lengua en una oreja a Flavia y se quedó mirando a Miguel, que esperaba atento la invitación a participar.

—¿Quieres meterte con nosotras, Migue? —dijo Violeta burlona—. Pues dejáme decirte que no lo hago por complacerte. Nada tiene que ver con tus fantasías sexuales. Sos un pobre estúpido. Este rollo con Flavia va en serio. Yo a vos no te quiero y tu pene nunca me hizo sentir ni cosquillas.

La cabeza de Miguel pesaba por lo menos dos toneladas en ese momento. Seguía pensando que tal vez era un chiste (por lo de pene), pero la cabeza pesaba más cada vez y por un momento vio todo borroso. Volvió a enfocar cuando Flavia soltó una carcajada y le gritó "andáte". Él salió del apartamento hacia su casa y lloró un poco. Luego recordó que la única vez que había llorado mucho había sido a los doce años por un golpe que Felipe le dio con un bate, en su antigua casa a las afueras de Bogotá. Felipe tenía ocho. Las botas Machita con suela amarilla eran una imagen imborrable en su mente. Sin ellas no era nadie. Cuando llegó del colegio vio a su hermanito con las botas puestas y ahí empezó todo. Desde el momento en que Felipe cogió el bate y se le inundaron los ojos de odio, Miguel comprendió que su hermano iba a estar siempre lleno de rabia.

Su mamá se levantaba a las once de la mañana. No hablaba con nadie. Se quedaba en su cuarto hasta la hora del almuerzo o más, pues generalmente pedía que Magda le subiera la comida. Se bañaba como a las dos o tres de la tarde. Cuando Miguel llegaba del colegio todo parecía normal. Su mamá estaba en la sala con un par de amigas tomándose unos tragos y el pequeño Felipe andaba por los jardines matando sapos con la punta de un palo que hacía las veces de arpón, o cazando caracoles para trasladarlos a un hotel de lujo en la cocina: la mata preferida de su madre. Así crecía su hermano: entre sapos, caracoles y la indiferencia de su madre, que no se le acercaba ni por casualidad. Estaba sumida en una profunda depresión que no la dejaba ejercer su maternidad. Ella, que a los veintitrés había asumido la tarea de educar a dos niños huérfanos, producto del primer matrimonio de su marido, y que luego se había aventurado a ser madre de otros cuatro, no pudo con el último de su camada. Le compraba lo que pidiera, eso sí. No había nada que Felipe no tuviera, excepto una persona con quién hablar diferente a la muchacha, que prácticamente lo crió en su ley. Después preguntan por qué será que toda esa generación se muere por la música para planchar y se sabe todas las letras. Después preguntan que por qué saben quién era Topacio o Leonela o Cristal, si apenas estaban aprendiendo a montar en bicicleta. Son miles de muchachitos criados por las muchachas, casi siempre mucho más cariñosas que sus incorruptibles mamás de joyas brillantísimas y cuerpos esbeltos, aunque hay variaciones. En este caso, la depresión.

"No me puedo parar, no sé qué ponerme, mi vida es perfecta y yo aquí triste. El chofer esperándome para llevarme al club a jugar *bridge* y de paso a que Felipe esté con otros niños de su edad, y yo no me puedo parar. ¿Qué quería ser yo cuando estaba en Puerto Rico, quién era, por qué ahora soy una señora sumisa con posiciones políticamente correctas, por qué ya no siento que soy implacable, qué es esto, dónde está mi vida?", pensaba la señora Santamaría mientras Cristal lloraba en la pantalla del televisor y Felipe se regocijaba porque los caracoles habían acabado con la mata de su mamá.

Magda, la muchacha, era una mujer trabajadora y sumisa. Durante el día se dedicaba a complacer a la señora, que le pedía cosas tan ridículas como que le alcanzara el control del televisor, a pocos metros de ella. También ayudaba en las múltiples recepciones, comidas y cocteles que se organizaban en la casa de los Santamaría, para llegar por la noche a complacer a su marido, un holgazán bueno para nada, que supuestamente arreglaba los jardines y le daba de comer a los perros. A pesar de lo mucho que la señora de Santamaría humillaba a Magda, era su defensora número uno y siempre estuvo dispuesta a apoyarla para que se separara. Pero no había golpe que valiera: el holgazán le tumbó un diente, otro día le partió un brazo… y nada.

Así se sentía Miguel cuando llegó a su apartamento: como si le hubieran partido algo. Pero no el corazón… ese órgano nunca había tenido cabida en sus pensamientos. Lo veía simplemente como un músculo que hace circular la sangre y sólo se acordaba de él cuando volvía a sus días de colegio, en los que un profesor con bata de vendedor de droguería cogía con su mano el corazón de una vaca y metía los dedos por entre los ventrículos, para explicarles su funcionamiento. Después los invitaba a que lo hicieran ellos mismos. Cuando le tocó el turno a Pardo, vomitó todos los espaguetis que le habían dado al almuerzo y desde ese día nadie dejó de llamarlo El Vomitonto.

5

La piscina está completamente quieta. Un viento breve alcanza a generar un par de pliegues, y de pronto sale la cabeza de Ana Cristina desde el fondo. El agua forma una película que parece plástico en su cara y sus pestañas cobran dimensiones exorbitantes. Un escalofrío va invadiendo su cuerpo desde las costillas hasta la puntas de los dedos gordos cuando piensa en un animal gigante que pudiera atacarla desde el fondo de la piscina. Cuando estaba chiquita no se metía en lo hondo por eso. No era que no supiera nadar, sino que el animal gigante de su cabeza la aturdía, la encalambraba.

Clic. Decide dejar el animal en el mundo de la imaginación, encerrado en una caja de cinco centímetros cuadrados, porque es un animal muy chiquito, de esponja, de esos que crecen con el agua y alcanzan casi el tamaño de una vaca marina. El escalofrío desaparece y vuelven a ella las preocupaciones de verdad cuando sale del agua. Sí, es cierto que un animal gigante está a punto de quedarse con un pedazo de su cuerpo, pero no se trata del de la cajita, sino de un hongo que después de este fin de semana se va a hacer dueño de su vagina y la va a irritar hasta el punto de no querer saludar al Chico Migraña cuando llegue a su casa a media noche a inyectarse Canestén con un dispositivo de plástico. El Chico Migraña encerrado en la cocina no soportará ese desaire y chillará toda la noche, poniéndole voz a la bestia interna que batalla en la vagina con el Canestén. Al otro día entrará al cuarto de Ana Cristina a pedirle una explicación, aullando, mientras su papá lo llama para llevarlo a la terraza.

Ella va a despertar con ojeras de tanto dar vueltas despierta en la cama. No va a querer leer el periódico como de costumbre y se va a perder de uno de sus placeres favoritos: los obituarios del día. Los nombres de esas personas que están metidas en un ataúd le causan curiosidad, pero mucha más curiosidad le causan los nexos de las personas que pagan por esos obituarios del que se murió. Hay dos avisos significativos de una tal Rosaura López viuda de Mariño. En uno invitan a sus exequias los familiares del común, pero en el otro hay un mensaje no tan convencional de una Consuelo Martínez: hemos perdido a un gran ser humano y a una amiga incondicional, bla, bla, bla. Consuelo Martínez invita a sus exequias, que se realizarán hoy a las 12 m. en la Iglesia Cristo Rey. Sala de velación tal, de la Funeraria Gaviria. La gente estará consternada por lo rápido que el cáncer acabó con esta mujer. Las gafas negras serán la insignia de todos aquellos que estén en plan de llorar o de hacer vida social. Nadie en la sala de velación sabrá nunca que Consuelo fue la amante del marido de su mejor amiga (Rosaura) durante los últimos cuatro años. Ana Cristina no mira el periódico. Sólo espera que el hongo desaloje su vagina cuanto antes. Es domingo y no piensa pararse en todo el día.

Revuelve insistentemente el café, como si del café pudiera lograr alguna claridad en sus ideas. No habla con nadie, está de malas pulgas, tiene sueño y los párpados le pesan. Revuelve tanto que la cuchara hace un remolino inmenso dentro de la taza y el café se rebosa. Se moja las manos y busca una servilleta. Al cerrar el cajón donde las encuentra se machuca y da un alarido. Cuando cree que ya terminó toda la sucesión de desgracias se lleva la taza a la boca y se quema la lengua. Entonces suena el teléfono.

—Aló —contesta bruscamente.

—Buenos días. ¿Con quién tengo el gusto de hablar?

—Con Ana Cristina.

—Ana Cristina la estamos llamando de Coca-Cola Company, sería muy importante para nosotros —paa— cerle unas preguntas sobre —paa— stro producto.

—Espe —paa— que está entrando otra llamada.

—Aló —vuelve a decir Ana Cristina.

—Hola Anacrís, es Miguel.

—Hola —dice ella cortada.

—Necesito preguntarte una cosa…

Tuuuturúúúú, tuutuurúúúú —al otro lado de la llamada en espera.

—Un segundo y cuelgo que tengo otra llamada en la línea.

—Ok —dice Miguel.

—Tuuutu… Aló, señor.

—Sí, doña Ana Cristina, como le decía, estamos averiguando por el servicio de los camiones, queremos saber si el produc…

—Señor ahora no puedo —corta Ana Cristina—. Llame después.

—Aló, Miguel…

—Hola, ¿con quién hablabas?

—Con un amigo con el que voy a ir a ci…

—Ajá —corta Miguel, reconfirmándole a Ana Cristina que todo en esta vida se paga—. Necesito que me digas si tu primo todavía está en Nueva York.

—No sé, tal vez no porque, hasta donde yo sé, se iba de vacaciones con Joe.

—Bueno, gracias por el dato —corta Miguel otra vez.

—¿Para qué lo necesitabas?

—Después te cuento. Un beso.

Paaaaaaaaaaaaaaaaaaaaaaaaaaaaaaaaaaaaaaaaaaaaaa aaaaaaaaaaaaaaaa.

El paaaaa más hondo y desalmado que haya oído en mucho tiempo. Nunca va a entender cómo es posible que un ruido tan cotidiano como el del teléfono le haya generado ese hueco en el estómago. Es más, se queda oyéndolo durante tanto tiempo que le pasa lo mismo que con la palabra Panadol: el sonido pierde todo su sentido, ya no significa nada.

Ernesto, el que llamó desde Coca-Cola Company a hacer la encuesta telefónica, se para de su lugar de trabajo frustrado, se quita el audífono-micrófono tipo Chayanne y se dirige al dispensador de gaseosas a tomarse un corto descanso. En esas lo coge su jefe y decide botarlo a la calle como a un perro. Ya está mamado de su roña y de su estupidez. Ernesto volverá a su casa con la cabeza gacha y tendrá que pedirle fiado al de la tienda de al lado para poder comprar la leche para el niño. No van a ser tiempos fáciles.

Hora del almuerzo. Ana Cristina no leyó el periódico. Ensalada de lechuga romana con julianas de zanahoria y pimentón, tomate y cubitos de queso amarillo. Arroz blanco con ajonjolí. Pechugas de pollo asadas en salsa de miel y jengibre. No leyó el periódico y tampoco tiene hambre, pero esas pechugas se ven buenísimas. Sección de Ciencia: "Según el diario *Folha de São Paulo,* los avicultores brasileños producen gallinas que pueden llegar a medir un metro de altura y poner el treinta por ciento más de huevos que las normales. Los animales, que son producto del cruce entre gallos de pelea y gallinas de la variedad *caipira* (campesina), fueron bautizados como 'pollo indio gigante'. El objetivo es lograr reproductores para mejorar la genética de los pollos normales. Las gallinas gigantes se desarrollan más rápido y pueden ser sacrificadas con 130 días de vida, mientras que los pollos comunes necesitan un mínimo de 180 días para alcanzar el tamaño ideal".

Miguel... ¿estará retorciéndose en la cama, estará tocando la guitarra? Le hace falta y no ha sido capaz de aceptarlo. Cuando la gente le pregunta por él, ella se hace la de las gafas y simplemente evade el tema, aunque los ventrículos de su corazón están tan maltratados, como los del corazón de la vaca en la clase de ciencias. Se sueña con él por las noches. Ahora sí entiende que su vida era un poco menos aburrida con su presencia. Se levanta como renovada, pero una vez toca el tapete con sus pies calientes, es como si la hubieran despertado a la brava. No quiere hablar con nadie, por lo menos hasta que sean las diez de la mañana. Es su rato de ensimismamiento. El que le hable estará expuesto a una reacción salvaje. No es una persona de fiar a esas horas. Se convierte en un monstruo, en un ermitaño, en un hoyo negro.

Un hoyo negro, como lo era la madre de Miguel hace ya varios años. No salía de su cuarto, leía libros enteros de los que luego no se acordaba y hacía su papel estelar en las horas de la noche, cuando las grandes comidas que ofrecía su marido hacían un poco más soportable esa inmensa casa en la que ella se sentía tan sola todo el día, a pesar de que Felipe estuviera tratando de llenar esos largos silencios con su alegría de niño. A sus treinta y ocho años, Carmina de Santamaría había criado ya a dos hijos del primer matrimonio de su marido y a cuatro más de ella. No conocía otro estado diferente al de ser mamá. Cuando conoció a su marido tenía veintitrés, y le tocó lidiar con un par de preadolescentes de diez y doce años que aún no entendían la muerte de su madre. Después vinieron de su propio vientre dos niñas hermosas: Alejandra, locuaz y conversadora, y Mónica, que parecía un angelito y a lo largo de su adolescencia se comprometió unas cinco veces para casarse. Cuando las niñas ya tenían bien afianzada su dictadura, llegó a la casa de los Santamaría el hombre por el cual Carmina daba la vida.

Miguel era, según su mamá, el único que nunca la enfrentaba, que nunca hacía preguntas perniciosas, que siempre estaba dispuesto a obedecer y que pasaba la mayoría del tiempo *"minding his own business"*, como diría ella en *potorro*. Los dos hijos mayores ya se habían ido. Alejandra y Mónica no paraban en la casa un segundo y, si lo hacían, alguna pelotera se desataba. Estaba desgastada para recibir a Felipe.

El frío de la mañana se colaba por entre las ventanas del cuarto de Carmina y el aire se quedaba quieto, como si la Tierra se hubiera detenido para siempre. Ella no pensaba en nada concreto, le costaba trabajo concentrarse. Tenía la garganta seca, pero no tenía ánimos ni siquiera de tomar agua. Su marido salía muy temprano en la mañana. Las horas pasaban y pasaban, mientras ella repasaba una a una las posibles formas de ponerle fin al letargo eterno que la invadía. Tal vez por eso odiaba tanto ese momento del día en que Felipe irrumpía en su habitación para llenarla de besos y de abrazos. Se quedaba inmóvil, entre el edredón de plumas que se la tragaba catorce o dieciséis horas diarias. Después le decía al niño que se fuera, que tenía sueño y él salía como si nada. Una culpa invasora se apoderaba de su cuerpo. Se sentía miserable por sentirse miserable. Y, por encima de todo, por Felipe, porque tarde o temprano algún trauma se haría evidente. Lo cierto es que a Felipe le tomó varios años odiar a su madre.

Nadie se enteró nunca de la depresión de Carmina. En la casa había muy pocos testigos para presenciar la doble personalidad de una mujer que de día era prácticamente una momia y, pasadas las tres de la tarde, se convertía en una caja de música. Felipe era muy niño para entenderlo. Magda muy ignorante. Miguel fue el único que logró registrar el sufrimiento de su madre y por eso nunca la contradijo en nada, ni pensó como sus hermanos que era un monstruo déspota. La habían sacado de su hábitat y, sí, era como una bestia intransigente. Porque él lo había visto con sus propios ojos: la libertad que hay en el mar, la libertad que tenía su abuela para mandar p´al carajo al que fuera, sus sandalias, su intensidad para hacer respetar las tradiciones, la fe, la hora de la comida. Puerto Rico es un gran matriarcado, aunque sus mujeres planchen las camisas. Y a ella la habían traído a revolverla con esa manada de hipócritas que siempre tienen una sonrisa de mentira puesta como una plasta de mierda en sus bocas. Ella con sus sandalias, con sus opiniones, con sus ganas de ser una mujer diferente. Había cedido mucho, había sido fuerte. Tenía todo el derecho a estar así.

Esa condescendencia con su madre se afianzó con los años, a pesar de que el tema nunca se tocó. Era una especie de complicidad tácita. Sin embargo, el problema de Felipe rompió para siempre el vínculo entre Carmina y Miguel quien, después de muchos años de compadecerse por los sufrimientos de su madre, tuvo que ponerle nombre a los culpables de la desgracia de su hermano. Decía con desdén que prefería no tener hijos para no cagarla. En mayúsculas y negrilla apareció el nombre de su madre.

6

Está fumándose un cigarrillo en la cama y su cara se ilumina con esa luz intermitente que sale del televisor. Un tango se oye a todo volumen, de esos que le ponen el corazón a mil y la piel de gallina. En la pantalla aparecen dos mujeres bailando con un hombre. Los movimientos de cámara hacen que el ambiente sea aún más sensual. Una mujer baila detrás del hombre, la otra delante. Sus piernas se entrelazan, las miradas de los tres están conectadas. Una de las mujeres le llama particularmente la atención. Las figuras se confunden cuando la cámara las toma a contraluz. Ana Cristina queda estupefacta en la cama. Se estremece, se excita, quiere tocarse, mirarse al espejo, quitarse la pijama y contemplar sus piernas, sus caderas, su ombligo, sus pezones, sus hombros, sobre todo sus hombros. Es la mujer que baila tango la que la excita inicialmente, pero luego es ella misma quien se excita con su cuerpo. La mujer de la pantalla es ella en todo su esplendor, con las luces y el protagonismo que se merece. El teléfono suena y nadie contesta. Son las diez de la noche. Está recorriendo su cuerpo con una mano y con la otra se sostiene el pelo. Oye a lo lejos la voz de su madre, pero ella ignora por completo el llamado. Finalmente dos golpes en su puerta la hacen salir de su *Close to me*. "Al teléfono, Ana Cristina".

—¿Estás viendo televisión, qué estás viendo? —pregunta su amigo Mauricio con afán.

—Sí, ¿por? —dice ella aburrida por la interrupción.

—Pon el 17. Están dando una película de Carlos Saura que se llama *Tango*. Te pareces mucho a la protagonista, estoy aterrado, no podía dejar de llamarte para que la veas. Claro que no te la vayas a creer de a mucho. La vieja es perfecta, tú no. Pero se parecen.

—Ok, ya miro.

Se turba con esa llamada. Todo su juego se ve desmoronado. Se siente un poco invadida, esculcada. Aunque no es posible que Mauricio sepa lo que estaba haciendo, el espejo, la mujer de la pantalla y ella han perdido por completo el ritmo del juego. "Claro que no te la vayas a creer de a mucho. La vieja es perfecta, tú no". Pobre idiota si piensa que alguna vez en la vida va a tener a una mujer como yo. Y tiene que decirme la vieja es perfecta, tú no. Imbécil, qué se cree, si yo estaba tan contenta acá sin tener que oírle sus comentarios anexos. Pero de todas maneras no me va a dañar el rato, no señor. Esta rabia que le sume a la arrechera, y que el ego ponga de su parte, a ver: soy divina. Tal vez no tanto como la mamacita de la peli, Mauricio, pero te mueres por mí y te lo parte pensar que nunca en la vida te lo voy a dar, que cuando salgo en calzones tan tranquila y te provoco con mi culo es porque nunca en la vida se me ha pasado por la cabeza dártelo, ah, ah, ah, ¡qué rico! ¿no? Ahí tienes mi orgasmo, pendejo."

A veinte cuadras de su casa, Mauricio se masturba

sistemáticamente, manteniendo sus ojos muy atentos a los movimientos de la mujer que se parece a Ana Cristina. Son amigos desde hace varios años, pero nunca antes se había atrevido a hacerse la paja pensando en ella. La voz de Ana Cristina diciendo "no, ¿por?" y "ok, ya miro" se repite insistentemente en su cabeza y se vuelve una secuencia de *loops* que le dan el ritmo perfecto para alcanzar el orgasmo. *"No / por / ok / yamiro / No / por / ok / yamiro / No / por / ok / yamiro / No / por / ok / yamiroooh oh oh oh ah, ¡ah!"*. Después de varios días de insomnio, por fin va dormir plácidamente esa noche.

7

Ana Cristina también dormía plácidamente y, en su sueño, un hombre de bata blanca y estetoscopio colgado en el pecho le leía un informe. Ella estaba desnuda, cubierta solamente por una bata azul, sentada en el borde de una silla ginecológica. El médico le decía con voz grave y sin entonación: "Es usted un símbolo sexual desde niña, una de esas mujeres que siempre botan fuego por la boca y destilan olor a flores rojas, una bomba explosiva... o al menos eso piensan los demás y eso ha terminado por creerse usted. Sus caderas se mueven siempre al ritmo de algo, no importa si es el viento, la música, los simples pitos de los carros, o una alarma de ambulancia. Nunca ha podido desligarse de su hermosura, ni de ese hilo de perfume que destila sin proponérselo y que atrae a los hombres. Conoció el amor y todos sus manjares. Conoció también el sexo y todos sus caminos, sus escondites. Hay un elemento casi sutil que la hace destilar siempre esa fragancia pasional: su pelo. Pero podría asegurar que, como todas las mujeres deseables de las revistas tienen un *look* parecido, eso a usted no le gusta. He estado viendo su historial... Usted me dice que un día amaneció con un dolor inmenso en el centro de su cuerpo ¿no?, un dolor que se siente en el cuerpo, pero que no es físico y que se convierte en desenfrenados torrentes de sangre hirviendo que le hacen sentir rabia. ¿Se siente cada vez más objeto de deseo? Señorita, es su pelo. Ese que desde siempre soñó tener y que cuando chiquita pensaba que poseía, cuando en realidad lo tenía tan corto como el de un niño. Su pelo llegó a ser repentinamente el mayor símbolo de su sexualidad, el mayor destilador de hormonas y de perfumes eróticos. Ahí está el problema".

Ana Cristina salía del consultorio. La sangre seguía consumiéndola y quería detener esa rabia en la mitad de su cuerpo, encontrar el epicentro y medir en la escala de Richter la potencia de ese terremoto que la hacía apretar las piernas duro. En la escala de Richter, 4 no es el doble de 2, recordaba, sino que es 100 veces más que 2. Trataba de medir sus terremotos, que cada vez eran más constantes. Cuando era menos de 3.5, generalmente no se sentía, pero era registrado. Sin embargo, de 6.0 a 7.9, el terremoto generaba daños irreparables en algunos lugares de su cuerpo, sobre todo cerca del epicentro.

La propagación de la onda sísmica siempre se extendía hasta lugares inesperados, que hacían que la sangre siguiera despidiendo su olor a sexo por el pelo. Así que entraba en una peluquería para acabar de una vez por todas con las señales que les permitieran a otros oler sus hormonas. Cortaba de raíz el problema, o al menos cortaba toda evidencia externa de este. Cuando se miraba al espejo con el pelo chiquitico, se arrepentía, lloraba desconsoladamente y decidía volver a donde el ginecólogo. Al salir, veía una fila interminable de ambulancias haciendo una procesión con cintas moradas en sus panorámicos. De vuelta al consultorio, la escala de Richter marcaba casi 8.0. Lo del pelo había sido en vano, decía el médico tranquilo. Se había equivocado en su diagnóstico. Ana Cristina padecía de una enfermedad conocida como síndrome de Hestia en el ámbito de la ciencia. "Tal como dice en la enciclopedia que consultamos: *Hestia complex: a syndrome affecting affluent, upper-class women who have pretty much all they need. They are too fortunate and too loved, and have cracked up because they cannot understand why they deserve their good fortune. They respond to their complacent lives by reverting to the mystery of childhood, which appears to be a rejection of material goods and love (sex, specifically). There's a contradiction here because their condition complicates everyone else's life, but for them, they´re trying to simplify things*. No sé si me haya comprendido, señorita Calderón, pero creemos estar seguros de haber descifrado sus dolencias".

Ahí acababa el sueño. Lo descrito en el libro era bastante similar a sus sentimientos, sumando el terremoto, claro está. Ese sentimiento de querer ser niña de nuevo, de querer tener la concha cerradita y usarla sólo para hacer pipí se había esparcido desde el pelo hasta otros lugares inhóspitos, justo cuando estaba a punto de terminar con Miguel. Pobre Miguel... ese hombre que la hacía sentir maravillosamente experimentó la impotencia de ser amado, pero no deseado.

Ella tan diosa, tan odiosa. Hestia, ese ser mitológico, la dueña del fuego de las chimeneas, la dulce diosa del hogar. La virgen amorosa que a pesar de ser una de las diosas más bondadosas, tiene muy poca cabida en los viejos relatos mitológicos. Esa era la que buscaba ser para disminuir los desastres del terremoto: la humilde diosa del gozo doméstico, esa que nunca se casa y que protege con celo a los niños desprotegidos y huérfanos, a los desdichados niños que los adultos olvidan que eran cuando crecen.

Hestia... tantas cosas en común y tantas tan lejanas. Ella siempre dada a recibir gente en su casa, siempre haciendo alarde de su hospitalidad. Hestia, la diosa que rige la seguridad y la alegría personal, así como el sagrado oficio de la hospitalidad. Pero Hestia, esa diosa que a pesar de tener toda su vida enfocada en el hogar y en todas las tareas prácticas de éste (como muchas otras diosas de la mitología griega), no quería ni podía hacer que su vida girara alrededor de un macho, así fuera él un dios o un mortal. Se dice que Hestia no era virgen en el sentido de la palabra que hoy conocemos, sino que el término se refería más a la niñez y a la inocencia que a la virginidad sexual real. Precisamente de esa Hestia sufría ella: de la que quería a los hombres, de la que era venerada por los hombres, pero prefería ser infantil, simplificar su vida.

Si hubiera sabido que un grupo de científicos españoles estaban por determinar cuál gen del cromosoma 5 era el que se relacionaba con el miedo, la vida se le hubiera hecho mucho más sencilla. ¡Si una de esas ratas de laboratorio con las que descubrieron que el cromosoma 5 es el responsable del miedo hubiera sido ella! Qué fácil hubiera sido la vida de Hestia si hubiera podido decodificar el cromosoma 5 y arrancarlo de su cadena de ADN.

Pero Hestia leía el periódico casi sin percatarse de lo

que ahí decía: "El descubrimiento permitirá profundizar en el estudio de las características y de los condicionamientos genéticos del miedo y de la ansiedad en los humanos y abrir el camino a la elaboración de fármacos que puedan actuar sobre los genes de ese cromosoma, según dijo el científico. Además de ahondar en patologías como fobias, trastornos de ansiedad extremos y estrés postraumático, el descubrimiento permitirá también analizar aquellas conductas derivadas de la falta de miedo".

Más tarde llamaría a Toñi, que a esas horas de la mañana no estaba despierta ni de riesgos. Intentaría contarle cada escena de ese sueño que, a medida que pasara la mañana, perdería claridad. "¿Quién carajos se sueña con pensamientos y con ginecólogos que hablan de una diosa que jamás en la vida ha oído nombrar? ¡Es demente! Y lo del pelo: yo ahí en esa silla, con el pelo rapado, asquerosa...muy fuerte".

Dos minutos después de pensar en el sueño para poder reconstruirlo, abrió un cajón de su mesa de noche y sacó una carpeta llena de hojas. Decía MIGUEL. Pasó varios papeles hasta que sacó uno y lo leyó con detenimiento:

"We spend a lot of years destroying that part of love that gives us pain."

Mi adorado Migue: algún día vas a entender que no es desamor, que el amor que te tengo es inmenso, aunque dañino. Que no soporto cuando me miras con esos ojos de miel llenos de dolor, que no puedo creer que mi principito sienta miedo cuando me ve, que se achica su ego y se escapa de su boca un suspiro largo y perezoso que sólo indica aburrimiento. Mi *teddy bear* calientico, mi dulce sueño abrazado, no sé cuántas cursilerías más se me ocurren cuando pienso en ti... no sabes el dolor que me causa saber que soy un poco tormenta, un poco torpe para ti. La vida se encargará de hacernos entender... mi terroncito de azúcar, mi pecoso de vainilla, la vida siempre tan sabihondita queriéndonos enseñar todo, cuando a veces nos provoca simplemente vivir y no entender nada. Llevo más de una hora escribiendo tres palabras para ti, porque ya todas las palabras se me quedaron cortas, porque nunca nadie se inventó un lenguaje que explicara el dolor del amor. Espero hacer lo debido, espero no tener que retroceder en el tiempo para darme golpes de pecho por dejarte ir de mi lado, mi secreto, mi amorcito, mi personita adjunta.

Y tú siempre queriendo adivinarlo todo y ver más allá de mañana por la mañana y saber en dónde estaremos en uno, dos, tres, ¡cuatro mil años! Ahora que el tiempo se hace corto para decirte lo que te quiero, me he preguntado si estaré bien, lejos de ti y la respuesta es obvia... nunca estaré bien, pero estaré más tranquila. Sé que tú, mi *strawberry field,* mi cielito lindo, mi pedacito de mar, vas a estar mucho mejor sin mí de alguna manera, aunque ahora solamente sepas maldecirme por lo bruja que soy y pienses que estoy yendo demasiado lejos. Es difícil escribir palabras para ti sin caer en lo cotidiano, en lo trillado. Es difícil hacer que la razón siga funcionando cuando en el estómago se encuentran todos los sentimientos y uno es sólo un nudo de nervios, un nudo de lágrimas, un despelote. ¿Será que un día alguien va a explicarnos de verdad por qué todo esto? ¿Será que sí existen razones importantes para que la vida nos enseñe a vivir en lugar de dejarnos vivir tranquilos? Tenerte a mi lado, mi ponquecito Ramo, tenerte a mi lado y no hacerte sufrir, tenerte a mi lado y no sufrir... tenernos sin miedo, sin tiempo, tenernos hasta que matemos a esa sabihonda de la vida, no sin antes agradecerle que nos enseñó el amor y explicarle que no queríamos saber nada más".

Se secó las lágrimas con la piyama y sorbió los mocos que invadían su nariz. Teresa, la empleada, entró a decirle que eran las seis y ya se le hacía tarde para el trabajo. Detrás venía Chico Migraña con su cara alegrona. La señorita Calderón salió de la cama corriendo hacia la ducha.

Teresa cogió los papeles que quedaron en la mesa de noche y los tiró a la caneca. Había llegado con mucha energía para trabajar y limpiar, a ver si se olvidaba de los problemas. Sus niños no habían podido entrar a un colegio público cerca del barrio donde viven. Les quitaron el cupo. La mamá de Ana Cristina le regaló para comprarles uniformes y útiles, pero no entraron. Teresa tendía la cama y abría las cortinas, mientras la ministra de educación daba declaraciones a la prensa y afirmaba que los cupos escolares habían mejorado ostensiblemente.

8

Siete horas más adelante de esa mañana gris, Silvia acaba de salir de dictar una clase y está corriendo para alcanzar el metro que sale de la estación de La Ópera hasta la de La Motte Picquet para recoger a Martín en el jardín infantil. Cuando se baje corriendo del metro va a tropezarse con un amigo de Ana Cristina al que no conoce y ella se disculpará en un francés impecable. En su cabeza sólo habrá espacio para Martín, su vida, su sol, su todo. Y cuando por fin llegue a recogerlo jadeando como un perro, la profesora le pedirá unos minutos para que conversen sobre el comportamiento agresivo del niño, que en horas de la mañana mordió a uno de sus compañeritos en el brazo y le arrancó el pedazo.

Pobre Silvia en el futuro inmediato. La invade siempre esa incertidumbre sobre su vida, sobre Martín. Sale del jardín infantil pensando que todos están en contra de su pobre chiquito, que lo único que él busca es atención. En París son ella y su hijo contra el mundo. Martín la mira desde abajo y le dice con propiedad: "Shilvi, vámonos ya de acá para que no estés más triste". Nunca la llama mamá, siempre la llama por su nombre, pues para él ella es algo así como su compañera de vida y a veces la ve tan frágil, que en su retorcido cerebrito de cinco años es ella la que necesita protección. Atrás quedó el amigo de Ana Cristina, que no habla ni una sola palabra de francés y necesita que alguien lo ayude a buscar una dirección.

Ana Cristina se monta en el carro afanada porque ya va tarde para el trabajo. Se devuelve entre la lluvia para traer algún abrigo y cuando vuelve va tirando todo adentro con descuido porque se está mojando. Luego se mete ella, prende el motor y se limpia una gota de agua que se le enredó en una pestaña. En el carro hay un desorden increíble. La ruana con la que se devolvió de la finca aún permanece en el asiento trasero y a su lado también reposa una botella de agua a medio llenar y un paquete de papas vacío. Ana Cristina mira hacia atrás y por un instante vuelve a tener esa sensación de desasosiego que la invade cada vez que vuelve a la ciudad. Ve los carros atestados de personas que, como ella, no quieren regresar. La mayoría son caras ligeramente quemadas por el sol y todas miran elevadas por las ventanas. El sentimiento aumenta cuando va con los papás y a la entrada de la ciudad la mamá decide repentinamente encender el radio y buscar una emisora en donde sólo ponen baladas *ochenteras* en inglés. Sin duda, cree que las ideas más importantes en la vida de una persona se gestan en las carreteras y en los trancones. Por supuesto, nadie creería que algo importante puede salir de una persona que viste bermudas con ruana y medias para afrontar el frío de la ciudad a la que se dirige sin resignarse del todo a dejar atrás el veraneo. Ella, sin embargo, se lo ha imaginado millones de veces, y cuando va mirando ensimismada por la ventana siente pasar los pensamientos de esos miles de seres humanos que una vez más son llevados a sus jaulas en la gran metrópoli. Una vez, con su primo al volante, duró más de dos horas en un trancón demencial a la entrada de Bogotá y se dedicó a estudiar las caras de los que iban en los carros de al lado. Una mujer de su edad iba en la parte de atrás de una camioneta Cherokee. Adelante iban dos hombres que parecían ser su hermano y su papá o algo así. Ana Cristina estuvo contemplándola durante tanto tiempo que al final ya hasta le parecían conocidos sus rasgos. Tenía el pelo muy negro y unos ojos color almendra con unas pestañas largas y encrespadas que se veían casi desproporcionados encima de su naricita respingada de muñeca. Seguramente, si no hubiera sido tan linda no hubiera captado por tanto tiempo su atención. Pero lo que más le inquietaba era esa cara de felicidad que las mujeres sólo ponen cuando se acuerdan de sus secretos más íntimos. Entre tantas caras desoladas por el regreso a la ciudad, esta era excepcional por la expresión de felicidad que proyectaba. Cuando los carros comenzaron a andar, la Cherokee se perdió entre los demás carros y con ella también desapareció la mujer con los ojos almendra.

Adelaida era la mujer de la Cherokee, que sonreía mientras se acordaba de esa mirada pausada y atrevida que al final de la tarde le lanzó el niño. Sólo supo su nombre el último día. Parecía que todos los amiguitos con los que estaba en el club tenían alrededor de catorce o quince años. El niño tenía unos ojos desquiciantes color miel, y rozaba esa delgada línea que divide la niñez de la adolescencia, pero caminaba como si tuviera más años que Adelaida. Su espalda era completamente atlética. Cada vez que lo veía aparecer se acordaba de esas esculturas griegas que parecen hechas con modelos perfectos. Estaba bronceado y todos los vellos de su cuerpo se veían dorados por el sol. Parecía un durazno. Biche, por supuesto, pero esos aires de adulto que se daba cada vez que pasaba cerca hacían que ella lo quisiera tocar y más que eso. El niño lideraba el grupo de amigos que venía de un lado a otro, jugando *frisby,* fútbol o haciendo competencias en la piscina. A lo lejos, Adelaida sentía que tenía varias miradas encima y, efectivamente, eran las de todos esos muchachitos, junto con la del niño, que también lideraba el plan. Sus ojos se posaban en ella de una manera diferente a la de los demás. Ningún otro lograba su atención. Se asoleaba y leía concentrada una novela de quinientas páginas. Justo cuando alzaba los ojos del libro, los otros niños desviaban la mirada, pero él no.

Era casi un pecado imaginarse a ese niñito recorriendo su cuerpo con las manos, pero no podía evitarlo. El niño hacía que todos los lugares de los juegos coincidieran con el sitio en donde estaba Adelaida. Ella trataba de ignorarlo, en lo posible, pero era como si la estuviera retando a mantener la cordura, mientras en su cabeza corrían las imágenes eróticas y prohibidas del niño besándole el cuello y la espalda, mojados todavía los dos por el agua de la piscina y el sudor; las manos del niño intentando resbalarse por esa espalda pegajosa, sus labios entreabiertos esperando los labios de ella, las piernas de ambos entrelazadas y temblorosas… Mientras las escenas pasaban lentas, Adelaida ya había leído más de diez páginas y no se acordaba de nada. Tenía que devolverse cada nada.

El último día de las vacaciones el niño empezó a pasar cada cinco minutos al lado de la asoleadora en la que ella leía. Iba sacando una a una las maletas de la cabaña en la que lo habían instalado junto con sus amigos y sus papás. La mamá salía ya muy arreglada para el viaje y saludó a Adelaida, que se quedó petrificada de la pena, pues sentía que la señora adivinaba sus pensamientos.

—Tú eres Adelaida ¿verdad? La hija de Antonio Sáenz —dijo la señora, que llevaba una pava con un moño blanco en la cabeza.

—Si señora, ¿cómo estás? —le contestó Adelaida.

—Muy bien, ¿cómo andan tus papás? No están por acá ¿cierto?

—No, yo vine con mi primo y un amigo de él de la oficina. Mis papás se fueron a Cartagena.

—Ah… pues mándales muchos saludos de Virginia de Nieto. Yo fui compañera de tu mamá en la universidad.

—Ah… bueno, yo les digo —respondió Adelaida mientras miraba al niño, que pasaba junto a ella con un *sleeping bag* en su espalda.

—Nosotros cogemos carretera de una vez porque nos toca llegar a repartir chinos a Bogotá. Nos vinimos con tres amigos de mi chiquito, que es ese que acaba de pasar con el *sleeping bag*. Es divino, ¿no? ya se me creció.

—Si, es divino —dijo Adelaida con una sonrisa muy grande que buscaba esconder sus deseos y prefirió no preguntar el nombre del niño.

—Tú también estás grandísima. La última vez que te vi estabas todavía en el colegio. ¿En qué andas ahora, ya te graduaste de la universidad, qué estudiaste? —la retahíla de preguntas ya estaba enloqueciendo a Adelaida. Quería mantener toda su concentración en el niño, que iba y venía de la cabaña hacia el carro.

—Estudié Derecho y me gradué hace como tres años. Ahora estoy trabajando como asesora de un magistrado de la Corte Constitucional —todos esos datos la hacían sentirse cada vez más lejos del niño y no quería aceptar esa brecha generacional.

—¿Ah, sí? Mejor dicho, estás hecha y derecha. Pues que sigas así de pila y así de linda. Saludos a tus papás —y en ese instante cogió al niño del brazo y lo hizo pararse en frente a Adelaida—. Mira, este es mi niño. Se llama Tomás.

—Hola Tomás —le dijo Adelaida con un tono maternal.

—Hola —dijo el niño sin mirarla y continuó su camino hacia el carro.

La mamá se despidió también y Adelaida sintió que tenía que quitarle los ojos de encima a su hijito que, mientras los amigos se repartían unos paquetes de papas en el carro, la miraba por la ventana como queriéndole decir que nada era verdad, que esos no eran sus amigos, que esa no era su mamá, que él no tenía mamá, ni edad, ni nada que pudiera coartarles la libertad para seguir mirándose. El hechizo estaba roto, sin embargo. Pero Adelaida recordaría esos ojos para siempre, inclusive mucho después de encontrarse al lado del carro de Ana Cristina, en la carretera que conduce de Anapoima a Bogotá. "Tomás, Tomás, si estuvieras más grandecito tal vez no me gustarías tanto, pero podría invitarte a tomar vino a mi cabaña otro fin de semana que nos encontráramos. Tomás…".

9

No ha parado de llover. Antes de acordarse de que tiene que bajar esa botella de agua y ese paquete de papas para botarlos a la caneca, Ana Cristina entrega su tarjeta del parqueadero y espera con la cabeza en blanco a que el celador le dé otra a cambio. Entra corriendo al estudio. Ya están al aire y Manuel José, su jefe, la mira mal desde el otro lado de la ventana. Ella espera a que entren a comerciales y abre la puerta con sutileza, como si con eso lograra que nadie se diera cuenta de que llegó tarde. Saluda. Todos contestan al unísono, sin darle importancia. Coge el resumen de noticias y le echa una hojeada. La luz roja de "al aire" se enciende arriba. La productora, al fin, logró conseguir la entrevista que el gran jefe estaba buscando desde hacía unos días con Simon Wiesental, un judío que se dedicó por más de cincuenta años a buscar a los nazis que se escondieron por todo el mundo para no ser juzgados. La traductora se acomoda en su silla y saluda a Wiesental, que habla un inglés claro, aunque con ese acento polaco que todo lo vuelve más serio. Empiezan las preguntas y Ana Cristina sigue ausente. Mira fijamente a la traductora que se pone una mano en los audífonos y va tomando nota de lo que el anciano responde en inglés. Manuel José le dice en *off* que le haga una pregunta, pero ella sólo reacciona después de unos segundos: "Por favor descríbanos ese momento en que se encontró por primera vez con uno de sus verdugos", dice Ana Cristina vocalizando perfectamente. La traductora lo dice en inglés, el anciano responde. Se acaba el tiempo. La entrevista termina y se van a comerciales. Manuel José la regaña subiendo la voz progresivamente y ella lo mira con la cabeza agachada, para demostrarle que está apenada, que tiene toda la razón.

—Esto no puede seguir así, Ana Cristina. Esto no tiene presentación. Llega tarde, está completamente desinformada y ahora le pido que le haga una pregunta a este tipo ¡y usted me sale con ese chorro de babas! No, Ana Cristina, póngase las pilas, ya son las siete de la mañana.

—Tiene toda la razón, Manuel José. Ya me pongo en lo que es —responde Ana Cristina mientras piensa en que se le quedaron las gafas.

Manuel José Pombo Ferrer tiene treinta y ocho años. Desde los veinticinco figura en los medios y poco a poco se ha ido convirtiendo en el gran gurú. Su opinión es la que más importa, así hable de la modelo perenceja o del ex presidente sutano. Todo el mundo lo cita en su vida cotidiana, todo el mundo lo venera. La única que no quiere ni verlo es su hija de quince años, que en este preciso instante está en el bus del colegio con su amiga inseparable.

—Desde ese día que te conté, no me ha vuelto a llamar y ni me determina en clase —dice la amiga.

—¿Pero por qué no lo llamas tú? —contesta la hija

de Manuel José.

—Porque, ¿qué tal que le parezca intensa? Prefiero dejar que él me invite otra vez.

—¿Y ese día no te habló de la ex novia? Es la vieja esa que trabaja con mi papá en la emisora —dice desprevenida la hija de Manuel José mientras se quita uno de los audífonos de su *discman*.

—Sí, es esa vieja. ¿Y qué tal será?, ¿linda? Tiene una voz divina y tu papá la adora, ¿o no?

—Mi papá no adora a nadie. Seguramente le parece pila porque para que una vieja dure más de dos meses trabajando con él es porque es buena... y porque es santa. A ese *man* no se lo mama nadie, Manu. Es realmente insoportable.

—¡Ay, pero más bien cuéntame algo de la vieja!, ¿la conoces?

—Sí.

—¿Cómo es?

—Es linda, tiene como unos veintinueve o treinta años, el pelo largo cafecito y unos ojos lindos.

—¿Y el cuerpo?

—Pues no me fijé bien, pero es alta, medio culona, pero linda. Es que cuando la conocí no sabía que era la ex novia del *teacher*.

—¿Dónde la conociste? —pregunta Manuela.

—En una comida que hicieron en mi casa el día del cumple de mi papá. Yo entré un segundo a la sala y me presentaron a todo el mundo. No crucé palabra con ella, pero sí vi que me miró como raro —dice la hija de Manuel José.

—¿Ah sí?

—Sí. Y después, cuando se fueron todos, mi papá

me dijo que ella le había contado que su novio era profesor de mi colegio. Eso fue hace como cuatro meses, yo te conté, Manu.

—Sí… mira, ahí viene Miguel en su carro —dice Manuela, y se levanta de su puesto para mirar por la ventana. La hija de Manuel José hace lo mismo.

—Bueno, bajémonos de primeras a ver qué —dice Manuela emocionada.

El bus no ha llegado al parqueadero cuando dos camionetas blindadas hacen detener al chofer en la entrada del colegio. Uno de los hombres se monta al bus y le pide a Manuela que lo acompañe. Es uno de los escoltas de toda la vida del papá. Se nota preocupado y ella hace mil preguntas a la vez, a lo que él sólo contesta que después le explica. La hija de Manuel José se despide con un beso de su amiga, y cuando se baja del bus saca su celular de la maleta (aunque está prohibido que las alumnas hablen por celular) y marca al de Manuela.

—¿Qué está pasando? —le dice Julieta preocupada.

—No sé bien. Pero parece que hoy le trataron de hacer un atentado a mi papá y no me quieren explicar más. ¡Estoy cagada del susto! Y mi papá no me contesta, dizque por seguridad, dice Ramón. ¡Me está entrando una llamada! Te llamo después —balbucea Manuela entre gemidos y luego cuelga.

Miguel ve el pupitre vacío de Manuela e inmediatamente le pregunta por ella a Julieta Pombo, la hija de Manuel José, que llora con angustia por su amiga del alma. La ve tan descompuesta que la acompaña hasta la puerta del salón y le dice que vaya a buscar un agua aromática al salón de profesores. Julieta sale medio ahogada y de repente vienen a su mente todas esas foto-fijas que guarda con exactitud en su memoria: el día que entraron al colegio, y Manuela tenía un par de colitas; la tarde que ganaron la Uncoli de voleibol y se abrazaron saltando; la primera noche que fueron juntas a una fiesta y acabaron peleando porque les gustaba el mismo tipo; la mañana que se le escondieron al bus en el paradero y se fueron a cine; el momento en que le enseñó a Manuela a ponerse un Tampax, parada en la puerta del baño dando instrucciones ridículas; la tarde que se emborracharon tanto que ella vomitó mientras Manuela le tenía el pelo; la indigestión tan horrible que les dio por comerse una bandeja entera de *brownies* que hornearon en su casa y esa milésima de segundo en que sintió celos de su amiga por tener un papá tan querido y por muchas cosas más.

—Pues eso parece. Los dos hombres huyeron en una moto y… sí. Me dicen en cabina que está confirmado: no hubo ningún herido en el atentado que ocurrió hace pocos minutos en el centro de Bogotá contra el doctor Luis Carlos Chacón, ex ministro de minas y actual presidente de la junta directiva de Ecopetrol —emite Manuel José desde la cabina de grabación—. Estaremos informándoles más adelante sobre esta noticia de último minuto. Por ahora vamos a un corte comercial.

Todos se quitan sus audífonos, la luz roja se apaga. Cada uno va recogiendo su reguero de papeles y apuntes. Ana Cristina se toma el cuncho de café que queda en su taza, se para y se despereza. Manuel José la mira ya menos disgustado, le da una palmadita en la espalda y le dice que se acuerde de madrugar. Sigue el programa, sigue lloviendo.

10

Hay sólo un ascensor en el edificio de la emisora. Se demora eternidades en llegar y generalmente está lleno. Cuando se abren las puertas, Ana Cristina entra y saluda cariñosamente a Rosita, la señora de los tintos. Otras dos mujeres observan insistentemente los botones que indican el piso en el que el ascensor está. Ella se para cerca al espejo, se contempla varias veces y ve como las otras se miran, disimuladamente también. No se da cuenta de que va subiendo, no bajando. Parada en el piso cuarto. El señor de gabardina *beige* que entra aprieta varias veces el botón del piso al que va: doce, doce, doce, doce, como si con eso el ascensor fuera a llegar más rápido. Para sus adentros piensa en lo incómodo que es sentir la respiración de las personas que están a su lado. Quiere contener el aliento lo que más pueda, no soporta la presencia de los otros en un espacio tan reducido. Se pone rojo de aguantar. Ana Cristina lo mira a los ojos y cuando él levanta la cabeza ella desvía la mirada rápidamente. Una señora robusta estornuda. El hombre de la gabardina se pone tenso, más tenso. Aprieta nuevamente. Doce, doce, doce. Rosita tararea *son doce rosas*. Otra de las mujeres, la más bajita, roza al hombre de la gabardina con su cartera y él hace un gesto de molestia, mientras se corre un paso, para no tener contacto con nadie.

Piso séptimo. Es el destino de Rosita, que tiene que salir con una bandeja llena de tazas. Casi todos salen para darle paso. Ana Cristina ya se dio cuenta de que está subiendo hace rato, pero qué más da. Es peor esperar a que vuelva a bajar. A ella no la intimidan los ascensores. Espía a la gente con morbo, hasta que le toca desviar la mirada, como hizo con el hombre de la gabardina *beige,* que aprovecha la salida de Rosita, para dar un largo respiro. "Chao, niña Ana Cristina", le dice Rosita. Debería haberse quedado en ese piso y esperar a que baje el ascensor, pero no. Vuelven a entrar todos. Suena un celular. Es el de la señora robusta, que no sabe qué hacer para encontrarlo dentro de su cartera. El ruido se hace desesperante. La señora al fin contesta con una voz ronca y nasal. "¡Aló... Aló... Aló!". No se oye bien, está entrecortado. Todo el mundo se *timbra* un poco con los gritos de la señora. El hombre de la gabardina *beige* se empieza a poner rojo nuevamente. La señora cuelga y mantiene su celular en la mano. Ahora ella roza la manga de la gabardina *beige.* El señor continúa repitiéndose a sí mismo "no respires, no respires". Ana Cristina se pega al espejo y corrobora que no tiene lagañas en los ojos. El ascensor para en el noveno.

La señora robusta se baja, todavía con el celular en la mano. El hombre de la gabardina voltea su cabeza hacia la puerta, respira y bota el aire por fuera del ascensor. Luego se voltea nuevamente. Se mete la mano al bolsillo y descansa una de sus piernas. Parece sentirse aliviado de que la señora robusta que estornudó se haya bajado al fin. Se monta entonces una mujer muy sonriente. Dice buenos días y después reconoce a la mujer bajita. Entablan una conversación inútil: "Cómo estás; bien, y tú; qué has hecho; trabajar; ah, muy bien; y qué más; no, pues bien". De pronto vuelve el silencio de antes. Todos miran para arriba la luz que indica el piso. Diez, once, doce.

El señor de la gabardina se nota apurado, pero la mujer sonriente está parada cerca a la puerta y no le da paso. Ella se corre para un lado. Él se corre para el mismo lado. Como cuando un arquero va a atajar un penalti: hay que descubrir hacia qué lado la otra persona va a dar paso. El hombre agacha la cabeza y la mujer sonriente se corre para el otro lado al tiempo que él. Al fin se ponen de acuerdo, ella se ríe y el señor sale despavorido. Un tímido "taluego" le sale de la boca. Ana Cristina aprovecha que ya son menos para verse bien en el espejo. La mujer bajita y la sonriente entablan otra vez su conversación inútil: "Sigues con Perencejo; sí; ¿y bien?; sí, bien; qué rico; sí, es divino; ¿y tú cómo vas con tu maridito?; bien, muy bien".

Trece, catorce, quince. La mujer sonriente se baja y se despide de la bajita, que le dice que no, que "yo también me bajo en este". Se despiden entonces de Ana Cristina, que contesta con un chao cantado. Al fin va para abajo. La flecha se enciende. Se empiezan a cerrar las puertas y alguien grita desde afuera que un momento. Ana Cristina aprieta el botón para abrir las puertas. Se monta un hombre de unos treinta y pico, muy guapo, muy bien vestido, muy bien peinado. Muy. Le dice gracias, la mira a través de sus gafas de marco negro. Huele delicioso. Ana Cristina trata de reconocer el perfume. Huele a Fahrenheit, ese que usaba su primer novio. Catorce, trece, doce...se pone un poco nerviosa, agacha la cabeza. El hombre no le quita los ojos de encima, "esta mamacita es la que habla en el programa de Manuel José". Está a punto de hablarle. Ella se para más derecha. Mete la barriga, levanta la quijada y se chupa los cachetes para que sus pómulos se acentúen. Está a punto de hablarle, pero seguro el ascensor va a parar y el que entre va a dañar el momento. Once, diez, nueve... Ana Cristina le sonríe, él le devuelve la sonrisa. Ocho, siete... seguro va a parar, seguro. Ocho. El ascensor se detiene. Pasan uno, dos, tres, cuatro segundos. Nadie viene. Los dos llevan la mano al botón de cerrar puertas. El hombre lo alcanza antes que ella. Ana Cristina tiene mariposas en el estómago. ¿Qué es esto tan demente? No se quiere bajar del ascensor. El hombre todavía está pensando en cómo entablar una conversación. "Pregúntele si trabaja acá" —se dice a sí mismo. "No, eso es obvio, si usted sabe perfectamente quién es ella. Más bien dígale que qué frío el que estaba haciendo esta mañana. O mejor coméntele algo de lo que venía oyendo en el carro, algo sobre el programa, a ver si sí es ella". Siete, seis. Ana Cristina no puede creer que el ascensor que siempre está lleno no se detenga. Por fin se atreve a hablar el hombre.

—Qué señor más valiente ese Simon Wiesental, ¿no?

—Sí, muy impresionante. Hacer justicia con esos locos de los nazis... y dedicarle toda la vida a eso —contesta Ana Cristina, mientras el ascensor pasa de largo por el quinto. Ya no le importa que pare, que entre el que quiera. O... ¿sí? Qué estupidez la que acaba de decir.

—Se te oye la voz muy diferente en radio —le dice él (ya van en el segundo piso).

—¿Ah, sí? ¿Mejor o peor?

—Pues en radio es muy linda, pero en radio no te puedo ver.

—¿Cómo te llamas? —le pregunta Ana Cristina coqueta, a pesar de que odia esa pregunta (se le hace cursi, loba, trillada, pero toca).

—Me llamo Camilo Urrutia.

—Pues mucho gusto, Camilo —y salen ambos del ascensor, que ya llegó al primer piso.

—Mucho gusto, Ana Cristina —le dice él mientras le estira la mano. Ella le da la suya y se quedan un segundo suspendidos en el tiempo, mirándose, hasta que un par de guardaespaldas entra al *lobby* y el tal Camilo aligera el paso escoltado por los grandulones. Da la vuelta, la mira. Se quiere devolver a decirle algo, pero le suena el celular. Ella se queda atónita, ahí parada. De pronto se le acerca el más chismoso de los periodistas del programa.

—¡Mija, reaccione! ¿Le gustó el secretario de turno o qué? —le dice Édgar mientras le mueve la mano frente a la cara.

—¿Quién es ese?… el nombre me suena —piensa antes de preguntarle a Édgar—. ¿Cómo así que secretario de turno, de qué habla?

—Ese es el próximo secretario privado del Presidente. Antes de ayer en los confidenciales salió que es muy posible que Juan Eastman vaya a ser designado vocero de Palacio y que el Presidente está considerando el nombre de Camilo Urrutia para que sea su secretario privado. Es un tipo que siempre ha estado medio detrás del telón, pero lleva más de dos años escribiéndole todos los discursos.

—Ajá… ¿y qué? Está casado, supongo…

—No, ese tiene una novia que escribía en la revista *Al Día* y que ahora es asesora de una agencia de comunicaciones. Es abogada, se llama María Rubino. ¿Preguntosita, la niña, no? Se nota que la dejó loca.

—Pues muy churro sí es, pero hasta ahí. Chao, Édgar. Voy a llegar tarde a mi clase de francés por estar chismoseando con usted. Nos vemos.

No solamente le ha molestado que Édgar se dé cuenta de su interés por el tal Camilo, sino que además no soporta que la haya corchado con toda esa información. ¡Cómo es posible que ella no supiera quién es el tipo! "Y tiene novia y sabe quién soy yo y me retuvo la mano mucho tiempo. Bueno, en realidad fueron dos segundos… los más bonitos del día".

11

María Rubino es la novia de Camilo Urrutia desde hace más de tres años y en el fondo ya no lo soporta. El tipo es brillante, sí. Pero esas fiesticas que se mete con sus amigazos del Bosque Izquierdo son un calvario para ella, que cuando lo conoció jugando golf en el club nunca se imaginó que fuera tan pasado.

Camilo estudió derecho y después hizo una especialización en el London School of Economics. Si uno lo ve en la calle diría que es un *yupi* como todos los demás treintañeros de oficina prestigiosa que se pasean por el parque de la 93, mientras el viento les hace voltear la corbata y se alcanza a ver el Hermes en la marquilla. No. Camilo tiene más corbatas Hermes que todos ellos juntos (la más linda se la regaló su jefe, el Presidente), pero todavía conserva esas viejas amistades bohemias de universidad que le dan la talla a sus conversaciones, siempre y cuando no sean de política (sus amigos detestan hablar de política con él) y haya de por medio salsita de la vieja y un par de líneas de buen *fuá*. María Rubino ya no lo soporta: egos de todos los calibres reunidos en la sala de una casa oliendo perico hasta el amanecer y ella tratando de intervenir en alguno de los monólogos. Así fue la noche antes de que Camilo se montara al ascensor con Ana Cristina. De hecho, Camilo tuvo una discusión con su novia por teléfono segundos antes de que llegara el ascensor. "El Presidente me está llamando, Mari. Tengo que colgar. Hablamos más tarde". Así son siempre sus salidas. Siempre hay alguien o algo más importante. Y quién le refuta que el Presidente de la República es más importante que ella.

Urrutia es sumamente responsable. Como nunca ha quedado mal con nada en el trabajo, nadie se imagina la doble vida que lleva entre palacio y los viejos apartamentos de sus amigos. Él ya no vive en Bosque Izquierdo, por supuesto. Apenas entró a trabajar a la Presidencia se mudó a un apartamento en Rosales muy cerca de las quebradas y con vista a toda la ciudad. María influyó muchísimo en esa decisión. Ella es prácticamente su polo a tierra, a esa tierra de cocteles y familias de abolengo que se miran entre sí los domingos en el club. Él es un perfecto burgués bohemio. Tiene una Range Rover parqueada en su edificio (porque ahora que lo van a nombrar secretario privado del Pre le pusieron escoltas, BMW blindado y demás) y unas botas Timberland espectaculares que sólo se pone los domingos para ir al club. Es un hombre con grandes pasiones reprimidas. Alguna vez quiso ser escritor o dedicarse de lleno a la academia, pero probó las mieles del poder y de la fama en la Presidencia. Justo en ese momento conoció a María y le encajó perfecto con su nuevo estilo de vida. Urrutia era muy interesante. Digamos que sigue siendo, aunque cada vez menos. Lo que es echarse a perder.

María es hija de un italiano que llegó detrás de su

mamá, una hermosa caleña *hippie* y medio izquierdosa de los sesenta, y se enamoró también del caos de Bogotá. Tiene un hermano mayor al que le va muy bien en el negocio de las flores y una hermana menor que tiene un ligero retraso mental y que vive en Italia con su abuela paterna desde que tenía cinco años. En su familia poco se habla de ella. Para María es un angelito, la adora y lo único que le hizo falta ese día fatídico del accidente fue tenerla cerca. Iba caminando del gimnasio a su casa y vio que no pasaba ningún carro. Decidió cruzar y de la nada apareció una ambulancia que la atropelló. Afortunadamente iba a unos cuarenta kilómetros nada más, pero fue suficiente para dejarla inconsciente. Los enfermeros de la ambulancia se bajaron y la montaron rápidamente en una camilla. Uno de ellos buscó en su morral algún dato para avisarles a sus familiares. Una foto de su hermanita menor salió volando de la billetera. Finalmente encontraron su celular y sólo fue cuestión de buscar en la memoria. El rumbo de la ambulancia fue truncado por María y, con ello, el destino de un hombre de cincuenta y tantos años que sufrió un aneurisma y esperó con valor a que llegara la otra ambulancia para no morir en su casa y dejar mal sabor.

Cuando María despertó en la clínica, sólo pensaba en su hermanita. "Si yo no estuviera, si me muriera, mi hermanita quedaría sola o, lo que es peor, acompañada por toda esta manada de insensatos que la ven como un animalito. Mi abuela, que se encarga de alimentarla como quien le echa maíz a una gallina y mis papás, que cuando la llaman le hablan prácticamente como si fuera un perro". Le dieron unas ganas incontenibles de llorar. Su papá le cogía la mano y trataba de tranquilizarla. Entonces entró el médico y conversó con ella sobre el accidente. Le explicó que la fractura de fémur que había sufrido era una de las más complicadas y María supo que tenía unos clavos que tal vez nunca le iban a quitar. Eso fue un año antes de conocer a Camilo, un año entero de fisioterapias y ejercicios que la ayudaron a disimular muy bien la cojera.

Sí. Ella encajaba perfectamente en el nuevo estilo de vida de Camilo que, justo en el momento en que la ambulancia la atropellaba se bajaba del avión en el aeropuerto El Dorado, después de tres años en Londres. Fue una mera coincidencia de la que ninguno de los dos se enteró jamás. Pero si María lo hubiera sabido, tal vez habría entendido que Camilo era un accidente en su vida y no se hubiera empeñado en casarse con él, a pesar de las miles de veces que la llamaban sus amigas a contarle que lo habían visto con otra vieja en no sé dónde. ¿Y si alguien hubiera visto el episodio del ascensor? Sin que ella lo supiera, ese iba a ser su verdadero dolor de cabeza. Al salir de Radiofutura, Urrutia se montó en el BMW, sacó inmediatamente el celular y llamó a Manuel José Pombo Ferrer. Después de los tres o cuatro chismes que Manuel José le sacó, él le preguntó por Ana Cristina.

—Por fin pude conocerle a su locutora estrella. Me la topé en el ascensor. Divina. Y esa vocecita... me imaginaba que era un bagre —dijo Camilo al tiempo que se acomodaba en la silla del carro.

—Ya sé para donde va esto. ¡Usted no cambia chino! Qué, ¿le encantó? Pero si ya la había visto —contestó

Manuel José, que miraba sus citas en la *palm* mientras se dirigía hacia el colegio de su hija para aprovechar la tristeza por lo de su amiga y acercarse a ella.

—Nunca tan de cerca. Por qué no me da el teléfono, ¿ah?, o más bien invíteme a una de esa comidas en su casa pa´conocerla.

—Bueno, yo lo llamo en estos días y nos inventamos algo. Espere un segundo contesto una llamada que me está entrando... Ya. Pero seguro se la encuentra antes. A esa le gusta la misma rumba que a usted. Es bien pila la china. Yo la pongo a prueba todo el tiempo, pero responde. Vamos a ver cuánto me dura a mí... y cuánto le dura a usted —le contestó Manuel José entre carcajadas.

—Oiga, y va a ir a mi posesión, ¿no?

—¿Ah, es que ya está la fecha y todo? Felicitaciones, chino, pero me da una jartera ir a palacio por la mañana, ¿y con pandeyuca, jugo de lulo y regaño de su jefe por lo que comenté el otro día en el programa sobre los helicópteros? No, ni de vainas.

—Hablemos de los helicópteros otro día. Le dejo el tema del día listo por ahora. Chao.

—Chao. Ah, saludos a María —le dijo Manuel José casi llorando de la risa cuando pronunció la palabra María.

12

Todos los martes, Ana Cristina lleva a la revista *Hoy* una crítica de cine con dos o tres películas comentadas. La lleva personalmente porque aprovecha para almorzar con su tía Clara, que vive muy sola. Y también porque el editor de la revista es un hombre encantador al que da gusto ver cada semana. Pero lo más rutinario de todo es el hombre del perro con pañoleta azul. Ana Cristina se parquea en donde su tía y para llegar a la revista tiene que cruzar un parque. Ahí está siempre el señor sentado con su labrador de pañoleta azul jadeando. Los ojos del señor también son de un azul muy profundo y el momento en que ella pasa a su lado caminando es uno de los más importantes en la semana. Setenta y cinco años. Vive solo. Es húngaro y se casó con una colombiana que murió hace más de cuatro años. No tiene a nadie. Vive muy solo.

Aparte de Ana Cristina, las cosas más importantes en la vida de Adrienn son: el lambetazo con que su perro lo despierta; el frío agradable que siente en los pies cuando recoge el periódico; el ruido de la cafetera mientras se hace el café y ese vapor que llena de calor toda la casa; la voz de Tony Bennett mientras arma uno de los rompecabezas que están en la mesa del comedor; el pedacito de queso que comparte con su perro en las noches y cuando se sueña con Elisa, su esposa muerta. El resto del día transcurre sin mayores sobresaltos o sorpresas.

La mujer de las piernas largas está demorada hoy. Generalmente pasa entre las doce y tres y las doce y catorce. Adrienn respira profundamente al verla a lo lejos. Sus movimientos lo inquietan. Casi siempre le sonríe al perro y todo su misterio se convierte en dulzura. Ya son las doce y veinte. Pero para ella sólo hay una cosa importante hoy: los ojos de Camilo Urrutia. Se le quedó grabada esa mirada de pestañas de niño chiquito y no ha podido controlar ese escalofrío que siente en el vientre cuando piensa en él. Va caminando con la cabeza en alto y de vez en cuando la inclina completamente hacia arriba para que le dé el sol. Ni se percata de Adrienn. No saluda al perro con la sonrisa de costumbre. Va caminando unos dos centímetros por encima del suelo.

Adrienn se desconcierta. Desde hace seis meses va allá todos los martes para que la mujer de piernas largas le sonría a su perro de pañoleta azul y así ellos tengan cierta complicidad. Pero Ana Cristina no sonríe esta vez. Los pasa por alto, los ignora. Adrienn se para de la banca y el perro chilla. No se quiere ir. "Esperemos a que vuelva a pasar, no puede ser que nos haya ignorado así, no nos vayamos todavía", dice el perro de la pañoleta azul con su mirada. "Perro de porquería", piensa Adrienn, "crees que te puedes dar el lujo de decidirlo todo, crees que puedes enamorarte también de ella. Perro de porquería, ya es hora de que tú y yo aprendamos que no somos nada más que un accesorio para ella. A lo mejor ni siquiera eso".

Ana Cristina saluda al editor y aprovecha para darle un beso bien plantado. Se sientan a mirar el artículo. A ella le parece exagerada la fiebre de *Matrix* y en cambio habla muy bien de *Samsara,* la película que vio sola (pero un poco acompañada) el jueves pasado. En la fila del teatro vio a un tipo absolutamente hermoso. La descripción resulta insulsa para explicar lo que sintió cuando vio que los ojos de ese hombre de cuerpo escultural sin músculos exagerados se posaban sobre ella. No pudo sostener la mirada y agachó un poco la cabeza. La mujer que iba con él lo halaba de la mano para que entraran rápido al teatro. Ana Cristina se sentó antes que ellos y disimuló muy mal la sorpresa cuando ellos se sentaron en las sillas de al lado, el hermoso entre su mujer y ella. No era muy cómodo el teatro. En el brazo de la silla sólo cabía un brazo, pero el hermoso y ella se las arreglaron para compartirlo toda la película. A medida que las escenas se hacían más y más eróticas, la tensión crecía entre el hermoso y Ana Cristina. Sus dos dedos chiquitos se rozaban ligeramente y era casi como si él le estuviera acariciando todo el cuerpo. La respiración de los dos era pausada y se disfrazaba con la música de la película para todos los demás, menos para ellos. Todo estaba concentrado ahí, en esos dos dedos meñiques que se descubrían lentamente sobre el brazo de la silla. A veces el hermoso intentaba montar su dedo en el de ella, pero entonces una escena con demasiada luz los ponía en peligro y alguno de los dos quitaba el brazo y tomaba un sorbo de gaseosa. Nunca se miraron, ni siquiera lo pensaron. Cuando acabó la película la pareja del hermoso insistió en ver los créditos hasta el final, mientras los dedos disfrutaban de esos últimos segundos juntos. "Nadie sabe para quién trabaja, ¿no te parece, hermoso dueño del dedo meñique?" El escalofrío que sintió Ana Cristina ese día nunca más va a ser. Fue mucho más intenso que muchos orgasmos al lado de Miguel, mucho más intenso que los que le propició Camilo Urrutia. ¿O parecido?

13

El miércoles amanece menos nublado. Y así se mantiene hasta la tarde. Ana Cristina entra al café donde usualmente se encuentra con La Toñi. Los meseros la conocen y hasta le fían. Ella ni siquiera tiene que pedir porque ya todos saben qué quiere: un *capuccino* y una galletica de esas que tienen azúcar encima. Antes de sentarse mira todas las revistas que hay en la mesa y recoge unas tres o cuatro de otras mesas. Siempre escoge las que no son de leer. El zumbido de las otras personas hablando no la deja concentrarse, por eso prefiere ver revistas de moda. Busca las modelos que más se parezcan a alguien que ella conozca. Buscar parecidos es uno de sus pasatiempos favoritos. Ese, y oír conversaciones ajenas mientras espera a su amiga La Toñi. A su lado están sentados un viejito muy viejito y la que parece ser su hija, una señora ya.

—Papá, ¿qué quieres tomarte entonces?

—¿Cómo así? Si yo no quiero tomar nada, por qué voy a querer tomarme algo —contesta el viejito furioso y devuelve esos ojos perdidos al recinto.

—Le dijiste al señor hace un rato que querías un té y te lo trajeron. Ahora no lo quieres, entonces él te puede traer otra cosa… —contesta muy cariñosamente la señora.

—Pues no. Que no me crean pendejo. Si no he pedido nada. Además yo no tengo plata.

—¡Pero si yo te voy a invitar!

—¿Ah sí? —dice el viejito cambiando a un tono muy amable— ¿y tú cómo es que te llamas?

—Yo me llamo Milagros Duque de Pardo.

—Ah...pero si tienes el mismo apellido mío. ¿Cómo se llaman tus papás?

—Se llaman, Luis y Helena. Luis eres tú y Helena es tu esposa —responde la señora como si le estuviera hablando a un niño.

—Mmmmmm... —dice el viejito y se acomoda el bastón entre las piernas.

—¿Y a qué horas es que ese señor nos va a traer mi té, ala?

—Pero si dijiste que no querías té, papá.

—¡Jamás! Si yo sólo tomo té a esta hora. ¿No ves que yo viví en Londres mucho tiempo? *It´s tea time.*

—Bueno, ahorita le decimos al señor que te lo traiga.

A la señora le suena el celular y se para de la mesa para hablar a espaldas de su papá. Los ojos del viejito vuelven a perderse nuevamente. Ana Cristina levanta la mirada de la revista para verlo mejor. Está bien abrigado y tan encorvado, que la bufanda roza el suelo. Él se voltea y le dice:

—Mijita, Helena, ¿por qué te sentaste en esa mesa? Ven para acá que aquí hay una señora lo más querida y vamos a tomar té. Tú siempre tan independiente, ven para acá.

No sabe qué hacer. No sabe qué decirle. La hija no se ha percatado del asunto y de pronto salen de su boca unas palabras medio atoradas con el azúcar de la galleta. En ese preciso momento la señora cuelga y se voltea salvándola de una conversación desquiciada y por la puerta entra La Toñi imponiéndose con sus uno setenta y ocho de estatura. La busca entre toda la gente hasta que Ana Cristina la saluda con la mano.

—Bueno. Ya es fijo ñero… ya es un hecho que a tu príncipe azul lo van a nombrar secretario privado de Mejía —dice La Toñi sin siquiera saludar.

—¿Quién te dijo?

—Pues mi amiga que trabaja en la Presidencia, María Alicia. ¿Y el *man* no te dijo nada más?

—No, pero con eso fue suficiente. Me rayé, se me olvidó que existe Miguel, se me olvidó hasta mi propio nombre.

—Seguro que ya se averiguó tu teléfono con Manuel José, porque las familias de ellos se conocen de toda la vida. Qué ñerada…

—No creo. Si tiene novia.

—¿Tú crees que eso es un obstáculo para él? Cero.

—Pues para él no sé. Para mí sí —contesta Ana Cristina seria.

—¡Ya te veré caer!

—Noooo, si cuando se vuelva secretario privado va a ser aún más inalcanzable y aún más *yupi.* Es que, ahora que lo pienso, no sé por qué me gusta tanto. Odio las corbatas, pero este tipo parece sacado de una revista.

—Sí, es muy divino. Y la novia, María, es divina también, pero sí, logra cojera.

—¿Por qué? —dice Ana Cristina medio respetuosa, medio irónica.

—Tuvo un accidente. Una ambulancia la atropelló —y después de eso una risita trágica de La Toñi.

—¡Tooooñi! Qué pesada…

—El caso es que fijo el tipo ya tiene tu teléfono.

—¿Y qué con eso, igual? ¿Tú me ves montada a mí en una camioneta blindada con escoltas o comiendo en un restaurante bien fifí con el señorito y Mejía? No sé…la verdad es que no creo que le haya interesado tanto. Muy bajo perfil para su gusto.

—No, si Camilo es amigo de todo ese grupito del Bosque Izquierdo, que ninguno es que sea de nariz enyesada. O bueno, tal vez se las tengan que enyesar de todo el perico que se meten, ¡jajajajaja!

—¡Mentiras! No te puedo creer que ese niño tan bien peinadito y tan bien puesto sea amigo de Julián Peña, por ejemplo —dice Ana Cristina.

—Pues así es la cosa. Un *capuccino* también, gracias —le responde La Toñi al mesero que se acercó.

Bueno, Anacrista. Ya tienes más datos de tu galán. El gran problema es que una cosa no encaja bien con la otra. Pero ya te dio tanta curiosidad que tendrás que averiguarlo por ti misma. Pasaste de la *enfatuation* a una curiosidad casi morbosa y pronto se te va a convertir en un reto ese tal Camilo Urrutia, que mañana a esta misma hora se posesionará como secretario privado del Presidente de la República. Y tu jefe claro que estará allá. Le dijo a Camilo que no quería ir simplemente por hacerse el importante. Nada nuevo. Y a todas estas… ¿en qué andará Miguel, que se te había olvidado hasta que lo nombraste en la conversación con La Toñi? Miguel toca su Fender Telecaster. Todo parece importarle un pito. Está muy bien así, tranquilo, sin tus halaracas, con dos bolsas de marihuana encima de la mesa del comedor. De fondo se oye el noticiero en el televisor: "El joven Urrutia ha escrito los discursos más memorables del Presidente a lo largo de todo su gobierno y se posesionará mañana en palacio, hacia las horas de la tarde".

Cuando Ana Cristina y La Toñi se disponen a salir del café, suena el celular de la primera, que mira con extrañeza el número que aparece en la pantalla. La segunda grita: "¡Te lo dije, contéstale, seguro es él!" y a Ana Cristina le vuelven los escalofríos del vientre.

—Aló.

—¿Ana Cristina?

—Sí, ¿con quién hablo yo? —dice Ana Cristina segura de que es él.

—Hablas con Camilo Urrutia, ¿te acuerdas de mí? Nos conocimos en el ascensor de la emisora.

—¿Ah, el de los mil escoltas y la corbata linda? —pregunta Ana Cristina.

—Bueno, ese pero ¿fue lo único que se te quedó grabado?

—No, también me dijeron que ahora va a ser secretario privado de Mejía. Mejor dicho: estoy hablando con un tipo importantísimo.

—¿Y será que le regalas un ratico a este tipo importantísimo?

—¿A dónde me quiere llevar el tipo importantísimo?

—El tipo quiere ir a tomarse un trago con la princesa...

—Pero le advierto que esa princesa no tiene castillo, ni vestidos de coctel.

—A mí no me importa. Mi reino por esa princesa —dice Camilo y se ríe.

—Pues encontrémonos en algún sitio, en Fragile ¿le parece? —contesta Ana Cristina sonrojada mientras La Toñi la mira con cara de reportera de farándula.

—¿No quieres que te recoja? La princesa es independiente, como la Cenicienta.

—Lo que pasa es que a la Cenicienta le da claustrofobia en los carros blindados en donde no se pueden abrir las ventanas. Y aparte le da como vergüenza estar ahí montada mientras los escoltas del tipo importantísimo se portan como unos truhanes con todos los demás carros.

—Y además tiene un carácter como fuerte, ¿no? En media hora nos vemos. Un beso —y cuelga casi sin dejar que ella se despida.

Dramático, Anacrista. Ahora sí caíste, a pesar de que trataste de defenderte con tus frases ácidas por unos cuantos segundos. Es más, no sabes si todo lo que dijiste fue para defenderte o más bien para impresionarlo. Ni te esperas todo lo que se te viene encima, ¿o sí? Tiene como ganas de llover otra vez.

14

Nunca se hubiera fijado en un hombre así, pero su sola presencia es, de hecho, arrolladora. Y detrás de toda esa fachada de *yupi* intelectual hay algo que ella quiere descubrir, como cuando quiso acercarse al hermano de Miguel. Nunca se conocieron en persona. Ana Cristina entró a su vida de una manera bastante abrupta. Fue algo así como un *forward* que alguien de la familia de Felipe escribió y ahí estaba la dirección de él. Ella decidió escribirle un día, como si nada, como si se conocieran desde antes. Felipe no le escribía a ningún miembro de su familia desde hacía más de tres meses. A ella le respondió inmediatamente. Incluso, Miguel llegó a sentir celos y, por supuesto, fue algo que ella nunca le mencionó a su suegra, que hubiera podido llegar a detestarla.

Hola Ana Cristina: Me alegra que me hallas escrito así, tan casual. Supongo que este ano no nos vamos a conoser, pues todavía no califico para la navidad en familia (me imagino que sabes todo...claro) mi vida es un poco agitada, no tengo las ideas muy claras. Solo sé que todos te quieren y yo por ende debería quererte. Pero no. Solo te voy a querer si te lo ganas. Ya ves, que soy el menor de los Santamaría, pero el mas dificilito. Vivo de aqui para alla. No me queda mucho tiempo para socializar con las personas mas alla de un porro pero, si tu y mi hermano vinieran, tal vez me quedaría en un solo lugar para aprovecharlos, junticos. Sé que lo haces muy feliz y que le quitas de encima mucho de ese peso que carga por mi culpa. Pero convéncelo de bajarse de esa película, es que ya sabrás... yo soy medio cabrón, así es la vida. Mándale saludos y, por fa, no le cuentes a nadie más que te escribí. Felipe. Ps. Escribes tan bien que espero no defraudarte con mi ortografía de exiliado neoyorquino.

Un par de *mails* más y una conversación trivial por *Messenger*. Nada más. Nunca más supo de él. No sabe tampoco que ese Nueva York que Felipe ha tenido que guerrear no se parece en nada al que su primo Mariano conoce, a pesar de que los dos tienen esa gran afinidad con las drogas. Como de costumbre, Miguel se le cuela en las ideas. Y ahora mismo se lamenta por seguir pensando en cosas que la llevan a él, cuando está a punto de encontrarse con el papacito. Anacrís, vamos por partes. El fantasma de Miguel no desaparece del todo, pero parece estar dando espacio suficiente como para que empieces tu vida otra vez.

Se echa un poco de pestañina, se baja del carro y compra unos cigarrillos. Afuera hace un frío del demonio. Entra al lugar con las rodillas un poco fuera de lugar, medio elevada y con algo de temblor en todos sus movimientos. Esa que siempre entra imponiéndose, como cuando la está mirando el señor del perro de pañoleta azul, se perdió. Ahora está la Ana Cristina que trata de controlar sus movimientos y siente que la cadera le queda muy grande. Ve a lo lejos a Camilo hablando por celular. Se acerca y él le mueve la silla, le coge la mano y se la besa como si se conocieran de hace mucho. Sigue hablando por teléfono:

—Sí. Perfecto, díganle que entonces ponga ese requisito en la licitación y que antes de publicarla se la pasen al doctor Zambrano, para que él sepa entonces con qué cuenta... Sí, bueno. Pero mucho ojo con ese requisito, si no el doctor Zambrano no puede maniobrar y eso es algo que el Presidente le prometió... bueno. Hablamos, gracias —cuelga. ¿Qué te tomas, Ana Cristina, un martini?

—Bueno, puede ser. Pero mañana la madrugada me va a dar durísimo. ¿Cuál te estás tomando tú?

—Este tiene ginebra y vodka. Está bueno, pruébalo.

Ana Cristina se toma un sorbo, se le duerme la lengua y la garganta le arde, pero asiente con la cabeza y Camilo le dice al mesero que otro igual.

—Pues me gustó mucho encontrármela en ese ascensor. Siempre había querido verle la cara a esa voz tan sexy —dice haciéndose el que nunca la había visto.

—¿Sí? A mí en cambio nunca me había llamado la atención conocer al secretario privado de Mejía y mire usted que aquí estoy muy sentadita tomando trago con él —un sorbo de martini para soltarse de a poquitos.

—¡Lo que no me imaginé es que fuera tan agreste la niña!

—Sólo estoy actuando un poquito, no vaya a ser que el secretario privado se aproveche de mí, yo que soy tan queridita y tan dulce —otro sorbo grande del martini para controlar esas ganas de botársele a darle un beso y risas de los dos.

—Jajaja. Ya veremos quién se aprovecha de quién. Por ahora me preocupa que esta conversación no la había tenido tan rápida y tan directa con ninguna mujer. Usted es como sincerita, ¿no?

—Bueno, ¿cuál es el concepto que un secretario privado de Mejía tiene de la sinceridad?, jajajajajaja —se ríen los dos al unísono.

—No, en serio no joda más con eso, que yo de verdad le soy muy leal al Presidente y he aprendido mucho de él. Cambiemos de tema.

—Mire a esa vieja que viene entrando. Es igualita a su novia ¿no?

—Jajajaja. ¿Usted cómo sabe que yo tengo novia?

—Ah, una que es periodista, papito.

—Estamos súper mal. Si no, no estaría acá. Yo… no sé. ¿Ahora sí se puso pesada, no? —le suena el celular—. ¡Quiubo, Angulito!, ¿en qué andan?… y están todos… con una princesita como brava… sí, muy bonita… trabaja en radio… ajá… bueno, pásemela… ¡Camila, reina! Vamos a tener que romper el pacto ese que teníamos pa' que me prestaras tu vientre porque encontré a la mamá de mis hijos… en un ascensor… jajaja… ahora te la presento —y le dice a Ana Cristina— ¿que si quieres ir a una fiesta donde mis amigos?

—Pero tengo que madrugar mucho.

—¡No! Vamos a tu casa si quieres y dejas el carro. Yo le digo a mis escoltas que te lleven temprano a la emisora.

—Ah, es que es hasta mañana la cosa. ¿Y usted sin vergüenza me va invitando a dormir?

—No, linda. No creo que vayamos a dormir —se oyen carcajadas por el celular—. Que sí, que ahora vamos para allá. Bueno… ¿cuánto, cuántas?… Listo. Beso, Camila, reina.

—¡Hey! Yo no he dicho que sí.

—No. Pero es como si hubieras dicho.

—Es más mandón que yo… ¡salud, pues! Pero vamos a dejar el carro —y otro sorbo largo para olvidarse de la madrugada—. ¿Y eso del préstamo del vientre y la mamá de sus hijos en el ascensor?

—Algo me lo dijo ese día. Te vi ahí tan seria y dije: esto es lo que mis hijos necesitan: una buena educación —risas.

—¿Y qué es lo que necesitas tú, una mujercita que te acompañe a tus posesiones?

—No. Necesito una mujercita que me rete todo el tiempo, como tú. Una mujercita que no se amedrente.

—Qué poco me conoces, Camilo. Yo me amedrento a veces, no creas…y, por otro lado, decidamos de una vez si nos tuteamos o nos usteamos, ¿no?

—A mí me gusta cuando me ustéas, pero prefiero tutearte. ¡Salud! —más tragos que adormecen la lengua.

—Bueno, doctor. Se le ustéa de ahora en adelante…

—Tomémonos esto rápido que nos están esperando.

Arrollador. Y a estas alturas de la noche poco importan la madrugada y Miguel. Ana Cristina deja el carro en su casa y avisa que no se queda esta noche, que va a ir a una fiesta, que tranquilos que voy con el chofer del secretario privado del Presidente. Se monta. Camilo la mira por el retrovisor y le pone una mano en la pierna. Las rodillas vuelven a perder su firmeza y ella se acomoda a ver si no se le escapan las mariposas del estómago. Los dos cantan a gritos *"Siuna moooor caedelcie lo, no preguuunto mááś, enmiss sue ñosnun capieer do, laopor tunidaaaad"*.

El portero pregunta que de parte de quién. "Que de Camilo y la mamá de sus hijos, diga", contesta Camilo y oprime el botón del once en el ascensor. Ana Cristina se marea un poco cuando se cierran las puertas y arranca. Él se le acerca y le pasa su mano por el cuello. "Las mariposas están volando por todo el ascensor. ¡Uy no! qué cursi, más realismo mágico no. Rectifica dentro de tu cabecita borracha, chava". Camilo le pone los labios a dos milímetros de los suyos, le respira encima y le da un beso corto. Por fin vuelve a fluir la sangre como debe ser en los labios de Ana Cristina. Ella se cuelga de su cuello y no acaban los besos sino hasta que se abren las puertas del ascensor.

—¡Tocaya, reina! —dice Camilo y abraza a una mujer de pelo muy negro y unos ojos verdes desorbitados que alteran a Ana Cristina.

—Síganse no más. Esta debe ser la mamá de tus hijos, Camilito. Encantada, princesa. ¡Es igualita a Isabel!

—No vayan a romper el acuerdo todavía, porque puedo decepcionarlos —contesta Ana Cristina y hay risa de los tres.

Led Zeppelin a todo volumen, el timbre del citófono de fondo y una cabeza agachada en la mesa de centro. Otras personas mirando ansiosas y dos o tres más turnándose un porro parsimoniosamente. Ana Cristina y Camilo ya están cogidos de la mano y no se sueltan. Nadie parece extrañar a María Rubino, la noviecita oficial. Todos le dan la bienvenida como si fuera una fortuna tenerla ahí, entre todo ese desorden. Ella está un poco aturdida, pero también está contenta. Le gusta la música que oyen y ya tiene en la mano un Jack Daniels que le sirvió Camila, reina, tocaya. Un tipo le pregunta:

—Tú y yo nos conocemos de alguna parte, ¿no es cierto?

—No sé, pero me pareces conocido también…

—Yo creo que tú tenías el pelo más largo, ¿verdad? —dice el tipo.

—Sí… pero —claro, ya lo ubicó— yo en cambio creo que a ti te he visto en... ¿No nadabas en la piscina del Four Points?

—¡Claaaaaaaaaaaro! Hay que decirle a Isabel que venga para que te conozca. No te imaginas ese cuento. ¡Mariaisaaaaa!, Camilo ¿de dónde sacó a esta sirena?

De pronto entra de la terraza una mujer con rasgos muy parecidos a los de Ana Cristina.

—Hola —dice desinteresada.

—Esta es la vieja que yo estaba esperando el día que tú y yo nos conocimos en la galería. Mira que no es chiste, ahora sí puedo corroborarte que se parecen.

—No se me parecen —dice Camilo y le da un beso a la tal Mariaisa.

—Hola —dice tímidamente Ana Cristina.

—¡Ay no! No te imaginas la lora de este tipo con el cuento de la sirena. Y ahora en ese embale va a ser peor. ¿Quieres una raya para estar a la par con el desastre?

—No, gracias. Por ahora no —dice Ana Cristina súper natural, como si fuera de todos los días que le ofrecen un pase.

—¿Y tú, Camilín, te unes a la fiesta? —todos se ríen porque él ya está cuadrando su línea en una caja de *cd*.

Ana Cristina se aterra un poco, pero decide hacer

caso omiso. Al fin de cuentas, el perico es la droga de la lucidez, piensa ella. ¡Pero ya verás de cuál lucidez, Anacrista ingenua! Cada dos frases vas a perder el hilo de la conversación: que te pareces a Isabel, que ella llegó a una exposición, que tú dijiste que ibas a ir, pero que ese baterista de Led Zeppelin definitivamente es un cabrón y que Juana Sofía se ganó dos millones de pesos por un comercial y lo primero que se compró fue un *jacuzzi* y que las piscinas sí me gustan, y que a mí no, pero que qué tal ese baterista de Led Zeppelin lo cerdo, y que mañana Mariaisa y su novio (¿cómo es que se llama? Juan Antonio, como ese portero que tenía Luciana en el edificio de al lado) no van a poder celebrar lo de Camilo porque no tienen con quién dejar al niño, pero que ya quiten a Led Zeppelin y que ese disco era mío, no: tuyo, eso: mío, no: de Camila, reina. *"Mustang Sally, guess you better slow the mustang down, mustang sally now baby, guess you better slow the mustang down… you´ve been running all over the town uhhh I guess you gotta put your flat feet on the ground!"*. Estás bailando con Camilo y es como si lo conocieras de hace tiempo. Eso es lo que andabas buscando. ¿Y todos esos lujos del señor secretario privado? Se quedaron abajo con los escoltas. Aquí estás con ese que —tenía que ser cierto el presentimiento— intuías que estaba detrás del celular y las corbatas y los escoltas. Ahora sí que menos te vas a sentir la segunda, porque aquí todos te adoran. Tómate otro whisky, que seguro tu jefe también está enrumbado en algún lugar de la cuidad. Y baila y cógelo y quiérelo de a poquitos. Que no se te note mucho, que crea que no estás tan a la mano.

—Acompáñame un momento arriba que quiero celebrar mi nombramiento en privado —le dice Camilo.

Subes detrás de él como un corderito juicioso que va hacia el matadero. Entran en un cuarto oscuro, comienza a darte besos por todas partes y te dice, entre beso y beso: "¿Dónde estaba metida esta princesa, por qué no la había visto antes, si yo me la quería pedir de primero?". Ya te quitaste la ropa por voluntad propia, pero con ayuda de Camilo. Estás enloquecida, quieres que el secretario privado te toque por todas partes, que conozca cada centímetro de tu cuerpo. Él saca una botella de champaña de una neverita de hotel, la destapa y te la empieza a echar por todo el cuerpo. Mientras hacen el amor, te pide que le des un sorbo más de champaña. Están borrachos, muy borrachos. No puedes tomarte un sorbo más de nada. Él en cambio va en su tercera línea de cocaína.

15

Todo se revuelve en una sola sensación. Hay un largo silencio, un sueño muy pesado. Ana Cristina abre los ojos con un dolor de cabeza insoportable. Está helando. La cobija de plumas en la que está envuelta y entrepiernada con Camilo le es extraña, le huele a lugar desconocido. Con el mayor de los esfuerzos se levanta para mirar la hora en su celular. Son las 5 a. m. Abre la puerta del cuarto y mira para ambos lados, no sea que en el camino hacia el baño uno de los desconocidos que anoche era de toda la vida se le aparezca y la vea empelota. Se echa agua en la cara. Todavía está borracha. Vuelve al cuarto y despierta a Camilo a la brava, porque está completamente noqueado. Él hace una llamada por celular y lo único que dice es "Te esperan abajo, princesa. Hablemos más tarde". A Ana Cristina le empieza a dar angustia, porque a este tipo lo nombran secretario privado del Presidente esta tarde y ahora no sabe ni cómo se llama, pero de todas maneras tiene que salvar su pellejo, así que sale casi corriendo después de vestirse y se monta muerta de la pena con los escoltas.

—Doctora ¿cómo le va, me dijo el doctor que la lleve a Radiofutura?

—Sí, muchas gracias. ¿Cómo se llama usted?

—Yo me llamo Silverio, doctora. Siga —y le abre la puerta del carro.

—Gracias. Pero no me diga doctora, Silverio, que eso sólo le queda a los tipos de corbata como su jefe.

—¡Ay doctora! Ya me pillé que usted sí va ser pa´risas. No como la doctora María que está siempre tan…

—No. Silverio. No empecemos mal. Más bien póngame noticias.

Se debate entre las noticias y los globos de su cabeza, que va recostada en la ventana blindada pensando mil cosas a la vez: qué dolor de cabeza, primero que todo; segundo que todo, ¿habrá que despertar a Camilo o será que los escoltas también le prestan ese tipo de servicio?; ¿qué será de Miguel?, tercero que todo; y ¿qué será de Miguel?, en cuarto lugar, y en quinto, y en sexto, y hasta el infinito…

16

Don Silverio abre la puerta. Ana Cristina se baja y sube corriendo los tres pisos hasta llegar al estudio, desde donde sale el eco de la voz de Manuel José. "Son las seis de la mañana en Bogotá, una de la tarde en París, donde una de las noticias más importantes del día toma lugar. En la línea tenemos al señor Jean Luc Langé, director de la oficina de tráfico ilegal de fauna y flora de Francia, en donde se acaban de decomisar más de dos mil bufos marinos, los sapos originarios de la región del Amazonas que producen una sustancia alucinógena muy de moda entre los jóvenes consumidores de drogas en Europa. Monsieur Langé, *bon jour....*". Después de hacer gala de su pésimo francés, Manuel José empieza a hacer las preguntas en español y mira mal a Ximena la traductora, que está haciendo su mejor esfuerzo por entender una conversación meramente científica con el señor Langé.

—El señor Langé dice que estas ranas tienen una sustancia muy parecida al LSD encontrado en el peyote y a la mescalina de los hongos.

—Pero cómo se llama esa sustancia, Ximena.

—Tengo que preguntarle otra vez porque no entendí muy bien...*Monsier, pourrier-vous me répéter le nom de cette substance?*

—*Oui, Oui* —contesta el señor Langé—. *Bufotenine.*

La entrevista versa sobre temas demasiado técnicos, a pesar de que Manuel José intenta simplificar sus preguntas. Ana Cristina decide ayudar a su compañera para que la cosa no se ponga tan grave y pide en *off* que la dejen hacer una pregunta.

—Ximena, quiero preguntarle al señor Langé cuál es la relación entre el trato que se le ha dado a las ranas en las culturas prehistóricas e indígenas y este alucinógeno.

Ximena suspira y le pica el ojo. Pregunta en un francés un poco menos atorado y luego traduce:

—Dice que las ranas y los sapos tienen dos cualidades que las distinguen de otros animales: el veneno y el alucinógeno en sus glándulas, y el hecho de que tienen un comportamiento sexual muy violento. Por eso las relacionan con la fertilidad y con las divinidades.

—¿Y qué hay del mito de besar un sapo para encontrar a un príncipe? —pregunta Ana Cristina sin siquiera avisar que va ha hacer contrapregunta.

El señor Langé se ríe y parece divertirse mucho con la pregunta. Ximena hace otra vez la misma operación y traduce al final:

—Jean Luc dice que es muy probable que muchas mujeres hayan alucinado al momento de reconocer a sus príncipes azules y que tal vez por eso es que han quedado tan mal casadas.

Todos en el estudio se ríen. Manuel José retoma las riendas de la entrevista y le hace un ademán de "alto" con la mano a Ana Cristina.

—¿Qué hace exactamente la bufotenina, doctor Langé?

—pregunta como quien pregunta lo más inteligente del mundo.

—Ha dicho que la bufotenina hace exactamente lo mismo que otros alucinógenos, según varios estudios con ratones de laboratorios: reemplaza a algunos neuro transmisores, causando cosquilleo desde la cabeza hacia las extremidades. Se atora el pecho, se contrae, hay disturbios visuales, desorientación, cierto enrojecimiento de la piel y muchas veces vómito y mareo —responde Ximena.

—*Merci beaucoup, monsieur Langé* —dice otra vez en su francés horripilante Manuel José.

—*Oh, au revoir. Toute mes salutations à la princesse. J´espere qu´elle va bientôt truver son prince* —dice don Jean Luc Langé.

—Que muchas gracias y que saluda a Ana Cristina, a quien llama la princesa, y que ojalá encuentre pronto a su príncipe.

Ana Cristina le dice "obuárr" en un francés esmerado y se queda en las nubes mientras leen el resumen de noticias. "¿Qué será de esos ratones de laboratorios que utilizan para descubrir las semejanzas y diferencias entre una sustancia y otra? Estarán todo el tiempo como Pinky y Cerebro, intentando conquistar un mundo imaginario que se les aparece gracias a la cantidad de alucinógenos que les dan diariamente. Y el científico estudiará sus movimientos con atención, mientras descubre que cuando les da LSD presionan un botón diferente al que oprimen cuando ingieren bicarbonato. Y que escogen el mismo cuando se les inyecta la sustancia esa de los sapos alucinógenos". Y otra vez relaciona y piensa en Felipe, el hermano de

Miguel. "Seguro ya ha probado tantas cosas como el par de ratas y estará viendo dragones o pajaritos, o sirenas que cantan, o sirenas de policía que lo persiguen, o un campo lleno de tréboles de cuatro hojas, o ninguna de esas tonterías que tú te imaginas, Anacrista, porque tú sabes muy poco de la vida", se dice.

El señor Jean Luc Langé, director de la oficina de tráfico ilegal de fauna y flora de Francia, que ya va para los sesenta y cinco, visitó varias veces la isla de Lanzarote, en las islas Canarias, hace poco menos de diez años, mientras hacía una investigación sobre el lagarto de Haría o *Gallotia atlántica.* Nunca sabrá que Adrienn, ese viejo húngaro cascarrabias que conoció en la isla está radicado en Colombia, ni tampoco que su adorada Elisse murió hace ya varios años, llevándose con ella el gran dolor de no haberse quedado para siempre con él compartiendo noches estrelladas en los arrecifes de Lanzarote.

¡Qué buenos recuerdos! Por lo menos antes de que Adrienn los encontrara... Elisse con su cuerpo maduro y con ese erotismo que emanaba por cada poro de su piel. Fue esa noche la que le reconfirmó que la pasión no está hecha nada más para los jóvenes, que las imágenes del sexo entre dos adultos como él y Elisse son absolutamente excitantes y que el amor se puede sentir tan carnal a los veinte como a los cincuenta. A Adrienn lo recuerda como un tipo muy...escueto. De una seriedad abrumadora. Pero con el tiempo supo por Elisse que era huraño y psicorrígido y que la llevaba de vacaciones al mismo lugar, a quedarse en el mismo cuarto, desde hacía tres años y medio, cuando ella había enviudado y, en medio de una fuerte depresión, había viajado por azar a Budapest, donde conoció al solterón del Adrienn y se casaron.

Una habitación doble tipo Isabel con cama matrimonial, terraza y bañera, en la planta baja del hotel Casa Tegoyo en la isla de Lanzarote, desde donde se tenía acceso al jardín, era cada agosto el karma de Elisa, que al principio trató de persuadir a Adrienn para que fueran a conocer otros lugares del mundo y luego conoció a Jean Luc. Entonces poco le importó que su marido siguiera organizándole los quince días de vacaciones. Si tenía tiempo suficiente y excusas buenas para escaparse con Jean Luc, no había problema.

—Me parece que hacia las diez y treinta y cinco de mañana ya habremos terminado nuestro desayuno y es factible que empecemos nuestra excursión fotográfica —le decía Adrienn a Elisa—. Tú te vas hacia la zona de Haría y tomas fotos de los lagartos, mientras yo me voy hacia los lados de Playa Blanca y tomo las fotografías de paisajes de playa. Alrededor de las doce y cuarenta y tres o cuarenta y cinco, podríamos encontrarnos en el *hall* de entrada del hotel. Digo... tú llegas al hotel un poco antes, pero así te doy tiempo de que te arregles un poco para que tomemos nuestro almuerzo, que puede terminar a la una y veinte, dándonos el margen de tiempo exacto para coger el bus que sale del hotel a las dos hacia las bodegas de vino Barreto ¿te acuerdas? Las hemos visitado ya varias veces...

—Sí, lindas... —contestaba Elisa aburrida.

—Perfecto. Entonces nos encontramos tipo doce y cuarenta y tres o cuarenta y cinco en el *hall* de entrada, a lado de las sillas de mimbre ¿te parece?

—Me parece —decía Elisa.

—No se te olvide preguntarle a algún guía si tiene información adicional a la que ya hemos puesto en nuestros álbumes. Ah... y nos hace falta una foto detallada del hinojo.

Fue durante esa excursión fotográfica que Elisa conoció a Jean Luc y lo invitó a quedarse en la vieja casa señorial construida en 1804 que había sido trasformada en casa de campo mucho antes de que se convirtiera en su sitio de visita obligado todos los agosto. Ahí, mientras Adrienn se ocupaba de sus apretados horarios y de hacer cuanto *tour* ofrecieran para conocer mejor Lanzarote, Elisa se desbordó de pasión con Jean Luc. Dejó que todas esas cosas cursis que nunca oía de Adrienn le llenaran el corazón y se paseó desnuda por todas las playas desiertas de Lanzarote. Jean Luc le tomó fotos en todas las posiciones posibles y le hizo el amor de todas las formas. La cara de Elisa se iluminó de nuevo y Adrienn pensó que por fin ella disfrutaba de las repetidísimas vacaciones de agosto, hasta que un día los encontró en el baño con baldosas marroquíes de la habitación. Elisa recostada mientras Jean Luc, un hombre ya canoso, pero de una armonía física casi cinematográfica, la apretaba fuerte y la besaba. El agua corría por ese par de cuerpos bronceados con las marcas de la edad y de los vestidos de baño. Adrienn volvía de su acostumbrado paseo por Arrecife. Cuando abrió la puerta del baño se quedó completamente mudo y miró casi con morbo a su esposa y al desconocido que la hacía gemir de placer. Cinco segundos siguieron ellos sin darse cuenta de la presencia de Adrienn. Cuando

Elisa salió de su primer orgasmo levantó la mirada y lo vio ahí parado, en silencio. Contuvo la respiración, y pasó de estar roja a muy pálida. Apartó el cuerpo de Jean Luc temblando. Él se volteó y vio también a Adrienn inmóvil, que de repente dio media vuelta y salió. Elisa seguía temblando y Jean Luc la abrazaba con una toalla. Nunca se imaginaron que Adrienn los esperaba en el cuarto. Elisa salió. Se quedó mirándolo desconcertada y llena de miedo. Adrienn sólo dijo:

—Quiero hablar con mi esposa a solas —y acto seguido Jean Luc salió cabizbajo.

—¿Lo quieres, Elisa?

—No sé —contestó ella limpiándose las lágrimas y las gotas de agua que se mezclaban en sus mejillas, antes rojas de satisfacción.

—Yo sólo quiero saber qué sientes. Si no es tan importante podemos pasar esto por alto y tomar ya mismo el vuelo a Bruselas. Si quieres quedarte, estás en todo tu derecho, Elisa. Simplemente tienes que tomar una decisión. ¿Te parece si los dos tomamos un poco de aire y nos volvemos a encontrar aquí tipo cuatro de la tarde, cuatro y diez?

—A veces siento que te conozco como a la palma de mi mano, Adrienn. Pero es simplemente porque eres el hombre más predecible del mundo. Y aún así, no te entiendo y me sorprendes. ¿No sientes rabia siquiera? ¡Demuéstrame que ahí adentro tienes un corazón! —y le apretó el pecho con rabia. Él la tomó de los hombros y la miró fijamente.

—No te voy a decir nada más y creo que no estás en condiciones de reclamar nada, Elisa. Te quiero, te respeto, hasta te puedo perdonar, y todo eso te lo he demostrado con mi fidelidad y con mi dedicación. Si no te basta, si lo que quieres es arder todo el tiempo de pasión y vivir en una novela como esas que dan en tu país, quédate. Si prefieres un amor incondicional y seguro, aunque un poco menos evidente y fogoso, me tienes a mí. Decide tú —y sin decir más la soltó y salió de la habitación.

La mayoría de tiempo, Elisa estuvo llorando todavía en toalla y después de un rato buscó un teléfono que Jean Luc le había dado por si lo necesitaba. Contestó una mujer en español enredado y le dijo que el señor Jean Luc había ido "a por sus cosas" y había salido en el velero de su amigo Pedro Luis, en compañía de él y un pescador de la isla. Elisa no tuvo los cojones para quedarse sin tener la certeza de que Jean Luc quería quedarse con ella, así que se paró y armó sus maletas y las de Adrienn, que hacia las cuatro y siete entró en la habitación y, al ver las maletas en el piso, las recogió y le preguntó:

—¿Ya estás lista?

Ella asintió con la cabeza y salieron del hotel Casa Tegollo para tomar el siguiente vuelo hacia el continente. Jean Luc se emborrachó esa noche en el velero y le costó aceptarles a sus amigos que había salido corriendo por miedo a que Elisa quisiera quedarse con él y todo se convirtiera en una rutina típica de una pareja de su edad.

—No quiero levantarme y verla en mi cama todos los días. No quiero acordarme de sus tetas, no quiero que me haga el desayuno, ni que me ponga su programa favorito todos los domingos. No quiero ser parte de su vida, que a veces creo tan aburrida. Hay algo que ella sólo sabe mostrar de sí misma cuando está en una situación de aventura o de peligro. No la quiero segura. Que se vaya, qué más da. Otra especie en vía de extinción que no vuelvo a ver y ya está —decía en un francés alicorado, aunque en el fondo él sabía que nadie le había dado tanto placer, que nunca se había sentido tan cerca al cuerpo de una mujer.

Todo eso lo recuerda Jean Luc al colgar con la señorita que le preguntó por los príncipes y los sapos desde Colombia. Luego coge su chaqueta abullonada para tomar el metro hacia el 15, donde vive hace ya varios años. Desde el otro lado de la estación una mujer capta su atención porque le está gritando a un niño en español con el acento de Elisa.

—Martín, ya te dije que no. ¡Ven para acá! ¿Por qué te sueltas? —y coge duro de la mano a un muchachito mono que forcejea como si se lo quisieran llevar a la cárcel—. Es que tú no te mandas solo, ¿me entiendes? —y el niño logra soltarse otra vez de su mamá—. ¡Martín! Te voy a dejar acá tirado si no te devuelves ya mismo.

Él no se voltea, pero va desacelerando su marcha hasta que la joven madre lo alcanza.

—¡No, Shilvi, no, no! *je* me cojo, *je* me cojo —pero de nada valen sus súplicas. La mamá le da una leve palmada en la cola. Todos en la estación se voltean y la miran con desprecio. El niño se ríe, ella se agacha, le compone la chaqueta y se le salen las lágrimas de la desesperación. Después se ríe también. Martín la besa y la abraza. Todos siguen mirando. Un vagón del metro se detiene justo en frente a ellos y Jean Luc pierde de vista a la madre. Al otro lado el idilio continúa.

—¿Pur qué me pegastes, Shilvi? —pregunta Martín con un marcado acento francés.

—Porque te portas mal y ya te he dicho mil veces que los niños no le sueltan la mano a la mamá en las estaciones ¿entiendes?

—¿Pero pur qué ioras?

—Porque no me gusta cuando te portas mal, Martín, porque no me haces caso, por eso lloro.

—Ah…no, eso sí es una bobada, Shilvi. ¿Iorá pur esa bobada? *Je* no ioré si se me perdió el Lego…tú no ioras pur esa bobada —le contesta Martín como si fuera mayor que ella.

—Sí lloro, Martín. Porque es más grave que cuando se te pierde el Lego. Soltarse de la mano de la mamá en la estación es más grave.

Se montan los dos en el vagón que se detiene más cerca y Martín se queda callado. Le toca la nariz con el índice y la mira fijamente durante unos tres minutos, hasta que pierde la concentración, se sube en sus piernas y se recuesta en su pecho para dormirse. Silvia siente que no soporta la cabeza del niño. Le duelen las tetas, que están tan hinchadas como cuando estaba embarazada. Lo acomoda de forma que no le duela. Seguramente después de dos meses de no tener la regla al fin va a bajar, piensa. No puede ser que vuelva a tener un embarazo sicológico, eso es lo único que no puede ser. No puede ser, se repite una y otra vez, hasta que se encarniza otra vez con el tema recurrente de los lunares. ¿A quién le salen dos lunares exactamente iguales en la planta del pie izquierdo y en la planta de la mano izquierda, exactamente en el mismo lugar? Ella sólo recuerda que pocos días después de haber tenido a Martín se miró las manos y ahí estaba el primer lunar. Otro día, una señora que le estaba haciendo el *pedicure* en la casa de su abuelita la percató del de la planta del pie. Ella juró que antes no lo tenía y de ahí en adelante se dedica sistemáticamente a mostrárselo a todo el mundo. La gente, igual, no entiende el significado o la coincidencia, ni ella tampoco, pero cada vez que se toma más de un vino con cualquiera, se quita el zapato y la media y hace una coreografía con sus dos extremidades izquierdas, seguida por:

—Es muy raro, pero me salieron justo después de tener a Martín —dice después de haber cogido confianza con un personaje desconocido—. ¿Sí ves que son igualitos? —el monólogo a menudo va en francés, por supuesto—. Me han pasado cosas muy raras desde que tuve a Martín. Muy raras es muy raras. Es que ser mamá es una cosa muy extraña, *juepucha.* Es que —un sorbo de vino— es muy loco. Quedé tan traumatizada que dos años después tuve un embarazo sicológico. "Sí, señorita. Tiene un embarazo sicológico", me dijo el médico después de cuatro meses de que no me llegara la regla. Mierda...cuatro meses yo muerta del susto y además hinchada como un melón. "Pero eso se le quita"... eso se le quita es que duré exactamente nueve meses con la panza inflada, las tetas a reventar y decidí que no quería comer más, porque me estaba engordando como si en serio tuviera un nene en la barriga. Fue horrible —y a veces algunos de sus interlocutores quedan tan impresionados que no quieren seguir oyendo y cambian de tema, pero ella sigue—. Me tomaba todos los laxantes que existieran, ya estaba vomitando más de dos veces al día y se me empezó a caer el pelo. Y seguía embarazada, no me llegaba la regla. Cuando mi mamá vino a verme me pagó tres médicos distintos y yo seguía igual. Hasta que conocí a un acupunturista que me ayudó… —se ríe a carcajadas, como si estuviera sola, como si se lo estuviera contando a ella misma— me daba un té digestivo para que yo comiera más tranquila, pero le quitaba la etiqueta y me daba la dosis exacta cada día. Varias veces estuve esculcándole el consultorio mientras entraba a atenderme para ver si encontraba en alguna parte la caja del té y apuntaba la marca pa´comprar más ¿ah? —y hace una pausa larga mirando fijamente al que tenga en frente—. ¡Qué depresión! Aunque la depresión más impresionante la tuve después de tener a Martín. Es que uno se siente… completamente *desjetado* —otro sorbo de vino y de pronto Silvia sale corriendo porque Martín se despertó. Después vuelve como si nada y sigue aunque la gente esté hablando de otra cosa—. Vas al baño y te da miedo de hacer pipí porque crees que va a salir otro bebé por esa "abertura" tan grande, tan circulada. ¿Hacer popó? Nooooo, eso es peor aún, sientes que se te va salir todo por ahí, que ya no eres más *sexy*. Ves unas papas, un melón, un bocadillo —ahí la conversación suele girar en torno a la explicación del dulce de guayaba. Silvia saca un veleño viejo que alguien le haya traído de Colombia y lo prueban— …en fin, ves comida, y sabes que si comes puede ser el fin de tu última dosis de estrechez allá abajo. No me quiero ni acordar. Como al año de mi parto, mi mejor amiga en Colombia, Maité, tuvo también un bebé. Le dio dizque por dejar que grabaran la cosa. Yo ni entré, aunque ella me había pedido que la acompañara. La visité al otro día, pero de sólo verla ahí tirada en esa cama con esa criaturita succionándola, tuve que salirme porque me acordé de ese sentimiento después del parto. Y cuando volví a entrar, Maité me dijo: "Se te regó algo en la camisa, tienes una mancha redonda en toda la mitad de la teta, mamacita". ¡Era leche, di leche! Di leche como durante una semana ¿ah? —y otra vez un silencio de quien quiera que sea su interlocutor, boquiabierto—.

17

Manuel José se despide de la audiencia, cierran micrófonos y va uno que otro regaño para el productor y para la traductora. Con Ana Cristina no hay ni un sí ni un no, pues ella parece haber adquirido otro estatus diferente desde que su jefe se enteró de que le gusta al nuevo secretario privado del Presidente. Ahora ella es una de sus mejores cartas para jugar. Puede usarla como un comodín para buscar información extraoficial del gobierno. Nunca antes le ha permitido que se meta en los temas de política, y cuando la deja hacer preguntas es porque a nadie más se le ocurre algo bueno. Ahora todo va a cambiar. Ana Cristina va a sentir que puede hacer lo que quiera.

—Necesito que me acompañe a cubrir la posesión de Camilo Urrutia, el nuevo secretario privado del Presidente —le dice Manuel José.

—Eh... bueno —imposible negarse—. Pero ¿no necesito estar en la lista y todo eso? ¿A qué horas es?

—Es a las tres y media y ya está en la lista. No lleve su carro que eso después es un despelote. Yo mando a mi chofer a que la recoja donde quiera faltando un cuarto para la tres, ¿ok?

—Ok. ¿Y necesita que prepare algún tipo de cuestionario, llevamos grabadora, algo?

—Nada. Sólo póngase muy linda y esté lista cuando lleguen por usted, china —y le da palmaditas en la espalda. Los demás miran el cuadro e inmediatamente se dan cuenta de que algo quiere Manuel José de Ana Cristina.

Que te pongas linda, que no prepares ningún cuestionario, que estés lista y ya, chinita. Eso es todo: que te conviertas en una de esas *barbies* que Manuel José suele llevar de gancho a todos los cocteles, una de esas mamarrachas que saben cuándo sonreír y cuándo hacerse las que no oyen nada, y que no se sueltan de él porque su única función es estar a su lado, y aparte podrían caerse. No sabes si alegrarte o preocuparte. Pero tu cabeza ya está lo suficientemente llena de angustias como para sumarle esta. Va a ser muy incómodo estar ahí parada, mientras al lado de Camilo está toda su familia y la tal María, y todos los que hacen parte de la farsa. Tú no. Ojalá él no piense que fue tu idea. Mejor aún si puedes zafarte de la invitación, pero eso es como decirle que no a la reina Isabel... ya no hay nada qué hacer. Más bien corre a dejar tu columna de cine en la revista y a mirar entre el *closet* qué te vas a poner. Ya no hay nada que hacer. Llama a La Toñi para que te calme o para que te cuente alguna de sus angustias y olvides la tuya.

—¡Cuéntamelo todo!

—No puedo, estoy manejando y no tengo *manoslibres,* pero te adelanto que mi jefe quiere que lo acompañe a la posesión de Camilo Urrutia, el *man* que dejé tirado en una cama hace menos de siete horas... me toca ir, ¡dime qué me pongo!

—Ponte el sastre ese que es como grisesito, que con ese se te ven las piernas larguísimas, pero ven, sin joder qué ñerada. Cuéntame bien ¿cómo así que lo dejaste hace menos de siete horas, te quedaste con él? ¡No lo puedo creer!

—Sí, me quedé con él, aunque casi todo el tiempo de rumba. Estoy que me pudro del guayabo, no sabes. Le hice unas preguntas dementes a un tipo de la oficina de tráfico ilegal de especies y no sé qué más cosas de Francia —se ríe— y Pombo no dijo nada. Sólo que me recogía para ir a Palacio y ya. ¡Toñi, qué estrés! Por qué tendrá que haberme dicho a mí. Imagínate el cuadro: el *man* con su novia, toda su familia y yo ahí al lado del pedante de mi jefe haciendo cara de ponqué y muriéndome por dentro. ¡No!

—A mí me parece gala ñero, Anacrís. Que el *man* se dé cuenta de que no está metiéndose con ninguna tontica aparecida. Jajajajajajaja, sólo logro reírme. Perdona, pero es que es lo más chistoso del mundo, sin joder.

—Bueno, te cuento cuando vuelva, pero no te he preguntado tú qué, ¿cómo vas?, ¿qué ha pasado con el número cinco?

—El número cinco paila. No me vas a creer, pero sí: apareció el número seis.

—¡Toñi!, ¿me vas a decir que ya vas en el sexto "hombre / de / tu / vida / papá / de / tus / hijos" en menos de dos semanas?

—Pues sí ¿qué puedo hacer? Te juro que este también califica para el título de forma gala. Pero por qué coños tendré que haberlos conocido a todos en tan poco tiempo… y por qué será que todos se abren tan rápido y que, justo el que quiero que se quede sale corriendo. No sabes, el número cinco fue lo mejor de lo mejor en cuestión de cama. Pero al otro día nos levantamos y yo le dije "hueles muy rico". ¿Y qué logra el idiota? Logra: "tú, en cambio, eres inolora y eso me encanta". ¡Eso me encanta, qué tal! Casi lo ahorco, me dieron ganas de orinármele encima a ver si seguía diciendo que no huelo a nada. ¡Qué ofensa!

—Un policía. Me van a poner un parte, te llamo después. Beso —clic.

Tira el celular en el asiento del copiloto. El policía la mira como diciéndole "sé que estaba hablando pero, bueno, la dejo ir" y ella maneja un par de cuadras hasta llegar al parqueadero más cerca a la revista. Hoy no almuerza con su tía Clara. Un señor con un uniforme negro le pide que abra el baúl primero y luego la puerta de atrás. El perro antiexplosivos se monta a oler y se va sentando cómodamente en el puesto de atrás. El hombre lo hala para que se baje, pero el perro hace fuerza. "Señor dogo, bájese de ahí", le dice cariñosamente Ana Cristina y el perro se le tira a darle un lambetazo en la cara. Ella lo aparta con asco y se ríe. Al fin se baja y va caminando concentrada hacia la revista, hasta que el ladrido del perro de pañoleta azul la hace desviar la mirada del camino. Ahí están sentados Adrienn y él, en una banquita de madera. Ella les sonríe y sigue su camino. De vuelta al carro ya no hay nadie en la banca.

Se mira al espejo y es verdad: ese sastre gris le hace ver las piernas largas. Una cola de caballo muy sobria, unos zapatos negros de tacón no muy alto y, su toque personal, una cartera con la cara de una mujer estampada a lo Roy Liechtenstein. Ana Cristina se monta al carro de Manuel José con su chofer y van hasta la casa a recogerlo. Manuel José tiene un vestido azul oscuro común y corriente, pero marca Burberries. "Sus zapatos serán Gucci o Ferragamo", piensa Ana Cristina, "sus medias Cartier y la corbata, sin duda alguna, Hermes. Y yo con mi sastre que ni marca tiene. Pinche coatlicue, como diría la Violeta del Diablo Guardián. Pinche coatlicue con dotes diplomáticas y un par de piernas largas. No soy más". Lo primero que mira el jefe cuando ella se monta es la cartera.

—Me gusta esa cartera, china. ¿De dónde la sacó?

—Me la trajo una amiga de Nueva York —dice Ana Cristina, que sabe que Nueva York es una de las palabras preferidas de su jefe.

—Está espectacular, ¿es un original de Liechtenstein, no?, aunque quién sabe qué diga toda esa manada de chatos con los que nos vamos a encontrar ahorita.

No tiene tiempo de responder porque suena el celular de su jefe y él se olvida por completo de que ella existe, así que decide mirar por la ventana en silencio, hasta que la circunvalar se acaba y bajan por la calle sexta hasta la carrera octava, donde una barra con más perros antiexplosivos detiene su paso.

Hay que dejar los celulares en la entrada a Palacio. Eso para Manuel José es todo un trauma. Dejó el cigarrillo, pero ahora es adicto al celular. Lo llaman mucho, claro. Pero él también marca si no suena solo. Cuando deja el celular parece Frodo entregando el anillo. Le cuesta un trabajo inmenso. La gente lo saluda como si lo conociera de toda la vida. Él, tan carismático como siempre, sonríe, pero sólo le da la mano a quien realmente lo amerita. Hay unas veinte o treinta personas, todas inspeccionando de arriba a abajo a Ana Cristina. Las señoras miran su cartera. Los hombres miran sus piernas. A ninguno le interesa realmente ella, sino el hecho de que acompaña a Manuel José.

—¿Y dónde dejaste a tu señora? —le pregunta una de las mujeres que lo saluda, sin quitarle los ojos de encima a Ana Cristina.

—Está en París, entonces le pedí a Ana Cristina que me acompañara. ¿Se conocen?

—Ay, no. Mucho gusto, Cecilita Aparicio. Tú hablas por la mañana en el programa, claro—dice medio apenada por suponer otra cosa.

—Sí señora, mucho gusto —dice Ana Cristina y estira la mano.

—¿Y tú no eres nada de Tatá Calderón?

—No señora.

—Claro, Tatá, esposa de Lalés Jacobsen, ¿no?, ¿de dónde eres tú? —gracias a Dios una mujer de verde militar las interrumpe y les pide que sigan.

Suben hacia el salón protocolario. Entre uno y otro escalón van y vienen los saludos y los golpes de espalda típicos de su jefe. Al fin entran en un lugar decorado con muebles de madera oscura y tapicería vinotinto. La ceremonia va a comenzar. Entra primero Camilo agarrado de la mano de su novia María, que tiene una bata —como dirían las señoras— azul oscura y unas perlas que la hacen ver muy clásica. Su piel es hermosa, pero en sus ojos hay cierto viso de inseguridad que no la deja sobresalir. Camilo encuentra con la mirada a Manuel José y le da un jalonazo a María para ir hasta donde está a saludarlo. Ana Cristina está analizándola desde lejos y saludando a algún desconocido. De pronto vienen hacia ella. Camilo se pone pálido, la mira de arriba a abajo, deteniéndose en sus piernas varios segundos.

—¿Con que no venía, no? —le dice a Manuel José mientras le aprieta la mano.

—Tocó, chino. Tocó —le dice Manuel José y le pasa el otro brazo por la espalda saludando después a María—. Ahora sí que no te diga que no le alcanza para mantenerte como te mereces —dirigiéndose a María, que se ríe suavemente—. Les presento a Ana Cristina Calderón, mi periodista estrella.

María estira la mano y le sonríe ligeramente, desviando luego la mirada hacia la cartera.

—Mucho gusto —dice Ana Cristina con los cachetes a punto de hervirle.

—El gusto es nuestro —dice Camilo apretándole la mano y lanzándole una mirada de complicidad que pone nerviosa a María—. Qué bien acompañado que está, Manu.

—Usted también chino —le responde Manuel José.

De pronto entra el Presidente y todos se paran. El aire se pone pesado. Todos sacan su mejor máscara. Nada de sonrisitas. Hay que darle justificación a la seriedad del Presidente con algo de rigidez. Camilo y María se van afanados y empieza una corta ceremonia en la que Camilo jura ante el Presidente esto y lo otro. Después de quince minutos la cosa acaba. Todos lo felicitan y aprovechan para saludar al Presidente. "Señor Presidente ¿se acuerda de mí?". "Claro, usted es...". Y todos terminan recordándole el nombre y el lugar en el que se vieron, casi siempre algún viaje de la gira cuando estaba en campaña. Manuel José, por supuesto, no piensa pararse detrás de una fila eterna de gente para felicitarlo. Por eso conversa un rato con el ministro del interior, hasta que terminan de saludar a Camilo y él despide a María y a sus papás. Ana Cristina ahí parada, con los ojos miopes del ministro esforzándose por enfocar sus piernas y Camilo viniendo nuevamente hacia ella. La coge de la mano y le dice al ministro:

—¿Qué tal esta belleza, ah, ministro? Esto es lo mejor que tiene Manuel José en su programa —y le coge la mano a Ana Cristina, picándole el ojo.

—Mira, yo nunca me imaginé que fueras tan bonita, Ana Cristina. Porque cualquiera diría que con esa voz tan dulce ya era suficiente…

—Gracias, ministro —dice ella soltándose de Camilo.

—Bueno, nosotros nos vamos. Felicitaciones, chino. Espero que me siga pasando al teléfono, ¿no? —dice Manuel José.

—Pero claro, Manuel José. ¿Quién no le pasa a usted al teléfono? —contesta Camilo—. El que no le pase termina pagándola —y se ríe.

—Esta niñita, por ejemplo —y coge del brazo a Ana Cristina—, no me contesta el celular cuando no ha llegado al programa y está tarde. Y el señor Presidente, que anda como bravo con lo de los helicópteros. Ya estuve hablando del tema con el ministro…

—Bueno, pues muy valiente de tu parte por no contestarle… ¿Ana Cristina? —pregunta Camilo ignorando el tema de los aviones.

—Sí. Ana Cristina, doctor —le corrobora ella con

una sonrisita cómplice.

—Lo de los aviones se le va a pasar pronto, ya va a ver —le contesta a Manuel José sin dejar de mirar a Ana Cristina.

—Bueno, deje de mirarla así, que me la va a gastar —le dice Manuel José al oído.

Es su primera aparición en las altas esferas de la política. Atrapó las miradas de varios viejos verdes, sus esposas y un par de periodistas que nunca le habían visto la cara y ya se empiezan a imaginar la nota que le van a hacer a la chica estrella de Manuel José Pombo Ferrer, el dueño de la radio en Colombia, el dueño del mundo, que se regodea con ser también el dueño de esa presa que lo va a acercar a la información de primera mano: Camilo Urrutia.

SEGUNDA PARTE
APNEA DINÁMICA

18

No puede hacer otra cosa que caminar otra vez dos centímetros por encima del suelo. Piensa en las mariposas amarillas en el ascensor, se siente cursi. A veces le gusta pensar que es un personaje de un libro y que quien lo escribe la obliga a odiar el realismo mágico, pero entonces se acuerda de Jostein Gaarder y todo ese rollo de *El mundo de Sofía* y termina odiando esa historia también. "Vómito, vomitico". Va caminando con la cabeza en alto, porque sabe perfectamente que no pasó desapercibida. Hasta la señora de cofia que ofrecía el jugo de lulo y los pandeyucas la miró fijamente. Y Camilo, que la marea cada vez que se le acerca. "Camilo mi amorcito divino. Se ve tan respetable metiendo perico, como haciendo juramentos frente al Presidente".

El perro antiexplosivos de la puerta chilla porque Ana Cristina le habla. "Señor perruno". Es absurdo. El perro antiexplosivos nació en la misma camada en la que nació el perro de su vecina, el que murió atropellado. El hermanito del antiexplosivos tuvo una vida corta, pero cómoda, al lado de una mujer de ojos grandes que lo adoraba y le daba todas las sobras de su desayuno y hasta lo que no sobraba. Durmió toda la vida en una cama cómoda y calientica, con una cobija propia. Nunca desarrolló muy bien su olfato, nunca tuvo que oír palabras en alemán, ni asociarlas con instrucciones. Jamás en la vida conoció un parqueadero subterráneo, ni sintió la presencia insoportable de unas botas militares a su lado. El perro antiexplosivos conoce Palacio, ha olido a los personajes más importantes del país y tiene una gran responsabilidad, pero nunca va a conocer a una mujer que lo quiera tanto como la mujer de ojos grandes que hace ya varios años escogió a su hermano para llevárselo a casa, sólo porque él se hizo pipí de la emoción cuando la vio. "El pipicietas es divino, pero...mejor este", fue lo único que dijo la mujer de ojos grandes.

Cuando salen de palacio, ya los esperan los matones que cuidan a su jefe. El celular de Manuel José vuelve a sonar.

—Aló... quiubo chinazo... aquí en la posesión de Urrutia... sí... bueno, que le digan que tal vez mañana lo puedo atender... pa´qué se las da de importante, si no quiso la semana pasada, pues que aguante ahora... sí.. .un segundo —y mira el tablero del celular, en donde titila el nombre de su hija—. Aló, Juliet, mi vida... ¿cómo así?... ¿pero te invitó cuánto tiempo?... ¿y el colegio?... o sea que pierdes cuatro días de colegio... ¿y cuánto cuesta el tiquete?... ok, lo que quieres es que te dé permiso de pasar la tarjeta... bueno, pero cuéntame cómo es el plan completo, cuándo te llamó Manuela, todo... Pásala a una cuota, no importa... Aló, Julita... Juliaaa... Umm, me colgó. ¿Usted era así cuando estaba en el colegio, Ana Cristina? Digo, de colgarle a su papá inmediatamente consigue el permiso que quiere y listo.

—Pues... no. Yo era medio rebelde, pero me llevaba muy bien con mi papá. Además él nunca tenía mucha plata, así que la relación tampoco se prestaba para ser interesada. ¿Le colgó su hija?

—Sí, me pidió permiso para visitar a una amiguita en Estados Unidos y para —el celular vuelve a sonar y Manuel José nunca termina—. Aló...ah, qué hay, cómo le va... sí... sí... ahora estoy ocupado, pero llame a mi secretaria... sí... explíqueme una cosa, quién le dio mi celular... pues muy bueno, pero el canal es mi secretaria, llámela a ella y perdone que le cuelgue, pero estoy en una reunión y tengo otra llamada en espera —vuelve a mirar el celular— Aló... ¿con quién hablo?... Ministro, cómo le va... sí señor... ya eso está hablado... sí, ministro... pues si quiere yo lo llamo mañana y hacemos que todo se componga... sí, pero necesito que mi productora lo pueda ubicar... ok, le digo que llame... Ministro, hágame usted ahí el cruce con el Pre, que está tan hosco conmigo por lo de los helicópteros...

Ana Cristina va pensando que las únicas dos frases medio personales que ha intercambiado con su jefe desde que trabajan juntos son las de la hija. Dos frases en muchos meses. Y se vieron interrumpidas por otra llamada al celular. "Este hombre no tiene vida, sólo es un ser que habla por teléfono. Lo deben interrumpir hasta cuando tira con la esposa, cuando caga, cuando se saca un moco. Este tipo no tiene vida. Y a mí que el celular no me suena por espacio de dos horas. Y a mí que me olvidó por completo Miguel, a pesar de que yo pienso el él hasta cuando no quiero". Bueno, pues ahí tienes Anacrís. Lo invocaste. Puedes hablar como si Manuel José no existiera, porque en realidad la que no existe en su carro eres tú.

—Hola, ¿cómo va todo?, ¿cómo van tus cosas?

—Bien, Ana, bien. Pero ando preocupado por mi hermano, porque está perdido hace más de dos semanas. Nadie sabe dónde está, y bueno… como tú a veces tienes contacto con él y mi *mail* se bloqueó por falta de uso...

—Pero ya no, ¿sabes? Dejó de escribirme hace mucho. No sé si le conté que nos separábamos, pero dejó de escribirme. De pronto él creía que yo era un puente para comunicarse de alguna forma contigo…

—¿Por qué tienes que empezar?

—¿Empezar qué?

—No puedes hablar conmigo sin hacerme sentir culpable por alguna mierda.

—Hey, Miguel estás muy loco. No he dicho nada, sólo que a lo mejor me hablaba como una forma de acercarse a ti.

—¡Claro, Ana Cristina! Porque tú eres taaan carismática, taaan comprensiva, taaan…

—No, esta conversación no tiene ni pies ni cabeza. Miguel, fíjate en lo alterado que estás y yo no he dicho ni cuatro frases completas. Mejor dicho, colguemos.

—No pues, tan sobradita ahora… pues sí, colguemos —paaaa.

No tienes nada que ver con la perdida de Felipe. No tienes nada que ver con la desesperación de Miguel. Es triste, pero no tienes nada que ver con Miguel. Estaban más juntos que dos rinocerontes bebé de la misma camada que comen de la teta de la rinoceronte mamá, pero ahora están tan lejos... tan inexorablemente lejos. Y por eso cuando le hablas se pone así, porque ya no concibe que lo conozcas como la palma de tu mano, porque ya aceptó tantas críticas y tantos consejos y tantas órdenes tuyas, que quiere inclusive hacerte pensar que es otro, que no lo conoces, pero sí lo conoces y por eso se puso tan a la defensiva cuando le mencionaste lo del puente entre Felipe y él. Además porque ya no hay puente. De todas maneras, Felipe está bien, aunque ninguno de los dos lo sepa. Está mejor. Va al grupo de narcóticos y alcohólicos anónimos en Los Ángeles. No sabe si lo hace porque no tiene a dónde más ir, o porque realmente quiere dejar las drogas. A veces hace el numerito completo en las sesiones de grupo y hasta él mismo acaba creyéndoselo. Llora, habla de cosas íntimas, se tapa la cara con las manos. Al final no sabe si lo hizo por burlarse de esos idiotas que lo rodean, o porque en realidad siente la necesidad de desahogarse. En este momento está sentado a tres personas de tu primo, que desde que llegó del viaje a Galápagos decidió separarse de su novio y tratar de rehacer su vida. Cada uno está contando sus historias.

—... yo llegué pesando diez kilos menos, deshidratado —dice Felipe—, supuestamente limpio aunque había logrado echarme una línea antes de salir del *rehab*. Ella me miró con lágrimas por toda la cara y esa arruga que tiene entre las cejas que no soporto. Aún en los momentos más sentimentales, más duros, más tristes, ella mantiene el ceño fruncido como para mostrar que no se deja vencer. Sentí tanta rabia, que me dieron ganas de plancharle el ceño con un puño, me descontrolé. Se acercó a abrazarme como siempre, con una coraza de hierro incorruptible y yo la *noquié*...

—Chester, ¿quieres agregar algo? —le dice el moderador a un gordo que no cabe en la silla y empieza a contar su historia en un español agringado. Después de dos o tres intervenciones en inglés habla Mariano.

—Hoy no tengo tantos remordimientos como ayer. Sólo me acuerdo del día en que estaba en la piscina con mi sobrinita. Fueron mis papás y mi hermana a pasar vacaciones conmigo a Miami y cuando íbamos a comer a un restaurante yo, que creía que tenía todo dominado, me paraba cada cinco minutos de la mesa a tomarme un trago a escondidas o a meterme una línea en el baño. Y todo era así. Estaba jugando en la piscina con mi sobrinita, empericado a más no poder. Me pasé media piscina por debajo y cuando salí me di cuenta de que era patético. Mis papás y mi hermana no se enteraban...

Felipe y Mariano han intercambiado un par de frases cuando salen de las reuniones, pero como ya saben que son de Colombia los dos, prefieren no ahondar para no llegar a coincidencias. Además, Felipe sabe que Mariano es *gay* y, aunque no tiene nada en contra de los *gays* y Mariano es muy sobrio en su homosexualidad, no. Y también porque ve que Mariano ya está adelante en su proceso de rehabilitación (lo empezó en Nueva York, aunque lo rompió el día antes del viaje a Galápagos, por tercera vez) y él en cambio, quiere seguir evitando hacer amigos limpios, porque entonces lo van a perseguir para que vuelva a las reuniones cuando comience con sus andanzas, que es algo que él no descarta ni un solo segundo de su vida. Por eso le hace un par de comentarios sueltos y sale derecho para el restaurante de comida *thai* en el que trabaja como mesero. Es la última vez que se van a ver. Mariano va volver a Nueva York con su novio. Felipe está a punto de mandar todo a la mierda.

Mariano sale del *rehab* hacia Venice dando pasos pesados, como si le costara trabajo caminar. Está embotado, hastiado de oír las historias de sus compañeros. Lo único que quiere es llegar rápido a esa esquina donde venden helado de fresa. Pero los pies no le dan, por más cómodas que sean las sandalias que Ornella Ferrutti le regaló personalmente y que en una tienda cuestan como 600 dólares, 600 "bocos", como diría Felipe, que para este verano sólo tiene unas chanclas de 5 "bocos". El helado de fresa cuesta eso.

Lejos de esa tierra temblorosa, a La Toñi le priva el Heladino de fresa. No es ninguna coincidencia con el primo de Ana Cristina, en primer lugar porque el Heladino cuesta como mil pesos y en segundo lugar porque el helado de fresa que Mariano se está comiendo es de fruta y no tiene ese color rosado soacha del Heladino. El caso es que a La Toñi le priva el Heladino y se salió de la clase de actuación sólo para comprarse uno y de paso llamar a Anacrís a ver cómo le fue. Mientras le paga al tipo de la droguería se frustra su llamada, porque desde afuera le grita Gregoire, un tipo del Francés que cuando estaban chiquitos le coqueteaba. Era churro, pero ahora está —lo mira fijamente antes de saludarlo— ¡uy, horrible! De todas maneras aquí viene el número siete.

—¡Mucho tiempo sin verte! Estás muy linda, ¿qué andas haciendo por acá?

—Estoy en clase —dice cortante.

—¿Clase de qué, sigues en la universidad?

—No, de teatro, es que ahora quiero dedicarme a la actuación.

—Ah, qué nota, ¿y desde cuándo?

—Desde hace como dos o tres semanas…

—¿Y qué andabas haciendo antes?

—Estudiando cocina, pero descubrí esto y bueno…

—Ok, ¿y andas ennoviada?

—Pues estuve saliendo con un *chef*, pero le dejé así hace como tres semanas.

—Deberíamos vernos un día de estos —dice Gregoire agachando la mirada mientras el tipo de la droguería los interrumpe.

—Señorita, ¿no tiene más sencillo? —acto seguido La Toñi saca un billete de cinco mil y se guarda el de diez mil. No, señorita, ese billete está muy viejo.

—¡Pero qué pitos, si me pide más suelto, señor! —dice La Toñi furiosa.

—Ven, yo tengo monedas —dice Gregoire. ¿Qué pediste?

—Sí, pedí un Heladino de fresa —contesta poniendo énfasis en el sí con su usual tono de enunciado porque sabe que es raro que alguien pida Heladino de fresa a estas alturas de la vida.

—Uy, qué delicia. Me encanta el Heladino de fresa.

La Toñi se queda completamente estupefacta. Este sí es el hombre de su vida: le gusta el Heladino de fresa, qué ñerada. Aunque... es como bajito. No importa. Toñi estaría dispuesta a dejar los tacones, sólo por él.

19

A estas horas Bogotá está fría no importa cuánto sol haya. Aunque el adicto al celular es su jefe, Ana Cristina le marca a La Toñi. Tal vez es adicta a La Toñi. A veces le dice Chica Almodóvar para emputarla. Le pregunta por sus clases, pero ella le responde con el cuento de Gregoire.

—¿Te acuerdas de ese *man* del Francés que me invitaba a fiestas cuando éramos chiquitas y que navegaba en Tominé?

—No.

—¡Ay! Gregoire, con un apellido que no me acuerdo bien…

—Legler, el hermanito de Phillippe, ya.

—Sí señores. Ese. Sin joder, divino. No te lo imaginas. Ha cambiado un poco, ya no está tan churro, pero me privé, logré babas ñero.

—Aja, ¿y de raro qué?

—¡Qué antipática, Ana! Deja que tu amiga sea feliz y más bien cuéntame el episodio de Palacio.

—Pues nada, estaba con la novia, todo fue una farsa. Mi jefe adorado conmigo y ya… me rayé, Toñi.

—¿Pero por qué?

—No sé. Porque nada tiene sentido y porque ese

man me vuelve loca. Me creía la más divina, pensaba que todos tenían los ojos encima de mí. Y bueno, algo de eso es cierto, pero la otra mitad es pura película mía. Y ese *man* fijo no me va a llamar nunca más.

—Yo no creo, Anacrista. Seguro que te va a llamar. Acuérdate por ejemplo del tipo ese que vimos en la piscina. Primero que todo yo no tenía nada qué hacer ahí. Son cosas del destino. ¿Te acuerdas que fuiste tú la que me obligó a ir a la piscina?

—Ajá…

—Y yo con estas dotes de sirena, nadando como un gupi. De pronto se metió a la piscina este hermosito y sí: todo fluía como si en serio yo fuera The Little Mermaid, me sentía como bailando ballet. "Voy detrás de ti como un pescadito", pensaba yo mientras trataba de verlo por debajo del agua. Todo tenía corriente, te juro, éramos como dos peces electrizados. No había contacto, pero la estela que dejaba cuando pasaba cerca de mí me hacía tener miles de orgasmitos. ¿Qué opinas de lograr esa? No te creas que todo fue el destino. Cuando él paró yo me fui nadando lo más rápido que pude hasta el lado de la piscina en el que él estaba y le hablé. "Hola", le dije jadeando porque no tengo un culo de estado físico pa´nadar todo lo que nadé ese día, qué ñerada. Pero ahí se dieron las jodas y fuimos felices y comimos perdices, sobre todo.

—Es que es precisamente por eso que acabas de decir. Comieron perdices, y ¿después qué?, ¿has vuelto a verlo? Jamás. Eso es lo que va a pasar con el papacito del Camilo.

—Bueno, si te pones tan trascendental…

—¡Ay, Toñi, tú que vas por la vida enamorándote del primero que se te cruza, me vienes a mí con que no hay que ser trascendental!

—Pero de quién estamos hablando, ¿de ti o de mí? Ese es tu problema, Ana Cristina. Que no dejas de analizar a todo el mundo. Siempre estás diagnosticando a alguien y clasificándonos dentro de algún cuadro siquiátrico. ¡No seas mamona! Hablemos después, que me sacaste la piedra muy basto. Adiós —dice La Toñi y sin reparo cuelga.

Perfecto, Ana Cristina. Tu más preciada amiga te tira el teléfono porque eres una mamona, porque no sabes hacer otra cosa que detectar los problemas de los otros. Y de alguna manera, tiene razón. Mandona, mandona. Si no, que lo diga tu pobre hijastro, Miguel. "Arréglate el cuello, Miguel. Deberías cortarte el pelo un poco, Miguel. Deja de chasquear, Miguel. ¿Por qué no estás listo? Así no me cojas, Miguel. Ahora hazme por detrás. Así, sí. Pero, ¡no, así no! Te recojo en media hora, amor. Mira cómo tienes esos zapatos. Deja de revolver el café que me tienes loca. Esa camisa no te sale, Miguel. Mañana tenemos que ir a donde tus tíos, aunque no quieras. Ven te quito esa lagaña. Échate este *rinse,* que te pone lindo el pelo. Mejor veamos esta película. Quítame esa mano de ahí. Ponme esa otra aquí. Estás caminando muy despacio, Miguel. ¿Pero por qué ya no me das besos? Dame más besos, pero anda y te lavas los dientes. Por fa, no destiendas tanto la cama que no puedo dormirme después y dame esa almohada, que la otra es muy blandita. Te quiero, ¿sabías? Al final del día te quiero y me gusta acomodarme en ti para quedarme dormida y dejar todo lo malo lejos, muy lejos... ¿No me dices que me quieres? Yo estoy por creer que tú ya no me quieres, Miguel".

Por ahora no tienes más remedio que esperar a que sea diciembre y entonces vendrán todos los trasteos de Miguel, que por esa época siempre se muda. Tal vez cuando esté haciendo orden entre sus cosas y empacando encuentre una foto tuya, esa en la que estás sacando la lengua y tienes una mascarilla azul aguamarina en la cara. Otros tiempos, Ana Cristina. Los tiempos de los brindis y la desempacada de cajas. Era el segundo día que llevaban viviendo juntos. En la foto se te nota la alegría. Tienes una copa de champaña en la mano izquierda y, aunque no se ve, atrás había pólvora reventando en el cielo. Había un concierto o alguna cosa afuera, pero para ustedes era simplemente que el mundo entero cruzaba los dedos y celebraba que estaban juntos. Cuando Miguel tenga en sus manos la foto va a tener dos opciones: mirarte fijamente hasta que logre acordarse de lo dulce que eras, o tirarla por ahí, entre la caja negra que le regalaste para que guardara todas sus fotos porque "estaban regadas por toda la casa". Adivina tú. "Final...caja negra". *"Y sin embargo sabes me mantendrás distante / y sin embargo no puedes abrirla. / Luces como preparado para una muerte elegante / y sin embargo lates, no puedes abrirla"*.

20

El primer día como secretario privado no da tan duro si uno conoce los agites de Palacio. A las nueve de la noche Camilo entra a su edificio y ve que el portero está acompañado de otro escolta. Ambos se ponen de pie y le anuncian que de ahora en adelante el escolta va a estar de guardia en el edificio. Él asiente con un guiño y se monta en el ascensor. Cuando abre la puerta, María se le cuelga del cuello y lo besa. Ya no tiene la bata azul de la posesión. Ahora tiene unos *jeans* y un saco de cachemir. Conserva las perlas. Camilo le da un beso y se afloja la corbata.

—¿Y fue muy duro el regaño, mi amor? —dice María con voz de niña chiquita.

—No, pero me alcancé a asustar. Creo que esto va a ser más duro de lo que me imaginaba. Me tocó firmar como doscientas cartas y revisar otras cincuenta, más las cuarenta que le revisé para que las firmara. Y el teléfono no para de sonar. Mi escritorio está lleno de *post its*. El Pre me llama cada dos segundos por el *falcon* y los ministros también. El de minas cree que soy un pendejo, así que me va a tocar asumir una posición medio mierdita...

—¿Qué es el *falcon*?

—Un teléfono por el que tenemos línea directa los ministros, el director de Planeación, el secretario general, el Contralor, el Fiscal, el Procurador… Ven, déjame soltarme este botón — le dice mientras la separa de su cuello.

—¿Y entonces ya tienes viaje mañana, mi amor?

—Sí, el helicóptero sale a las ocho de Palacio, llegamos a Catam y de ahí arrancamos en el caza. Tengo que revisar los discursos y unas fichas que pidió para tener datos de comercio exterior en *bullets*, así que me voy a la oficina muy temprano.

—Pero rico, ¿no?, vas a ver que te acostumbras…

—Pues o me acostumbro o me acostumbro —el celular suena. En la pantalla dice ID llamada privada. Es el Presidente—. Aló, Presidente… sí, señor… dijo que volvía a llamar y nada… sí, señor… sí, le dije que tenía que hacer hasta lo imposible para que estuviera ese requisito en la licitación y después hablé con Zambrano para corroborarle que la vuelta estaba hecha… sí, señor… bueno, Presidente, hasta mañana… sí, si quiere los miramos mañana a primera hora… el ministro ya los revisó… bueno, Presidente. Gracias, hasta mañana —cuelga—. Perdona, Mari. Estoy absolutamente rendido.

—¿No quieres tomarte un vinito conmigo y celebramos tu nueva vida? Mira que te tengo un regalo —dice ella con cara de pícara.

—Bueno, linda. Tomémonos un vinito.

María va por las copas, sirve un Marqués de Murrieta Reserva Especial que le trajo un amigo de España por encargo. Cosecha del 91, de La Rioja, con aromas a bayas negras y rojas. Elegante, amplio y expresivo.

Final marcado. Todo eso lo aprendió en sus cursos de cata, aunque entiende poco lo que dice. Lo lleva al cuarto, donde está Camilo acostado. Brindan. Se arrunchan. Ella se suelta el pelo, él juega con sus perlas mientras ve el último noticiero. Ella pregunta que si hacen el amor. Él dice "sí, pero espera a que se acabe el noticiero". Ella se quita la ropa parsimoniosamente y la dobla encima de una silla. Luego vuelve a la cama. Espera a que el noticiero acabe. Lo vuelve a besar. Él se quita la ropa y ella la recoge y la pone en el hombresolo. Se acuesta y básicamente no hace nada para seducirlo. Él piensa en Ana Cristina para que se le pare. Después se monta encima, la besa y hace el amor desinteresadamente, aunque con cierta ternura. A los doce minutos eyacula. No hace mucho ruido. La besa, descansa sobre ella un rato. Piensa en Ana Cristina, en sus piernas largas, en su olor, en su "proactividad", en sus tetas. María le pide que se levante para ir al baño porque no quiere ensuciar las sábanas. Él se quita y se queda tirado mirando el techo y pensando en Ana Cristina. María vuelve. La abraza y le dice que por qué se pone la piyama tan pronto. Ella dice que tiene frío y sueño. Se meten entre las cobijas y cierran los ojos. María dice "hasta mañana". Camilo responde y después se para de la cama. Se le olvidó lavarse los dientes. "Alcánzame la pastilla", dice María desde la cama y oye los botones del celular de Camilo mientras se queda dormida.

21

Hoy le dieron ganas de vestirse con muchos colores, pero la falta de sueño sigue ganándole. Después del cotidiano paseo de ascensor, Ana Cristina llega a su piso medio dormida, con el primer periódico de la semana y una revista *Time* en la mano. Se sienta, hacen un corto consejo de redacción donde discuten los temas que van a presentar en el programa. Manuel José quiere que el tema del día sea el destape de una modelo muy reconocida en una revista que dirige uno de sus mejores amigos. Por supuesto, sólo es posible si el Presidente no decide destituir al director del Seguro Social por irregularidades. Una entrevista con el director de cine Alejandro González, con motivo de su tercera película, otra con el director de la Policía, y varias más con congresistas de la oposición, si todavía existe algo de oposición. No hay accidentes como el de la bomba en el tren de Moscú, ni torres ni nada extraordinario. Mientras hacen el resumen de noticias, Ana Cristina lee su *mail*. Unos cinco son de instrucciones de Manuel José sobre el programa; otro es de La Toñi invitándola a su debut en el taller de actuación y el último es de Felipe, el hermano de Miguel.

Antes le había escrito un par de *mails* a tu dirección por lo que la de él se bloqueó por falta de uso. Y en el *subject* dice claramente que es para Miguel, no para ti.

Ana, algo me dijo mi papá la última ves que hablé con él que tú y Migue se peliaron. Espero que todo se arregle. Necesito que le des esto, cuñis. Hey, Mike. Has con esto lo que quieras. Necesitaba desahogarme. ¿Se vale odiar a los papás? No sé por qué te escribo todo esto a ti. No pienses que te tengo mucha confiansa, porque eso puede ser verdad, pero siempre hay que desconfiar de mí. ¿No ves que soy un cabrón que le ha pegado hasta a la mama? Imagínate nada más el orgullo que me da de ser una piltrafa humana que odia a sus papás. Bueno, a Papo no tanto, a mi mamá, sobre todas las cosas, por los siglos de los siglos, amén. Espero que no te moleste que te utilice, pero por algún motivo se me ocurrió que tú puedes guardar esto hasta que yo ya no exista. No quisiera involucrarte, pero si ya llegaste hasta acá en tu lectura, seguro que puedes ayudarme. Estamos en esta juntos, mi hermano, mi único hermano. Odio a mi mamá. No se lo he dicho nunca en la cara, pero quiero que quede registrado en alguna parte. O bueno, tal ves se lo he dicho bajo el efecto de las drogas, pero eso siempre es una escusa para hacer y desir locuras. Ahora es distinto. Estoy en un rehab en California por mi propia voluntad. No te digo que esté limpio por completo, pero eso en este momento ya no importa. Lo que me daña realmente es ese odio del que te hablo, porque no puedo quitarmelo con volverme una buena persona. En los últimos días vengo levantándome temprano, trabajando como alguien decente. He tenido las veinticuatro horas de lucidez que todos nos merecemos, sin contar uno que otro porro. No tengo lagunas, ni me e metido en proble-

mas. Sobreviví y conmigo sobrevivió el odio. Si alguna vez te decides a mostrarle esta bellesita de mail, me alegrará saber que ella va a leer que la odio. En esta línea seguramente alejará sus ojos aguados del mail y fruncirá el ceño como muestra de dolor. ¿Cuál dolor? Ojalá tenga los cojones para seguir leyendo y que de una vez por todas sepa que nunca en la vida pude perdonarla, que por si no sabía, ella nunca me ha pedido perdón y que así también es imposible perdonarla. ¿Sabes qué Miguel? Yo sueño con morirme antes que ella solo por el placer que me produce que lo sepa. Una de las cosas que más le molestaría es que te cuente todo a ti. Claro, si tú siempre has sido más importante. "Imagínate la desfachates de este muchachito, a poner a Miguel en mi contra. ¡has algo, Álvaro!" Ya no puede hacer nada el señor Santamaría, señora de Santamaría. No solo me les salí de las manos, sino que una vez hice click en la palabra send, ya tú tienes toda la información. No es que quiero que odies a mis papás, pero me da lo mismo que te odien si yo estoy muerto para ellos. Y mi mamá se murió desde hace rato para mí. Solo me preocupa mi papá. Mis hermanas me rayan cuando me dicen que está tomando antidepresivos y que le voy a hacer dar una ataque, pero él tampoco se salva, no mi hermano. A él también le va la madre. Ya sé que es una contradicción. En general, toda la vida es una absoluta y total contradicción. Te odio, pa. Te odio tanto como te quiero. El sentimiento de querer tenerte lejos de mi vida es tan fuerte como el miedo al día en que te mueras. No quiero ser nada de lo que tú representas, pero te admiro. Tal ves es por eso que no quiero tener hijos, para no hacerles sentir esto que estoy sintiendo, para no hacerlos sentir que vienen del cuerpo de un ser al que no quieren pareserse, como esa mujer que escogiste de esposa. Te odio tanto como te amo, pai. Odio que nunca hagas lo que tienes que hacer, que siempre te tragues todo, que sólo a mi me puedas gritar, que sólo yo te produzca tristeza y me molesta sentir que todo el tiempo estoy tratando de ponerte al borde del abismo, para retarte a ser diferente. Te odio tanto como odio el sentimiento y es tan grande como lo feo que me siento por odiar a la persona que me lo ha dado todo en la vida. No sé cómo explicarlo, pero quisiera sacar toda esa basura de mí. Algún día me sacaré toda este veneno del cuerpo, podré mirarme sin resentimiento. Cuando saque esta mierda de mi alma y de mi cuerpo voy a poder cortar definitivamente. Eso quisiera decirle, Miguel, ¿me ayudas? Ponte a pensar: Solo te escribo para sacarnos la mierda sin tener que leer basura de auto ayuda o hacer yoga. Pero la mierda igual se reproduce como conejos. ¿Estamos? Perdona lo cabrón, pero espero que con esto entiendas que tú no tienes velas en mi entierro. Todo es culpa de ellos, hermano del alma.

Ana Cristina se queda pálida, no sabe qué hacer, piensa en borrar el mensaje, pero justo en ese momento entran al aire y le toca dejar quieto el teclado y el *mouse*. Todo lo que dicen en el programa lo oye de corrido, sin que adquiera ningún sentido. Sólo piensa en lo mal que puede estar Felipe, pero también decide odiarlo un poquito por meterla en este lío.

Mientras tanto, la desocupada de La Toñi sale de su clase de actuación y se mete en un Tower Records. Va recorriendo los *stands* de discos sin reparar en nada especial. Sus gustos van desde Leonard Cohen hasta TLC, "ese grupo de mujeres negras esculturales que no se preocupan por sus figuras y les parece terrible que otras mujeres lo hagan, simplemente porque tuvieron la fortuna de nacer bien dotadas, y además negras", piensa La Toñi, que de pronto coge un disco al azar que dice en la carátula Empire Records, Original Motion Picture Soundtrack. "Si yo fuera famosa, si mi vida significara algo para alguien, muy seguramente este disco entraría a formar parte de mi banda sonora. Esa canción que ni sé de quién, ah mire, The Martinis. Me priva. *Sooooo freee for the moment...*Tengo que hacer una lista más reducida de las canciones que van a hacer parte de mi banda sonora. *Fijo fijo, Underneath it all,* la de Flash Dance, la de Dirty Dancing, *I will* de Los Beatles. Mierda, qué desorden. Podría sentarme a hacer la lista mientras es la hora del almuerzo... pero no, más bien voy a ver mi *mail*".

Se queda ahí con unos audífonos puestos y canta un rato The Martinis, aprovechando para gesticular, vocalizar y hacer todo tipo de muecas que le han recomendado en el taller de actuación. *"Omnipresent phrase in my mind / Spoken word I've said one million times / Who are you to tell me it'll always be this way / I close my eyes and I turn around / And leave it all behind / /So free for the moment / Lost somewhere between the earth and the sky / So free for the moment / Lost because I wanna be lost / Don't try to find me..."*

Al otro lado del *stand* donde La Toñi canta hay un tipo de unos veintitrés años completamente inmóvil, viendo cada una de sus muecas. A veces se empina un poco para ver como mueve ligeramente su cadera. *"Always try to breeze through my life / Repetitious things I've done one million times / Who are you to tell me that I'll always be this way / I close my eyes and I turn around /*

And leave it all behind /What could I do / It's not such a terrible thing / What would you do / It's not such a terrible thing / So free for the moment...". Las pequitas, el pelo despeinado, esa flacura, esa altura tan fuera de lo común... "me enamoré". La Toñi deja los audífonos y no se percata del *pelao* (como lo hubiera bautizado en caso de que no hubiera sido tan insignificante). Camina hacia la zona de Internet gratis dando saltitos como si estuviera oyendo la canción en su cabeza todavía. El *pelao* va y se compra la banda sonora de Empire Records, una película que jamás en su vida ha visto y que desde hoy y para siempre va a ser su favorita. Y la banda sonora resultará gustándole, aunque cuando pagó ni siquiera miró qué había en el disco.

La Toñi coge el celular y llama ahí mismito a Anacrista, porque "qué ñerada, tienes que ver este *mail* de Alicia Hurtado, mi amiga que trabaja en la Presidencia. Es como si estuviera en el mismo *reality* que tú". "Dale, mándalo", dice desinteresada Ana Cristina y le cuelga cuando se prende la luz roja de 'al aire'. Después le da *File, print* al *mail* de Felipe. La gente cree que hacer radio es muy apremiante y, sí, aunque también tiene sus recreos, y aparte uno se va tirando la pelota. Claro que con Manuel José no puede uno desconcentrarse ni un segundo. Pero es que ese *forward* de Alicia es muy chistoso.

Ya empiezas a ver cómo ven los demás a tu amadito de Palacio. La cosa va así: *Érase una joven muy hermosa y exitosa que aceptó un puesto en la Presidencia de la República trabajando como asesora del jefe "PlumaBlanca / fumotabacoyvoyaCartagenatodoeldía" y de su secretario privado "DonNeuraUrrutiaJodencioyechachichacomoes". La exitosa y hermosa joven estuvo muy feliz de aceptar el trabajo, pues sabía que aprendería muchísimo y que era una oportunidad que no se podía dejar pasar. Jajajajaajajaja (risas generales). Pero con el tiempo se fue dando cuenta de que su trabajo era algo esclavizante, pues se la pasaba corrigiendo cartas, organizando agendas de viajes que nunca se hacían (porque a Pluma Blanca le gustaba más que todo Cartagena) y aguantando regaños de "DonNeuraUrrutia Jodencioyechachichacomoes". Pero en realidad lo que más la preocupaba es que cumplía dos años con su novio, "Soysóloamorycomprensión". La joven exitosa recibió en la mañana un regalo de su novio que la dejó desubicada. "Soysóloamorycomprensión" decidió regalarle algo para gente verdaderamente exitosa. No como ella, que vivía al frente de un computador y sirviéndole a "EchaChicha". El regalo era nada menos y nada más que un Pocket PC (oyeron bien, un computadorcito de esos chiquiticos que tienen los ejecutivos) y la joven exitosa no sabía qué decir, pues sólo se le ocurría que sí, un Pocket PC (con todos los gallos) le podría servir para hacer la lista del mercado. ¿A alguien se le ocurre que la joven exitosa pueda utilizar esa cosa que usan los que viajan y tienen su agenda copada en algo más que corregir cartas mal escritas? La joven exitosa no podía esconder su congoja y se sentía miserable por decirle a "Soysóloamorycomprensión" que en realidad el Pocket PC no era el mejor regalo. Pero también se sentía acongojada de callárselo y dejar que el Pocket PC (ese costoso aparato tecnológico) sirviera para tres cosas: para la lista del mercado, pa´nada y pa´nada. Así que decidió manifestar su desesperación al respecto y aunque "Soysóloamor ycomprensión" supo entenderla, el episodio fue bien aburridor. En estos momentos la joven exitosa sale de su ofici-*

na para ir a celebrar con su amor. Lo más seguro es que su jefe "PlumaBlancafumotabacoymevoyaCartagenatodoel día" llame a su secretario privado "DonNeuraUrrutiaJodencioyechachichacomoes" para pedirle un favor a altas horas de la noche. "EchaChicha" (que en ese momento se estará comiendo a la prometida de manera muy frugal y ligerita) seguramente llamará a la joven exitosa a interrumpirla en su velada romántica. Escríbanme, que me muero si no me opinan. Chau, Alice in Wonderland.

Los veinte minutos de programa que faltan se hacen eternos ante la necesidad inmediata de llamar a La Toñi para que le explique mejor ese *forward* de Alicia. ¿Cómo así que es asesora de Camilo? Ana Cristina sabía que trabajaba en Palacio, pero no para él. Lo más triste de todo, es que no importa tanto el cuento de Camilo, porque lo que Alicia cuenta de su novio "Soysóloamorycomprensión" le trae de vuelta a Miguel su pensamiento favorito. La preocupación por Felipe la tiene mal, pero salta de eso a Camilo y de Camilo al programa. No puede pasar el fin de semana sin que le des ese *mail* a Miguel.

El sábado por la tarde vas a dejar el *mail* en un sobre, en su portería. Lo va a recibir un celador nuevo al que van a echar ese mismo día por haber dejado entrar a una vieja loca al 401. Tú vas a esperar a que Miguel te llame. No lo piensas llamar por pura dignidad, porque fue un grosero contigo. Si supieras que por tu "pura dignidad" Miguel nunca va a recibir el sobre llamarías ya, idiota. Tal vez cambie el curso de las cosas. Pero tú cómo puedes saber, si la dignidad está por encima de todo. Cuando Miguel entre, el celador que cogió el turno le va a dar la cuenta de la luz y un volante de Blockbuster. Tu sobre se va a quedar muchos días en la casilla de un apartamento que está vacío. El fin de semana va a pasar sin una sola llamada. Ni Miguel, ni Camilo.

22

Manuel José tiene puesto un vestido Gucci de paño gris con rayas blancas muy finas, una camisa azul D&G y una corbata Hermes de colorinches que parece de Pat Primo. Quien lo viera ahí, tan serio y tan importante, después del ridículo que vivió el fin de semana en su finca. Su hija Julieta aceptó irse con él y su esposa porque necesitaba que le dieran el permiso para visitar a su amiga Manuela en Miami. Manuel José insistió en que no invitara a nadie más porque quería que la cosa fuera familiar. Julieta se fue a regañadientes, pero se fue, no sin antes desinvitar a dos de sus mejores amigos, Nanán Carreño y Duvalín Zambrano. La noche del sábado, tipo ocho, Julieta estaba en el *jacuzzi* con su mamá y Manuel José preparando unos *cosmopolitan* con jugo de *cranberry* enlatado, cuando de pronto empezaron a pitar en el portón de la finca como locos. Los guardaespaldas vieron venir a su jefe a lo lejos y uno trató de evitarlo, por si era un secuestro o algo así, pero el otro confirmó que eran los amigos de la señorita Julieta. El doctor Pombo, como lo llamaban sus guardaespaldas, ya estaba de mal genio cuando les abrió, pero su ira sólo llegó a la máxima expresión cuando vio que Nanán y Duvalín se bajaban borrachos de un Pegeout 305 con unas capas negras y, al unísono, tiraban carcajadas al aire completamente desinhibidos. De pronto, ambos se abrieron las capas negras y descubrieron sus cuerpos adolescentes, al tiempo que saltaban como si quisieran sorprenderlo y se quedaban en posición estática un par de segundos, hasta que otra vez volvían a hacer el saltico. No podían parar de reírse. Los guardaespaldas se unieron tímidamente. Manuel José trataba de esconder su risa con una mano en la boca, pero, al mismo tiempo, estaba que explotaba de furia. Los exhibicionistas se montaron al carro cuando lo vieron entre los guardaespaldas, Nanán al volante y Duvalín de copiloto. Echaron reversa dejando ver los litros de alcohol que corrían por sus venas. Manuel José miró muy serio a los guardaespaldas y ellos poco a poco fueron conteniendo la risa.

—Alcancen a ese par de pendejos, llévenlos al Club Campestre y que les den un caldo para que se les baje la rasca. No me los dejen ir así. Y que ni se aparezcan por acá otra vez, ¿me entendió, Ramón? —dijo Manuel José Pombo Ferrer en actitud de capo italiano.

—Sí doctor. Nos vamos Alirio y yo. Que John se quede con ustedes —respondió el chofer completamente servicial.

El resto del fin de semana pasó como si nada. Manuel José nunca le contó el episodio de las capas a Julieta y llegó al *jacuzzi* con Merche, la muchacha, que llevaba los martinis en una bandeja. Fue un fin de semana súper familiar. Si Manuel José hubiera contado las palabras que Julieta le dirigió, hubieran sumado unas cuarenta y dos, teniendo en cuenta monosílabos y el "gracias", que pudo haber sido para Merche. No pasó mucho más hasta el lunes.

Si la pusieran a escoger entre el Gucci de su jefe y uno de Everfit, Ana Cristina no notaría mucho las diferencias en la calidad del paño, ni en el corte, ni en el precio. "Todos los hombres encorbatados se ven igualitos, menos Camilo Urrutia. Él tiene poderes especiales, sobresale, sus corbatas son divinas, su forma de meterse las manos en los bolsillos de los pantalones levantando el *blazer* y esa cola que tiene, Dios mío, qué delicia, pero qué dispersa, Anacrista, estábamos en el vestido de Pluma Blanca, como diría *Alice in Wonderland*". Está sentado a su lado y hoy está extrañamente conversador, sobre todo al aire. Hasta le pregunta qué opina de lo que dijo ayer el Fiscal General sobre la detención de todos esos campesinos en Arauca. Nunca antes la había hecho participar en temas políticos, pero Ana Cristina afortunadamente vive enterada de todo lo que pasa en el país, aunque ya ni sabe si de verdad le interesa, o simplemente va a dedicarse a entregar su columna en la revista cada semana y a sentarse en frente a su micrófono a esperar a que le den la palabra cada cuarenta minutos o más. Al principio era muy "asertiva", buscaba la manera de participar. Ahora se engloba pensando en Camilo o en Miguel o en cualquier cosa. Las horas de la mañana pasan casi desapercibidas. Antes se le hacía eterno el programa. Cruza dos o tres palabras con Manuel José, que le da instrucciones para encontrarse con su amigo, el director de la revista *Happen*, en la tarde. Vuelve a sonar el teléfono otra vez. La Toñi, que no se cansa de llamar, adora hablar por teléfono y está desocupada desde que se dedica al teatro.

—¿Qué me opinas del *mail* que te mandé, ah? Es que el mundo está lleno de jefes malparidos, ¿ah? Qué ñerada. Y ese *man* tan rabón con Alice y en cambio contigo se va de fiesta hasta las cuatro de la mañana. ¡No!

—Muy divertido, pero Toñi, pilas le cuentas algo a Alicia. ¿No se pone furiosa si se entera de que me mandaste ese *mail?* Tú estás loca. *Llevaytrae.*

—¡Ay! No canses, sólo te lo mandé para que te rieras. Ella igual no sabe que tú saliste con Urrutia porque, te lo recuerdo, fue una sola noche. No es tu novio, no es nada tuyo. Y fue el miércoles, queridita. No te llamó el jueves, porque te vio y porque lo nombraron secretario privado. Y el resto de días, espera... viernes, sábado, domingo y ¡lunes!: no te ha llamado.

—Deja el empute, Toñi y no me torees que yo sé perfectamente cómo fue la cosa, aunque te cuento que me puso un mensajito al celular el jueves. "En el único segundo que me quedó libre, sólo pensé en usted, señorita". ¿Qué me opinas tú? Estaba yo sin poder dormirme, porque ¿has visto que en las películas siempre hay una penumbra que ilumina los rostros de las protagonistas en sus camas? ¿Ajá? Pues a mí me pasa eso en mi cama, pero no me siento como la protagonista de nada, ¡me entra un desespero y un empute! Pongo cojines tapando el maldito reflector que le dio por poner a mi vecino en la ventana y que se activa con cualquier maricada, una rama, el viento. ¡Es lo peor! Odio a ese *man.* Y estaba yo ahí histérica y titi tití, titi tití, el mensajito del papacito. Casi me muero, ¡qué ñerada!

—¿Ahahahaha! Se te prendió el `qué ñerada´. Tú tan

bien hablada, locutora puestecita en su sitio. ¡Ahahahaha!

—Nunca he entendido bien de dónde sacaste toda esa basura que sale de tu boca, Toñi. Qué ñerada, por allá sin joder.

—Aplico rabonada ñero si me vuelves a decir que soy la *llevaytrae,* se me activa el protector de pantalla y me pongo puta y guacharaca y ahí sí "sóbese que no hay curas y Pinocho es el único de palo", porque no le vuelvo a dar la información adquirida con la *chick* de Presidencia, honorable Alice in Wonderland. Así que dejemos así con la rabonada, mamacita. ¡Ahahahahaha!

—Ja. Ja. Ja—contesta Ana Cristina seria—. Sobreactuada. No te dan ni un papel de extra si sigues así de exagerada. Ni siquiera el tal Gregoire que se enamoró de ti con todo y Heladino.

—Papacito delicioso… parchemos esta tarde, ¿no?

—No puedo, tengo que ir a ver a Juan Claudio Amador, el director de *Happen,* para cuadrar dizque unos enlaces entre los temas de su revista y el programa. Orden de mi Pluma Blanca.

—Qué foco, ese tipo es un galán, peor que el que ya te levantaste, Anacrís. Sí señores, empalagoso, como tres cucharadas de arequipe seguidas. Pero bien inteligente.

—¿Por qué lo conoces?

—¿A Juan Claudio? Era amigo de mi primo cuando estaban en el colegio. En esa época era simplemente un Amador más preparándose para el poder. Es más, era un chavazo total. Gordito, pecosito, medio pelirrojito. Ahora es el galán de galanes. Un día fuimos a comer, antes de que se volviera director de *Happen.* Me hizo reír mucho. Tenía un humor muy fino, pero siempre hacía chistes arribistas. Y yo con esa fobia que le cogí a ese tipo de personajes. Puro *man* que va a jugar golf con mi mamá y ella feliz diciendo que es María Antonia McCallister de Pardo, haciendo ese tonito típico de énfasis en el McCallister, como si eso fuera su visa para llegar al cielo. Qué mierda. En fin. El tipo es muy pilo y muy galán y muy bogotano, pero muy mucho.

—Tú eres muy chistosa con ese cuento de tu mamá, Toñi.

—Tú más chistosa que nunca hablas de tus papás. Un beso —dice cuidadosa La Toñi.

—Ay, Toñi, ya te he contado, no te hagas. Simplemente que no es importante. Pero algún día me sentaré a quitarte las ganas de chisme con el cuentico de mis papás. Beso —y cuelga.

¿Quiénes son tus papás, Anacrista? ¿Sí los conoces bien? En tu casa nunca ha habido un sí o un no. Son como dos marionetas. "Hola, querida, ¿te apetece tomar el té?", "Oh, gracias, querido, sería muy agradable". Parecen doña Florinda y el profesor Jirafales. A veces optas por creer que son seres espiritualmente superiores, porque no se inmutan con nada. Tu papá fue al seminario y, sin embargo, nunca se indignó porque no te hubieras casado con Miguel. Tu mamá ha vivido siempre rodeada de amigas que juegan al *bridge* y van a la peluquería del club, pero nunca se ha comportado como ellas. Tiene un sentido del trabajo social asombroso. Por eso conoció a tu papá, cuando él dirigía un programa social en el que ella trabajaba como voluntaria. Se había venido de su ciudad natal, Cartagena, pensando que acá en Bogotá había más mundo. Renunció a una gran fortuna y con las vueltas de la vida terminó prácticamente en lo mismo, dirías tú, pero en el fondo sabes que ella es ejemplar, aunque se ponga perlas y sastre. Muy en el fondo, aunque te parezcan los personajes más aburridos del mundo, sabes que sí han hecho la diferencia de una u otra forma. Es sólo que te gustaría ver algo fuera de su lugar en tu casa, o que la muchacha no tuviera instrucciones sobre el almuerzo exactamente a la misma hora: siete y media de la mañana. Te gustaría verlos desencajados, fuera de sí mismos, aterrados por alguna cosa. Pero tal vez no vivas para verlo. Tú tampoco es que te salgas de sus límites. Siempre has estado más o menos dentro del redil. Cuando te sientas a comer con ellos y los diálogos parecen los de una película de Todd Solondz, el aire es livianito y todo empieza a ser sospechoso. Son tan perfectos que parecen bocetos de criminales. La familia Flanders. Y tú te crees Lisa, aunque no eres taaaan "lista".

23

Está haciendo un bochorno insoportable. Una secretaria amable y bien vestida, parecida a Diane Keaton, le pide a Ana Cristina que se siente y espere un momento, que su jefe ya casi sale del consejo de redacción. Ana Cristina acepta un agua aromática y después se arrepiente porque le va a dar más calor. La secretaria abre la puerta de la oficina, en la que se ven varias personas sentadas en una mesa redonda y pregunta si alguien quiere tomar algo.

—Que nos traigan combos de café y agua, o si quieren whisky con pandeyuca —dice una voz masculina y joven con acento bogotano, al tiempo que todos se ríen. La secretaria da media vuelta, mira a Ana Cristina y tuerce los ojos hacia arriba, como quién dice "ahí está pintado". Deja la puerta entreabierta y se va a buscar los "combos". Ana Cristina coge una revista y se pone a hojearla mientras la atiende Amador. "Miguel nada que llama, pero bueno, ya habrá recibido el *mail.* A mí que no me trate como un trapo", piensa. Le es inevitable oír las risas y los comentarios que vienen desde adentro.

—Si esa pela teta, yo voy por ella pa´portada —dice alguien—. Pero si son unas fotos en que sale tapada y eso, pues es la misma vaina de siempre. Ahí sí voy por Nadia.

—Nadia ya está de un cacho —dice la voz que Ana Cristina supone de Amador—. La *manager* la convenció y le dijo un par de mentiritas para que no se pusiera de diva. Pero lo que me preocupa es el artículo de "mi fobia a la montaña rusa". ¿A quién se lo pedimos?

—A Espitia, que le dio un infarto esta mañana —dice otra voz desconocida y todos se ríen como para adentro.

—Caramba, Enrique, por eso eres mi editor —dice sarcástico Amador—. Te apuesto una botella de vino a que se muere mañana antes de las seis de la tarde.

—Yo voy en la apuesta, pero se muere hoy antes de las ocho de la noche. Mientras las apuestas cínicas sobre la muerte del tal Espitia siguen su curso, la gente empieza a salir poco a poco de la reunión y las dos voces que se quedaron sin público van acallándose como si les bajaran el volumen.

—... y esta niña nueva, la practicante, es como morenita, ¿no?, es por lo del especial de desplazados —dice pasito la voz de Amador y los dos dejan escapar una mínima risita de burla—. Bueno, bueno, ahora nos vemos que tengo que atender a una vieja del programa de Manuel José.

—¿Está buena? —pregunta Enrique.

—No sé, nunca la he visto. Es Ana Cristina Calderón, que habla ahí por las mañanas.

—Yo sé quién es. Está como rica y dicen que Pombo la adora.

—Pombo no adora a nadie, Kique. A Pombo le sacaron el corazón. No tiene ese órgano. Es la reencarnación de uno de los soldados que latigó a Jesús, ¿oye, viste esa película de Gibson? Nuestro Señor se volvió muy famoso porque fue el que hizo el primer *bonyi jumping* de la historia, cuando lo cogen en el monte de Los Olivos y lo están halando. Sólo le faltó rodarse por un tobogán de lija hacia una piscina de merthiolate —risas de los dos y suena el teléfono, sin que él conteste—. Ahí llegó la vieja. Voy a organizar como un tiro lo de la fiesta de aniversario, pa´que le den un poco de bombo en el programa de Pombo.

—Bueno, pero está rica igual —y acto seguido Enrique abre por completo la puerta y ve a Ana Cristina ahí sentada. La saluda como el mejor de los anfitriones, aunque se le nota un poco la angustia de que haya oído la conversación.

—Hola Ana Cristina, ¿no te acuerdas de mí, verdad?

—No, la verdad no. Mucho gusto —dice Ana Cristina, que, claro, se acuerda.

—Es que yo soy mucho mayor, pero alcanzamos a estar juntos en la universidad.

—Ah, ok, tal vez no es la edad, sino que yo estudié artes visuales primero. ¿Cuántos años tienes tú?

—Treinta y uno. ¿Tú debes tener unos veintiséis?

—Veintiocho —dice Ana Cristina antipática y corre su cabeza hacia un lado para mirar a la secretaria, que viene con una bandeja llena de tintos y le hace muecas de que ya puede entrar—. Tú eres... —pura mañita que ha cogido de Pombo, qué asco.

—Enrique Martínez.

—Ah, claro. ¿Cómo andas? Perdona, voy a reunirme con tu jefe —y le da la mano.

A ver, a ver, Anacrista. Párate de ese sofá y capotea

uno más. No va a ser tan fácil, porque es íntimo de tu jefe y no puedes ser grosera con él. Además La Toñi dice que es inteligente, lo cual es un punto a su favor. Camina como Dios manda, altiva, mijita, altiva.

—Quiai Juan Claudio, mucho gusto —sin tutear y sin ustear.

—Bueno, y tú de dónde saliste. Pombo cree que eres lo mejor que le ha pasado en la vida —dice Amador a manera de bienvenida y acordando tácitamente el tuteo.

—Es que a él se le pasa lo mejor que le ha pasado en la vida cada dos días —contesta Ana Cristina.

—Una pregunta suelta, ¿tú saldrías en *Happen*? Es que estamos pensando en hacer un especial de modelos no modelos…

—No sé —dice Ana Cristina roja— habría que hacer un gran trabajo en *photoshop* —y se ríen los dos. La puerta se abre y asoma la cara una empleada.

—¿Qué te tomas, Ana Cristina, un whisky o prefieres un masato? Tráiganos dos tamales y una pony malta —le dice Amador a la empleada—. Ah, y la pony con un liberal —la empleada se ríe otra vez como si nunca hubiera oído el chiste y Ana Cristina también, aunque hubiera preferido no celebrarle.

—Un café está bien —dice ella.

Amador es "artístico" al principio. No se ríe ni una milésima, pero hace chistes cada dos segundos. Digamos que no tiene un dosificador de humor estricto. Mientras piensa todo esto, Ana Cristina se agacha a recoger el celular que se le cae al suelo. Amador aprovecha para mirarle el culo, por supuesto. "Le cabe", piensa. Ella se levanta y se vuelve a sentar. Lo demás es lo demás.

Una reunión de trabajo en la que Amador le da instrucciones sobre lo que debe tratarse en el programa partiendo de artículos que salen en *Happen* y lo de la promoción de la fiesta. Ana Cristina toma nota de los temas y se percata de ese sutil estilo que tiene Amador para hacerle creer a la gente que tiene en cuenta la opinión de los demás y que nunca está seguro de sus decisiones. Frases *disfraces* del tipo "¿tú crees que sea bueno?", "corrígeme si estoy mal", o "eso es como chimbo, ¿no?". Ella, ni corta ni perezosa, le planta su beso andeneado cuando se despiden. Que qué bueno conocerte, que la fiesta va a estar buenísima. Le es inevitable sentirse halagada por la propuesta que le hizo al principio de salir en la edición de modelos no modelos. Si aterrizara, Ana Cristina entendería que no es ninguna propuesta, sino una manera de hacer encuestas callejeras sin herir susceptibilidades. Lo que le interesa a Amador es que su brillante idea sea aceptada. ¿A ella? A ella simplemente "le cabe".

Antes de irse, le comenta a Amador que tienen una amiga en común.

—María Antonia Pardo, La Toñi —dice Ana Cristina—. ¿Te acuerdas de ella?

—Pero claro. Si es de las mujeres más lindas y más difíciles que he conocido en toda mi vida. Hace rato no la veo. Mándale muchos saludos. ¿En qué anda? —pregunta Amador—. Deberías darme el celular.

—Pues ahora le dio por estudiar teatro. Espera busco el celular... Le voy a mandar tus saludos y seguro que le va a parecer *bacano* si la llamas.

—La voy a llamar un día de estos para que vayamos a cine. Se me había borrado de la memoria Ram, pero es adorada y divina. Es más, te confieso que tu amiga me debe algo.

—Eso sí negócialo con ella. Apunta, tres diez...

—Espera. Treess, diezzz...

Cuando salga de la oficina de Amador, todavía sintiendo el bochorno pegajoso, la secretaria estará hablando con esa vieja que Ana Cristina detesta, la de la agencia de comunicaciones que le dice a todo el mundo *corazón*. "¿Ana Cristina? Hola *corazón*, ¿cómo vas, mi vida?", a lo que ella responde siempre "Mucho gusto, ¿nos conocemos?". Y lo peor es que no se conocen, vieja loca que jamás en su vida la ha visto y le dice *corazón* y mi vida. Y aunque la conociera, qué igualada y qué loba. La Toñi, que también la padeció cuando trabajaba en el noticiero, dice que como esa hay un millar en la ciudad y que son tan empalagosas que se van a convertir en un problema de salud pública: "Todo el mundo con diarrea mental por culpa de esas parientas de los cariñositos que hacen que contestar el teléfono sea siempre una acción de alto riesgo. Que están haciendo un evento súper, que tienen un nuevo producto *espec*, gorda tienes que probarlo, te voy a mandar una muestra, ¿me puedes ayudar en el noticiero, *corazón?* Un día de estos les voy a contestar, sí, espérame un momento vomito y ya te atiendo, gorda, corazón, beba, hermosa, ¡loba abusiva!".

24

Pues sí. Lo que dijo La Toñi por teléfono es verdad: Camilo Urrutia no te ha llamado y ya han pasado varios días. Y además es un pretexto, Anacrista. Tú estabas realmente preocupada por el *mail* que te mandó el hermanito de Miguel, que en últimas es estarlo por él, Miguel, con su Fender, tu mal de ojo, tu dolor de estómago. Si Camilo te llamara, resolver el ítem Miguel sería más sencillo. Pero Camilo Urrutia es el secretario privado del Presidente. Aunque quisiera, no tendría mucho tiempo para compartir contigo. Bueno. Podría llamarte, eso sí. Nadie está tan ocupado como para no poder hacer una llamada. El gran problema en este preciso momento, y tú no lo sabes, es que Camilo llegó temprano en la mañana a su despacho para imprimir unos discursos que el Presidente va a dar en el viaje a Riosucio. Se sentó a leerlos, le pidió a Alicia que corroborara algunos datos con los ministerios, firmó unas cartas que ella le subió y se tomó un café interrumpido por seis o siete llamadas por el *falcon,* porque el ministro de hacienda había dicho que los acompañaba a Riosucio, pero no hay cupo porque se redobló la seguridad y caben menos personas en el avión. El desastre es que los otros tres ministros no se pueden bajar del viaje porque tienen que firmar documentos en las inauguraciones, así que "minhacienda" está furioso y ya le sacó la piedra a Camilo: "Chino, va a tener que aprender a capotear los problemas priorizando", y le tiró el *falcon*. Camilo se retorció de la rabia, pero se puso a alistar sus cosas rápidamente, porque el helicóptero va a llegar en cinco minutos y hay que subir a la azotea con el "Pre". La rabia, por supuesto, la descarga en Alicia, que está ahí parada tachando cifras y corrigiendo los discursos.

—Ya déjelo así, Alicia. Las cosas no se pueden hacer a última hora —le dice medio gritando desde el baño.

Alicia sale del despacho y cierra la puerta. Se pone a conversar con las secretarias de Camilo un rato. En eso suena el helicóptero, un sonido que de ahora en adelante ella va a adorar, porque significará que va a poder descansar de su jefe por intervalos cortos, aunque la llame unas cuatro veces durante cada viaje y le toque esperar a que lleguen, así se retrasen (que es siempre), para que firme cartas y ella le haga un recuento de los mil chicharrones que capoteó o que no pudo resolver durante el viaje. "Llamó el senador Perilla para lo de la audiencia, pero estaba indignado porque su secretaria me puso a mí en el teléfono. No alcancé a decirle que estaban ustedes de viaje, cuando me colgó. También sonó el *falcon* sin parar y, como yo estaba imprimiendo la agenda en su oficina, lo contesté del desespero y era el Fiscal. Que necesitaba hablar con usted a la hora que fuera. Las memorias para la audiencia con el embajador de Rusia ya están listas. Las mandaron de Cancillería esta mañana. Preguntaron que si a la comida va la primera dama, porque eso cambia todos los puestos en la mesa. Y que el judío este de la ensambladora de carros rusa es kosher. La firma de lo de anticorrupción se va hacer en el salón Gobelinos. Ya está listo lo de los pandeyucas y la señora del Plante llamó hasta el cansancio porque quiere que sean enfáticos en comunicarle a la gente que los pandeyucas son producto de los cultivos alternativos, entonces mandó a hacer unas servilletas con la información. También mandé el fax a este señor de la Williams para que le consiga hospedaje en Mónaco al Presidente, por si quiere ir a la carrera de Montoya. Y vino Claudia a preguntar que si el libro de los precolombinos de Villegas era buen regalo para el embajador. Yo le dije que sí. Me imagino que ya le dieron sus llamadas las secretarias. Hay una señora que nos tiene locas. Llama todo el día a pedir audiencia porque tiene un mensaje especial de la Virgen para el Presidente. Ya le contestamos el derecho de petición semanal al loco ese del Teófilo de Jesús Forero, que ahora ya no quiere ser ministro de salud, sino canciller". "Lo más importante es lo de Mónaco. Yo hablo con el Fiscal", le va a contestar Urrutia sin siquiera dar las gracias.

A pesar de todo eso que le va a tener que decir a su jefe por la noche cuando llegue, el sonido del helicóptero es como un respiro. Se van. Una especie de huracán revuelve todas las matas del jardín interior de Palacio y si alguien tiene las ventanas abiertas el estruendo es casi como una bomba cuando el "huracán" las cierra de un solo empujón. Alicia para la conversación con Mariadé, una de las secretarias, porque no se oye nada. Camilo no sale de la oficina, pero ellas suponen que salió por el balcón. De pronto surge del despacho hecho un ser rojo, completamente rojo, y ahogado de la furia.

—¿Ustedes son sordas o qué? ¡Me quedé encerrado en el baño y les estaba gritando para que me ayudaran! Mariadé, llame a Casa Privada y diga que manden al carpintero. ¡La puerta quedó hecha mierda, porque como las niñas no oyen! —dice Camilo al borde de un colapso nervioso, sobreactuado. En eso llega el jefe de Casa Militar, el tranquilo y siempre caballero capitán Anaya.

—Doctor, ya nos íbamos a ir sin usted. El señor Presidente lo está esperando en la azotea —y salen los dos corriendo.

Alicia y las secretarias se quedan estupefactas y cuando oyen que el helicóptero se aleja, se retuercen a carcajadas por lo que acaba de pasar. Gajes del oficio. Camilo le pide disculpas al Presidente y se montan al helicóptero. Quince minutos de retraso son reportados a Catam por cuenta del "Niño", como sin saberlo lo apodan ciertos ministros, entre esos "minhacienda". Sin embargo, el Presidente le hace un guiño y también se muere de risa cuando Camilo cuenta lo del encierro en el baño y la destrucción de la puerta. Ya en el avión, el Presidente va leyendo los discursos, que tienen algunas cifras tachadas y corregidas en rojo con la letra de Alicia. No son 450 casas las que están listas para entregar, porque unas estaban todavía sin agua y sin luz. Son 340. El proyecto no costó mil doscientos millones, sino setecientos cincuenta. Este tipo de cosas sí que alteran al Presidente. Camilo mira por la ventana y se acuerda de las curvas de Ana Cristina, del olor de su piel, que no se parece en nada al Chanel Nº 5 de

María. Poco a poco va reconstruyendo en su cabeza llena de *post its,* escena por escena, el polvo con Ana Cristina, su forma de moverse, tan poco común en María, que casi ni colabora en el sexo; esas piernas largas enroscadas en su espalda... El grito del Presidente se hace incomprensible con esos recuerdos.

—Yo ya les he dicho que no voy a inaugurar obritas pendejas y menos si no están terminadas. ¿Quién cuadró esto, Camilo? Yo sé que no es culpa de ustedes, pero es que este tipo del Inurbe siempre nos monta en estos viajes sin que las cosas estén terminadas. Está colmando mi paciencia. Este tipo del Inurbe no les puede meter los dedos en la boca, es un gamonal y tienen que mirar más de cerca sus jugadas. A su asesora le puede parecer divino que abracemos a los negritos de Riosucio, pero si no ve más allá de sus narices no puede entender que es una jugada política porque es su región y él se lleva el crédito. Y como no queda mucho tiempo, al pizco no le importa mandarme a inaugurar lo que no ha terminado. ¡Hombre, Camilo, más pilas con eso, por favor: olfato político!

Urrutia quiere contestar, pero un mareo horrible se apodera de él. Voltea a mirar a los demás pasajeros y están todos pálidos. El avión se mueve de una manera muy extraña. Trata de hacerse el fresco, pero está tan verde, que el capitán Anaya le explica:

—Para poder aterrizar en estos sitios, el avión no puede bajar como cualquier avión lo haría porque es el momento de más vulnerabilidad y pueden bajarnos a la fuerza los malandros. Así que estamos dando vueltas, bajando en espiral, para que sea menos predecible nuestra ubicación.

Ya es muy tarde para contestarle al Presidente. Un ministro lo tiene acaparado con una conversación en voz baja de la que sólo se pueden extraer susurros. El aterrizaje en espiral es un verdadero vomitivo. Camilo se baja después de todos los ministros y del "Pre". Pálido.

25

Se la pasa tardes enteras vagabundeando. Ya se deshizo de ese sentimiento de "no estás haciendo nada con tu vida" que le inculcó su papá cuando supo que ahora iba a estudiar teatro. Quedó de verse con Gregoire, el del Heladino de droguería. Toñi es capaz de comprar un cepillo de dientes nuevo (mentiras, dos) y llegar a instalarlo en el baño de Gregoire. Y eso es precisamente lo que está previsto que haga, después de dos polvos regulares en horas de la tarde y otro par mañaneros mucho mejores. Es la jugada *Reach ultra soft* con cabeza inclinada, paso número tres. Pero el teléfono que Ana Cristina le dictó a Amador va a cambiar el curso de las cosas y, en pocas horas, La Toñi va a estar muerta de risa entre el carro de Amador, que le va a decir que sólo a ella se le ocurre gustarle el Heladino de fresa. "Mal ahí, Toñi. Es lo único por lo que discutiríamos usted y yo si tuviéramos algo. Imagínese: uno con ganas de comérsela y usted con el cuento de que la lleven por un Heladino de fresa. O peor: uno queriendo que lo unten de algo bien rico, como en *Nueve semanas y media*, y usted con el Heladino de fresa dichosa. ¡Y uno con la espalda rosado soacha!".

Amador piensa dos veces antes de marcarle a La Toñi, porque ella fue implacable cuando se conocieron. Le dejó grandes enseñanzas, eso sí, porque quiso conquistársela con las herramientas más patéticas jamás imaginadas. Pero es que cuando la conoció era un pelirrojito con muchas inseguridades y un vasto conocimiento de la literatura latinoamericana. Había leído mucho más que cualquier tipo de su edad. Pero estaba también contaminado por ciertos amigos mamertos, y además melcochudos, que lo habían incursionado en el mundo del "casete de autor". Por eso Amador tenía en su carro un par, de lo más denigrante. Se trataba de Benedetti recitando los cuatro *hits* de poesía de adolescentes. "Mi táctica es mirarte, aprender cómo sos, quererte como sos" o "Compañera, usted sabe que puede contar conmigo, no hasta uno..." o "La culpa es de uno cuando no enamora y no de los pretextos ni del tiempo". El otro casete era peor, y Amador sólo lo supo una vez entendió el gran abismo que había entre Cortázar y Benedetti. Pero Julio y Mario tenían todo el derecho de malgastar sus palabras, porque al fin y al cabo eran de ellos y cuando las escribieron jamás se imaginaron que iban a ser un lugar común. El capítulo siete de *Rayuela* era utilizado por Amador y sus amigos para conquistar a ese tipo de niñas que no han leído más que los poemas de Ángela Botero en toda su vida. Ese "toco tu boca, con un dedo toco el borde de tu boca" perdía toda la magia que tenía cuando era leído en *Rayuela,* y se desprendía de cada palabra un hostigante sabor a proyecto de melcocha, a panela hirviendo. La única que fue capaz de decírselo fue La Toñi.

—Hay que saber guardar una distancia prudente con nuestros ídolos, Juan Claudio. Esto es patético. Bote ese casete. Me da pena decírselo, pero Cortázar no se merece esto —le dijo sarcástica La Toñi—. Además oiga como suena ya de trillado. ¡Le voy lo que sea a que se lo ha puesto a más de cinco niñas, por lo menos! *Man,* me da risa. Perdóneme, pero creo que le estoy haciendo un favor. A mí póngame U2 a todo volumen y cantemos mirando hacia las luces de la calle, aunque eso también es cursi, pero Bono no se enzorraría si supiera que lo hacemos, porque para eso grabó "discos". Yo juraría que Cortázar grabó esta cosa con una pistola en la sien. No puedo imaginármelo de otra manera.

—Usted es la mujer más pesada que yo he conocido. Y se burla de mí como si nada... Déme un beso —le contestó rojo Amador.

—Pero quite eso primero, *man.*

Amador sacó el casete y vio a La Toñi con los ojos cerrados y la boquita en forma de corazón. Cuando se le acercó, ella abrió los ojos y saltó. Una carcajada lo dejó paralizado.

—Me lo roba cuando quiera, pero no me pida besitos de princesa. Me lo roba y listo, ¿le parece?

Tuvieron que pasar un par de años para que Amador superara el trauma. Cuando volvió a ver a La Toñi ya era un tipo más seguro, a punto de recibir la dirección de *Happen.* Fueron a comer una noche, con el primo de ella y otras personas. La Toñi se paró al baño y cuando volvía a la mesa él estaba yendo hacia allá también.

—Juan Claudio, ¿me lleva a mi casa?

—Claro, Toñi. Y le pongo U2 para que cante.

—Listo. ¿Ya me despachó a sus guardaespaldas hostigantes, verdad? —dijo La Toñi sin obtener respuesta de Amador, que no le había entendido bien—. Digo, a don Julio y a don Mario...

—No sea rata, que si no le toca dormir acá, Toñi —le contestó Juan Claudio mientras la agarraba muy duro de la cintura y seguía su camino hacia el baño.

El resto fue por cuenta de Bono. Después de despedirse de todos, Amador montó a La Toñi en su carro, no sin antes hacerle un chiste sobre su tamaño. "A usted hay que doblarla para que quepa en cualquier parte, ¿no?". "Jo, jo, jó", hubiera contestado La Toñi si el vino no le hubiera dado unas ganas inmensas de que esos labios de pelirrojo le robaran el beso prometido hace tanto tiempo.

Mientras Amador marca el número de Toñi, trata de acordarse de ese beso. Pero es muy vago el recuerdo, a lo mejor por los miles de besos que ahora se suman en la lista, a lo mejor porque su hombría no le permite el lujo de acordarse con detalles de un beso. Lo cierto es que sí se acuerda de sus labios y también sabe que el beso fue bueno, aunque La Toñi se bajó muy rápido de su carro. Eso es lo que finalmente lo lleva a espichar *"send"*. Luego de tres timbres, La Toñi contesta acelerada.

—¿En dónde está? ¿Está ocupada, de afán? —es lo único que atisba a decirle.

—Estoy, ¿con quién hablo? —dice La Toñi muy seria.

—Imagínese que le tengo dos casetes de regalo, María Antonia —le dice Amador—. Uno de Julio y otro de Mario...

—¿Con quién hablo?

—¿Me va a decir que después de mí hubo otros imbéciles que intentaron ponerle el capítulo siete de *Rayuela* en el carro?

—¡No puede ser! ¿Usted de dónde salió, si usted vive ocupado con modelitos? Yo pensé que ya no estaba disponible. Qué nota oírlo. ¿Quién le dio mi teléfono? —dice La Toñi, sabiendo perfectamente que fue Anacris.

—Una amiga suya que trabaja con Pombo en Radio Futura, muy linda, por cierto. ¿Ana Cristina es que se llama?

—Sí, es una de mis mejores amigas...

La conversación quedó pausada por unos segundos. Ninguno de los dos sabía qué decir, hasta que Amador se arriesgó, contra todas sus convicciones de galán rudo.

—Es que estuvo en mi oficina en una reunión y al final me habló de usted y, bueno, le pedí su teléfono. ¿Quiere ir a cine mañana conmigo? ¿Ya se vio *Lost in translation?*

—Sí, pero me la repito feliz. Además supongo que si le digo que no, no me llama nunca más. Porque lo he visto muy creidito últimamente en todas las páginas sociales, agarrado de par modelitos…

—Pues la recojo mañana y sí, tiene razón. Si me dice que no, no la vuelvo a llamar, porque ya he soportado bastantes desplantes suyos, churra. Lo peor es que no aprendo, porque sigue con el acidito en la punta de la lengua, ¿no?

—Ah... ¿entonces mi beso le supo ácido? —pregunta La Toñi.

—Ni me acuerdo a qué supo. Le va a tocar repetir. Nos vemos mañana. ¿Es buenísima la película? —le contesta Amador rudo y con ganas de colgar.

—Es demasiado. Seguro le va a gustar. Llámeme antecitos de salir, ¿vale?

—Bueno, Toñi. Un beso. Nos vemos —dice Amador y cuelga medio arrepentido de haber llamado.

La Toñi, en cambio, empieza a sentir que el corazón se le va a salir y, sin querer queriendo, decide que este es el octavo amor de su vida que aparece en tan pocas semanas. Pero, un momento: ¿es el octavo o el noveno? Ya perdió la cuenta, pero el recuerdo de ese primer beso del pelirrojo la hace olvidarse por completo del resto de la lista. Ahora Amador es el primero y el único. Y así va a ser, muy a pesar de los cepillos de dientes con los que quería sorprender a Gregoire, que se quedará esperándola con un par de *heladinos* de fresa en su casa, hasta que caiga la tarde. Una vez disipadas todas las dudas, aceptará que Toñi ya no va a llegar y saldrá a darse un borondo por ahí. La tarde estará linda, el cielo despejado.

En Los Ángeles también habrá borondo. Felipe saldrá a buscar a un *dealer* que había contactado semanas antes, cuando llegó a California. Va a empeñar un reloj que Miguel le regaló la última vez que se vieron y se va a inyectar heroína con un par de *junkies* que están ahí, en el antro del *dealer*. Todo se va disolver cuando la jeringa haga contacto con su piel. Efecto *blur*.

26

El aire acondicionado de los cines es lo peor. Martes, ocho treinta. En la fila G, sillas 15 y 16, están sentados La Toñi y Amador. Dos filas más abajo, en la silla número E2 está Miguel solo, Miguel pobrecito, Miguel tan tranquilo. "¿A quién hay que hablarle en cine? ¿Por qué esa falsa necesidad que nos han creado de ver películas acompañados?". Lo único que realmente puede extrañar son las enroscadas de Ana Cristina, que se moría de frío y se quejaba, y callaba a la gente al más mínimo ruido. Pero es un recuerdo que viene como las brevas con arequipe, y por más que a Miguel le guste el arequipe, no soporta las brevas. "¿Se puede arequipe solo?", diría en la fila de la cafetería. "No, señor, si quiere puede quitarle el arequipe a las brevas", le contestaría la señorita de los postres. "El problema es que el arequipe queda sabiendo amargo", contestaría él después de un intento, porque Miguel es tan dócil, que seguro intentaría probar el arequipe. Total: le hace falta Ana Cristina, sin las brevas. "Pero ella es así, como una montaña rusa: a veces te saca todos los miedos, te deja caer en sus abismos más profundos y se porta como una perra; otras, en cambio, vas liviano hacia el cielo y el sol te encadelilla los ojos.

No hay arequipe sin brevas".

Se acuerda de los cortos de *Lost in translation*, la película que está a punto de comenzar: *"Everybody wants to be found... Sometimes you have to go halfway around the world to come full circle"*. Al fondo, en la pantalla, Scarlet hermosa, en calzones, esperando que su marido llegue para salir del cuarto del hotel, y Bill Murray haciendo esa campaña de whisky con una tristeza profunda en sus ojos. "¿Ana Cristina? Quién sabe dónde esté. Andaregueando por la ciudad, o con La Toñi, o con cualquiera. Ella sabe desenvolverse muy bien sola. Aunque estuviera en Tokio, aunque no conociera a nadie. ¿Los otros? Somos desconocidos en una ciudad tan apabullante como Tokio. Esas son nuestras vidas, las de todos, no importa cuán patéticos nos parezcan los demás, somos lo mismo, aunque encarnemos el cuerpo de una joven deprimida recién casada o el de un actor que hace mucho perdió su fama. Y nos encontramos por pura casualidad, como nos pasó a Anacrís y a mí, como les pasó a Charlotte y a Bob, mientras ella cantaba *Brass in pocket* en karaoke: *"'Cause I´m gonna make you see / there's nobody else here / no one like me / I'm special so special / I gotta have some of your attention give it to me"*. Fue una visión ilusoria, la de Charlotte con su peluca rosada, haciéndolo todo más sencillo, más alegre, para Bob, para Murray. Lo mismo fue Ana Cristina en mi vida: una ilusión de no ser un desconocido; una mentira dulce que se enroscaba en el cine y en la cama y que se quejaba siempre de tener frío; un gato mojado y con hambre que me miraba con ternura y, cuando le pasaba la mano por el lomo, se convertía en un tigre furioso, que quería su independencia.

Me hacen falta sus caprichos, sus pataletas, su risa, que llenaba todos los espacios, su cruel manera de decirme que no le gustaba esa canción que estaba componiendo, esa irreductible sensatez que se sacaba de debajo de la manga cuando todo era ya una locura, un manojo de gritos; sus pestañas crespas y manipuladoras, sus nalgas siempre frías... Ya, Miguel. Ana Cristina está muy lejos, viviendo su estrellato, su madurez, su micrófono, y la dejé llorar tanto, que difícilmente va a poder volver a mí... En realidad no la dejé llorar. Ella lloraba solita y se lo buscó".

Dos filas más arriba, La Toñi abre un paquete de papas haciendo un ruido tremendo y Amador aprovecha la oscuridad para hacer cara de destemple. No soporta, como Ana Cristina, que la gente lleve comida que suena al teatro. Pero se le olvida por completo cuando Bob / Murray le propone a Charlotte / Scarlett una huida de Tokio, saliendo primero del bar del *lobby*, luego del hotel, luego de Tokio y finalmente de Japón. Amador quisiera tener la confianza suficiente en sí mismo y en La Toñi, o al menos el buen humor para proponerle algo de ese tamaño y luego confesarle que jamás lo había intimidado una mujer de esa manera, pero Toñi mastica y mastica, hasta que empieza a hacerlo más y más lento, porque el beso final de Bob a Scarlett la deja sin alientos para seguir comiendo. Una lágrima rueda por su ojo derecho, el que Amador no puede ver. Por el ojo izquierdo de él rueda otra lágrima del mismo tamaño y, de repente, ambos vuelven en sí para dejar de ser esos débiles amedrentados por Sofía Coppola.

Lo único que espera Amador es que La Toñi respete ese ratico de silencio que se necesita para digerir una película así. "Que no vaya a soltarse en prosa, Dios mío, que quiero que me siga gustando".

Cuando prenden las luces del teatro, Toñi se para y ve a Miguel abajo.

—¡Hey, Miguel! —le grita pasito, aunque parezca contradictorio.

Antes de que Miguel se voltee ya hay unas cuatro o cinco niñas mirándola de arriba a abajo. Ella ahí parada, en *jeans* y *tennis,* con el pelo hecho un enredo en un moño y la cara casi lavada, le hace un guiño a Miguel y baja a salticos hasta su fila. Ni se entera de las hienas que se la tragan con la mirada. Miguel la saluda distante. Si hay algo que detesta es salir bien tocado de una película o de un concierto y encontrarse con gente a la que hay que saludar evadiendo que por dentro uno está con los pelos de punta, si es que hubiera pelos en el corazón. Y además no hay otra cosa que los una diferente a Ana Cristina, aunque La Toñi siempre le ha caído bien. Por eso se porta medianamente querido.

—Hola Toñita, ¿cómo vas? Buena peli, ¿ah? —le dice Miguel.

—Me voy a morir. Demasiado. ¡Qué basto como se nota que está hecha por una *chick!* Me dañó ñero. Claro que ya me la había visto.

—Ah, ¿sí?... —Miguel no sabe qué más decir. En realidad no quiere hablar y además sabe hacia dónde va la conversación.

—¿Y qué, Migue, tú qué?

—Bien, trabajando, normal. Tocando.

—Bueno, supongo que no quieres ni que te nombren a Ana Cristina… pero toca, ¿no?

—No, no me molesta. La verdad es que me ha hecho falta, pero esa terminada nuestra fue como áspera. Con el tiempo miraremos qué pasa. Tú sabes, Toñi, tú sabes…

—¿Qué?

—Pues…—dice Miguel tímido y la piensa antes de terminar—, que yo la adoro.

—Ah sí, eso sí no me cabe la menor duda. Pero qué pesada yo. Además estoy con un *mancito* y se me está yendo solo. Chau, Miguel —y se dan un beso de despedida.

La Toñi se le atraviesa a todo el mundo para alcanzar a Amador, que ya va como cinco escalones más abajo.

—Qué peli, ¿no?

—Muy brava —contesta Amador rogando porque se acabe esa conversación.

—Tranquilo que yo no soy de las que hacen sinopsis y tertulia de las películas. Pero no sea tan arisco, mijito. Ese era el ex novio de Ana Cristina.

—Rockerito, ¿no?

—Sí, un bacán. Pero terminaron como feo. Qué frío tan horrible el que está haciendo. ¿Me da las llaves del carro y lo espero allá mientras paga el parqueadero?

—Pues si no hay más remedio —contesta Amador.

—Ay, no es personal. Tengo frío y usted no quiere que le hable de la película. Así le doy un ratico para que vuelva a su realidad patética y miserable de director de *Happen* que no está con super modelo, sino con Toñi.

—Usted me cree bobo a mí, ¿no?

—Sí, bobito —La Toñi le chanta un beso en el cachete. Déme las llaves —y da media vuelta. Pasan unos minutos mientras Amador llega al carro. La Toñi mira la guantera, prende el radio. Ve un par de discos de Serrat y hace muecas de vomitarse. Cuando él entra, de una le sigue el hilo de la conversación pasada por temor a que empiece con alguna de sus típicas burlas.

—Venga... me estaba contando del novio de Ana Cristina y que terminaron súper mal.

—Sí, ¿por qué?, ¿le interesa Anacrís?

—¡Tan boba! Es pa´cambiarle de tema porque ya vi la cara que hizo cuando vio mis discos de Serrat y la verdad es que me da cansancio discutir sobre temas musicales con usted.

—¿No se le mide?

—No, cuénteme más bien el cuento del rockero y su amiga.

—No es *rocker*, pero bueno. Estuvieron juntos un *jurgo* de tiempo y de pronto, puf, de la nada, se empezaron a mirar rayado en las fiestas y terminaron. Claro que fue decente la cosa. No se tiraron cosas, ni se dijeron porquerías. Mejor dicho: no lograron enzorre. Yo sí es que he logrado unas...

—¿Cómo cuáles? —le dice Amador mientras entrega el tiquete del parqueadero y sube por la rampa.

—¿En serio quiere que le cuente? ¿En serio, en serio? —pregunta La Toñi y se ríe.

—En serio —se ríe Amador también—. Déle... a ver si me impresiona.

—Bueno, pues es un poco frito el cuento. Pero si quiere se lo echo. Lo único es que entonces nos toca dar vueltas por ahí o ir a tomarnos un café, porque si no no llego ni a la mitad.

—¿Dar vueltas por ahí? ¿Usted es costeña o qué?

—¡Ah, no, pues: el niñito fifí no da vueltas por ahí! El niñito fifí no sabe lo que es un borondo.

—¿Un qué? Ja. Usted es de lo más divertido.

—No crea, de pronto es que usted es de lo más aburrido. Pero ahí está: le echo el cuento sólo si damos un borondo.

—Bueno —accede Amador—. Empiece a ver, porque no creo que me vaya a parecer rico su tal borondo. ¡Como si fuéramos de Cartagena, pues! Póngase algo bien ligerito, yo le pongo vidrios polarizados a mi carro y oímos champeta a todo volumen —dice Amador y La Toñi suelta una carcajada.

—¿Cómo terminó con su ex novio?

—Aquí voy. El tipo era un manipulador. Terminamos común y corriente. *Mail* va, *mail* viene. Fui a su casa, saqué mi televisor, le dije chillando que me iba. El *man* tenía una amiga a la que yo jamás le había tenido confianza. ¿Sabe? Una de esas viejas que uno tiene claro que no son amigas, que en el menor descuido ¡tin! tienen al novio de uno metido entre sus cobijas de solteronas. Es como "ay, me la metieron". Y uno tiene que creérselo... oiga, ¿me está poniendo atención?

—Sí, sí. Pero por dónde cojo. Es que acá ya es como decidir si...

—Suba por Santana para recrear el cuento.

—Bueno, siga.

—Total, habían pasado unos días ya desde la terminada y todo el mundo me empezó a decir que se encontraban al *güevón* este con la amigueta, que además era lo más *chuby* y tibio del mundo. De esas niñas que exhalan ternura. ¿Como una gordita recochera que se ha esforzado por definir mucho su personalidad, que hace unos *brownies* deliciosos y le cae súper bien a los papás? Para ser más clara, de esas que no son capaces de ponerse unos calzones que no tengan *brassier* compañero porque les parece feo.

—¿Y usted acaso sí se pone calzones de un color y *brassier* de otro?

—¡Pero claro! Es lo más arrechante para los tipos que tienen más de dos dedos de frente, aunque en realidad es un juego casi que de sicología infantil. Como si uno no estuviera listo para que se lo comieran y ellos hubieran hecho toda la labor de convencimiento. Creen que uno acabó seducido, a pesar de no estar listo para desvestirse ¿no?

—¿Y usted qué tiene puesto hoy?

—¡Ay, no sobe!… se llamaba Susana Mojica. Le decían Susi, pero el diminutivo era inversamente proporcional a su tamaño.

—Ajá... ¿y a usted no que le ofenden las modelitos anoréxicas con las que yo ando?

—Por supuesto. ¡Pero imagínese mi dicha saber que la "otra" era un cerdo metalero! Empecé a cabrearme cuando me contaron, pero lo peor fue cuando me llegó un *mail* que el idiota de mi ex novio le mandaba a ella, pidiéndole disculpas porque le había mandado unos cuentos que había escrito y que tenían una dedicatoria a mí. "Qué pena, Susi. Espero que no te raye la dedicatoria, pero eso fue antes de nuestros maravillosos momentos juntos". ¡Ja! Empezando porque los cuentos eran de mierda y yo como una idiota se los corregía, los leía con atención, les hacía anotaciones. Igual:

si nosotros habíamos terminado hacía tan poco, me pareció como demente que le dijera "*eso* fue antes de nuestros maravillosos momentos". Me emputé muy mucho. "*Eso*", ¡como si yo fuera una mierda cualquiera! Le devolví el *mail* con algo así como "Si lo supiera más avispadito, diría que me mandó esto para darme celos. Pero como sé que es un idiota, seguro se le fue. Ahí se lo devuelvo". El *man* ni contestó. A la semana me fui de rumba con mis amigas. Estaban Ana Cristina y un par más que usted no conoce: Mariajo y su novio adelante, Silvia, que no se había ido a París, y Alicia, que apenas empezaba a conocerla y resultó siendo más pasada que yo. Fuimos a una fiesta que parecía de salón comunal. Había un grupo patético que tocaba cancioncitas de esas tropicales, ¿de muchachitos que quieren ser Carlos Vives? Bueno, nos tomamos unos tragos y queríamos huir. Alguien llamó a Silvia y le contó que había una fiesta en donde El Camello, un primo de mi ex. Acto seguido yo pregunté que si el *man* estaba allá y me dijeron que sí, que estaba con Susi Mojica, alias Willy Mojico, porque así le pusimos mientras andábamos en el carro de Mariajo, que también es prima de esa gente. Llegamos, aaaa....cá, coja a la derecha.

—Usted está loca —dice Amador—. ¡Y además anda siempre con gente que tiene apodos de pandilla!

—Pues pa´que vea. Acá es la casa de El Camello, donde era la fiesta. Muy apodo de pandillero, pero vive en Santana y la familia seguro se codea con la suya. El caso es que nos quedamos entre el carro. A mí me empezó a dar como miedo, como amor, como ganas de chillar. Silvia me decía que nos bajáramos, que ella me apoyaba: *"a girl gotta do what she´s gotta do"*. Yo ya indecisa. Ana Cristina sólo miraba por la ventana y decía que nos fuéramos. Alicia calladita tomándose el trago que se había sacado de la fiesta tropical y que de rotarlo se acabó. El novio de Mariajo divino, ahí sentado al volante, obediente y amoroso. Pero también con ganas de acción porque la noche había sido un fiasco. Silvia se bajó sola, entró, saludó a toda la fiesta. Miró qué tan buena estaba, pero sin ánimo de investigar nada. Jajaja, creerían que era una avanzada. Volvió al carro con un trago en la mano y dijo que ahí estaban, que la rumba no estaba mal, pero tampoco nada del otro mundo. Mariajo, que vive como tres cuadras más arriba dijo: "Vamos por los papeles de este carro, que se me olvidaron y yo busco trago en mi casa. Después tomamos cualquier decisión". Dijimos que sí. Ella entró a la casa y salió con un cuarto de botella de whisky del papá. El novio le dijo que parecía guajira sacando whisky para tomar en *shots.* Nos lo repartimos. Bajamos otra vez hasta acá, pero con el perro siberiano de Mariajo persiguiéndonos porque se había escapado. Dimos muchas vueltas por Santana para perderlo y nada. Hasta despertamos la curiosidad de uno de esos carros de seguridad privada que vigilan, pero Mariajo súper cordial y los tipos siguieron, en fin, yo me cagué del susto. Pero cuando prendieron el carro para irnos a buscar otra rumba dije: "Me bajo, pero sola. Espérenme acá que no me demoro". Ana Cristina ni me miraba. Silvia dijo "listo" y los demás se resignaron a tomarse el whisky entre el carro, pensando que yo me iba a quedar eternidades peleando con este *man.* ¿Me regala un cigarrillo?

—Bueno, pero qué cuentico. Me va a asustar —dice Amador mientras saca los cigarrillos.

—Porque usted lo ha pedido —dice La Toñi y continúa—. Me bajé, con flor en la cabeza, medias de *fishnet,* las de tango, *jeans* apretados y una *actitudsita* de *Champions League*... aunque me temblaban las piernas. Sentía que estaba vengando todas las burlas hechas a todas las mujeres de la humanidad. Me poseyeron el sentido social de Frida, la locura de Juana de Arco, la soberbia de Cleopatra. Pero mentiras... era más bien como si fuera a dar un concierto o a actuar para una película de Almodóvar, al fin. En la casa había unas cincuenta personas. Los vallenatos se habían acabado ya. No había música. El único ballenato que quedaba era Willy Mojico. Yo empecé a saludar, pues casi todos eran conocidos. En menos de tres minutos tuve en frente a este idiota con su gran cara de "escribo cuentos" y lo saludé como si fuera a ser decente. Inmediatamente después del beso empecé a subir la voz: "Sólo vine a ver que era verdad eso de que anda con esta ¡gooordа asquerosa!". Acto seguido, quise pegarle al *mancito,* pero era muy grande, así que vi a Susi Mojica al lado, llena de carnes acolchonadas que seguro amortiguarían mi golpe y, sí señor: la soné.

—¡¿Qué, qué?! —pregunta Amador interrumpiendo el monólogo con la boca abierta—. ¡No le creo! Yo había oído un cuento parecido, pero creo que en esa época estaba haciendo el posgrado en Washington. ¡No le creo!

—Pues sí: soy yo la de la leyenda urbana. Le metí un cachetadón que nunca en mi vida le había dado a nadie... Oiga, Washington me parece una ciudad como tan plana, toda blanca, toda neoclásica. Fui sólo dos días una vez. ¿Pasó rico?

—Es del putas, aunque a veces es demasiado tranquila y le juro que es tan organizada y tan bonita, que a veces sí se siente uno como en una maqueta loba, maqueta de finca de traqueto, con los árboles sembrados en el lugar justo, el pastico verde, y sí: mucho blanco, mucho blanco. Pero no se me haga la loca con la pelea. ¡Siga contando!

—La adrenalina se demoró y por una milésima de segundo tuve la tranquilidad para dar media vuelta y salir. El *man* salió detrás de mí. "¡Le pegaste a una mujer!", me gritaba sin poder acallar el ruido de mi taconeo y sin poder evitar el gran silencio que nos rodeaba. Yo le grité más duro: "¡Y le vuelvo a pegar, si es el caso hasta matarla!", y una cantidad de groserías. "¡Estás mal, Toñi!", me gritó él y yo: "¡Claro, idiota, por su culpa!", y otra retahíla de groserías, hasta que llegué a su carro y lo cogí a patadas.

—Usted está loca, Toñi...

—Si me dan cuerda, sí. Pero no me arrepiento. Como dijo Silvia: *"a girl gotta do what she´s gotta do"*. Llegué al carro, donde mis amigas ya empezaban a sentirse como sicarias y sabían que teníamos que huir rápido. El perro siberiano de Mariajo estaba jadeando al lado y no me dejaba montar. Yo sólo decía "¡le pegué a la *chick,* le pegué a la *chick!"*. El novio de Mariajo estaba ahora de copiloto y ella, que es mínima, prendió el motor. Silvia gritaba "monten al perro", Ana Cristina ni me miraba, Alicia me daba la mano para subirme al campero que después bautizamos con el nombre de "la amenaza roja". Salimos de ahí y por un momento yo quise llorar, pero ya todo estaba hecho y mis amigas además estaban pasando por la mejor de las aventuras y no querían dejarme dar cuenta de que la había llevado al límite. Preguntaban detalles. Silvia se reía y me ponía una mano en el hombro. Decía que iba a parecer un montaje y que ella iba a figurar en el prontuario como Birkoff, el *man* que hace los mapas en *La femme Nikita.* Mariajo repetía "eso fue el espíritu wuayúu" y preguntaba cómo era pegarle a alguien. Y yo me revolvía y miraba a Ana Cristina, que seguía perpleja mirando por la ventana. El perro se movía de un lado a otro... ¡fue muy chistoso!

—¿Muy chistoso? —le pregunta Amador. Usted es una sicaria en potencia. Claro que yo daría mi vida por haber visto eso. Y si fuera ese tipo me hubiera muerto de amor por usted. Qué cojones. Lo triste es que si escribía mal, esto le dio ideas a la lata, ¿no? Debería poner un aviso en el periódico, Toñi: "¿Sufre usted de falta de concentración o de pérdida de creatividad literaria?".

—"¿Quisiera conocer personas que lo ayudaran a delinear personajes dementes y *tarantinescos*? Llame ya al 9-800-Toñi. La fuente de inspiración que usted está necesitando. Escenitas a la madrugada en fiestas de familias bien. *Performances* rápidos y eficaces por personajes de la talla de *la femme Nikita,* alias *The Bride,* Linda Moon y Mickey and Mallory Knox, auspiciados y dirigidos por la red femenina más entrenada en 'encuentros cercanos con cachalotes, ballenas, ballenatos y manatíes'. Cachetadas, groserías a todo volumen con ausencia de música garantizada, pateo de automóviles de ex novios y más. Servicio puerta a puerta en 'La Amenaza Roja', un campero diseñado para pasar desapercibido, conducido por una mujer mínima. Respaldo de un adorable lobo siberiano y apoyo logístico de 'las chicas cocodrilo', expertas en terrorismo citadino. Llame ya. La inspiración y la venganza al fin al alcance de su mano" —dice La Toñi casi sin tomar aire.

—¿Quién es Linda Moon?

—Un personaje muy potente que un escritor que se llama Elmore Leonard no hubiera inventado jamás si me hubiera conocido a mí primero.

—¿Se hubiera robado el *show?* Tan creída. ¿Sabe qué? Usted está loca... y me encanta —le dice Amador mientras prende el carro y se muerde la lengua para no tirársele y darle un beso.

—¿Sabe qué? Usted me cae bien —le dice La Toñi una vez calma sus carcajadas y es ella la que se le va a tirar en contados segundos para darle un beso que lo va a hacer perder el control del carro y el control de su vida.

—¡Oiga, oiga! —le va a decir Amador cuando se baje apresurada—. ¿Quiere ir conmigo a una fiesta de *Happen,* o le da mamera?

—No, me parece… artístico. Vamos de una. Llámeme y me cuenta cómo quiere que me vista para darle la talla a sus modelitos.

—Lo que se ponga no importa tanto como que no le vaya a pegar a nadie.

—Jo, jo, jo. Adiós, guapo.

—Adiós, Linda Moon.

27

Alicia entra a Wonderland con el dobladillo de la falda suelto. Los perros ya ni la huelen. Los soldados de Guardia Presidencial, que al principio ni la miraban cuando entraba, ahora la saludan con emotividad, pues es de las pocas asesoras que dice buenos días con desparpajo. Las demás siempre entran muy emperifolladas, de sastre, con su pelito bien puesto, sus carteras Gucci o Louis Vuitton y el celular en una mano, mientras con la otra cogen el *manoslibres.* Son tan astutas que le dan uso increíble, ocupando no una, sino las dos manos. Esta mañana Alicia viene corriendo porque su jefe está furioso. Ya la llamó una vez personalmente y otras dos mandó a la secretaria a que la amendrentara:

—Doctora, el doctor está furioso. Que por qué no ha llegado y que dónde le metió esa carta que había mandado el presidente de Colsanitas para organizar lo del seguro del joven Santiago en España.

—Mariadé ya estoy subiendo, pero lo de la carta va a ser un drama, porque estoy segura de habérsela mandado ayer por la tarde con las demás. No sé qué la habrá hecho él. Y como en mi oficina no hacemos radicados, sino que yo subo la carpeta y ya...

—Ay, doctora, voy a llevarle un capuchino al doctor a ver si se calma. Está ahí adentro con el ministro de salud —le contesta la secretaria con tono angustiado.

Alicia sube hasta el segundo piso, donde está su oficina, saluda a su secretaria y a María del Pilar, una asesora del secretario general. Tira la cartera, prende el computador, coge una libreta y toma las escaleras de tapete rojo que conducen a la oficina de su jefe, justo en frente al despacho del Presidente. Dos solditos hacen guardia a la entrada del despacho presidencial. Ella les hace un guiño, pero los tipos parecen momias. Luego saluda a las dos secretarias que están a la entrada del despacho de su jefe y toca la puerta. Desde adentro se oye un "siga" seco. Alicia abre la puerta y su jefe la mira como si se la fuera a tragar. El ministro de salud, un bigotudo del tamaño de un león marino, gira la cabeza.

—Mucho gusto, ministro. Yo soy Alicia, la asesora del doctor Urrutia.

—Qué hay niña... ¿usted fue la que botó la carta que estamos buscando?

—No la boté. La subí anoche en la carpeta y tal vez se les haya refundido, pero puedo ayudarlo a buscar, doctor Urrutia. Tenía un *post it* rosadito...

—¡Qué *post it* ni qué carajo! Yo no he refundido nada, Alicia. ¡A mí no se me refunden las cosas, de qué está hablando! Mejor dicho: baje y la busca. Y a mí no me rezongue ni me eche la culpa de su ineptitud.

—Con todo el respeto, yo le traje la carta anoche y seguramente usted se la pasó al secretario general, o vino el Presidente y la cogió. Lo que sí le puedo decir es que no tengo duda de haberla subido.

—No rezongue y cójale el dobladillo a esa falda —le dice Urrutia a Alicia cuando pareciera que ya no lo oye. Ella sale roja de ira.

El ministro se queda hablando con Urrutia. Son buenos amigos por su papá. Es de los pocos ministros que lo respetan.

—Oiga, chino, me contaron que va a ir a Cartagena a recibir al personaje este, Weiner.

—Es que el tipo tiene novio colombiano, parece, y entonces eso fue buenísimo para convencerlo de que viniera. Es un tipazo. Y nos ha ayudado mucho con las aprobaciones de plata en el Congreso.

—¿Y quién es el novio, un colombiano?

—No sé el nombre. Sé que es un tipo que vive hace mucho allá. Un tipo de esos que hace obras benéficas y películas porno al tiempo.

—Ah, no seamos tan simpáticos, ala. Me voy a ver si consigo una copia de esa maldinga carta. Yo sé que esta niñita la escaneó y me la mandó al correo, pero yo de esas cosas de Internet no sé nada. Chao, chinazo.

En el momento en que el ministro abre la puerta, Mariadé se para de su escritorio:

—Mire, señor ministro. Encontramos la carta. El doctor Camilo la había metido entre este sobre que tenía otra carta.

—Ah, carachas, gracias Mariadé. Pobre la china esta, ¿Alicia es que se llama?

—Ay, sí, doctor. Pero tranquilo que ella es de temperamento fuerte.

—Eso vi. Taluego, niñas.

Mariadé entra al despacho de Urrutia y le avisa lo de la carta. Camilo hace cara de que no le importa. El *falcon* suena de repente. Es el Presidente, que quiere saber del viaje a Cartagena. Camilo contesta a todo que perfecto. No quiere medios de comunicación, ni eventos públicos ni nada oficial. Quiere llevar al representante a las islas, preferiblemente a Punta Iguana. Que sea una visita privada.

—¿Y usted quiere ir con alguien? Hay espacio suficiente en el avión, porque yo voy solo. No le quiero ver la cara a ningún ministro. Quiero descansar.

—Gracias, Presidente. Voy a ver si invito a alguien. De todas maneras había hablado con Adelaida, mi prima, que va por su lado a Cartagena. No sé si tal vez le diga a alguna amiga, si está bien con usted.

—Hágale, chino. ¿Adelaida es la que está trabajando con Velásquez en la Corte?

—Sí, es ella, pero precisamente por estar trabajando tal vez tenga que cancelar el viaje.

—Bueno, bueno, adiós. ¿Salimos el viernes por la tarde no?

—Sí, Presidente cuando volvamos de lo de las Fuerzas Militares… entonces, ¿está bien si invito una amiga?

—Sí, invite amiga. Adiós. Oiga… tráigame la alocución de esta noche y la revisamos ¿sí?

—Claro, Presidente. Ya voy para allá.

Camilo coge otro teléfono. Llama a Alicia, digno.

—Alicia, quiubo. Encontraron la carta, fresca. Súbase la alocución que el Presidente quiere verla.

Cuando Alicia entra a la oficina otra vez, Urrutia está marcándole a Ana Cristina al celular. Le hace señas con la mano a Alicia para que deje la alocución encima del escritorio y se salga. Ana Cristina le contesta, después de hacerlo esperar tres timbres:

—Quiubo Anacrís, ¿qué ha habido?

—¿Con quién hablo?

—Ah, no sabe…

—Pues no sé bien, pero supongo que es un matón importante porque aparece ID privado en mi pantalla…

—Siempre tan cortés, ¿qué hace, mamacita?

—Saliendo del programa… muerta de sueño. Voy a nadar un rato, tal vez.

—¿Y qué va a hacer el fin de semana?

—Mañana hay una fiesta de *Happen* y Juan Claudio Amador está promocionándola en Radiofutura, entonces nos mandó invitaciones. Yo no sé si Pombo vaya a ir. ¿Usted qué?

—Yo quería hacerle una invitación formal, bien formal.

—¡No me diga!

—¿Quiere ir conmigo a Cartagena? El Presidente tiene una especie de viaje privado para un representante gringo y quiere que lo acompañe. Pero como son un par de *gays,* le dio por decirme que invitara a una amiga.

—Ah, entonces voy es a cuidarle la reputación…

—No, mamacita, va a pasarla bueno. Camine…

—¿Pero eso no es súper enyesado?

—Nooo. Es relajado. Le juro que el Presidente es un bacán, súper fresco. Obvio que en un par de comidas nos tocará el protocolo y eso, pero es laxo… Camine. Nos vamos en el avión presidencial.

—Listo, pero usted me acompaña a la fiesta de *Happen.*

—¿Eso es mañana, jueves? Bueno… pero tardecito.

Yo salgo de acá bien tarde. ¿Qué chichonera, no?

—Sí, pero me toca. Y a todas estas, ¿qué piensa decirle a su novia?

—Después hablamos del tema que me está llamando el Presidente. Me muero de ganas de verla. Un beso grande.

—Chao —contesta Ana Cristina seca y ya no le está gustando tanto el galán, pero le hace ilusión que lo del viaje vuelva más legal la relación.

Urrutia sale y encuentra a Alicia todavía recibiendo papeles de sus dos secretarias. Le da un golpecito en la espalda, le dice "Gracias, Alice, qué pena esta mañana" y sale hacia el despacho del Presidente. Ella baja y en su oficina están varias asesoras de palacio. Amparito, una señora paisa, asesora del Alto Comisionado para la paz, celebra sus cuarenta y cinco años. Le están "cantando el ponqué" en su oficina. Cortan pedazos para todo el mundo, incluido Alonso, el soldadito que hace los mandados de Alicia. Ella se tira en un sofá con su pedazo de ponqué y dice con la boca llena:

—No me aguanto a mi jefe hoy. Me regañó delante del ministro de salud y los dos se reían. ¡Y lo peor es que fue por una carta que ellos habían refundido!

—Es que Camilo tiene su genio —dice María del Pilar, la asesora del secretario general con la que Alicia comparte oficina—. ¡Eso que tú no estabas el día de la alocución famosa!

—¿Qué pasó? —pregunta Alicia.

—Cuando cogieron a este tipo Oñate, que habían pedido en extradición y demás. Y al Presidente le dio en esa época por tomar Valium o alguna cosa para conciliar el sueño los fines de semana. Era un sábado de puente, me acuerdo muy bien. Acá llegó Camilo con la alocución lista, escrita de su puño y letra. La montaron en el *teleprompter* y el Presidente casi ni podía hablar por el efecto de la pepa que se había tomado. Camilo estaba desesperado. Pero bueno: ahí leyó el tipo, no preguntes cómo.

—¡No puede ser este cuento! ¿Y eso lo sabe todo el mundo?

—No, nenita —le contesta María del Pilar a Alicia, que se pudre de la ira cada vez que su "colega" la trata de "nenita"—. Sólo las que somos cercanas *cercanas* al Presidente, porque imagínate que se hubiera enterado la prensa.

—¿Y tú eres súper *cercana* al Presidente?

—Claro, Alice. Si a mí, la primera dama ya me ha ofrecido como tres veces que me vaya a alguna embajada. Me ha dado a escoger entre Estados Unidos, Francia y Londres, ¡imagínate!

—Ajá —contesta Alicia lista a clavarle la daga a la creída esta de la María del Pilar—, ¿y tú hablas inglés o francés? —las demás asesoras empiezan a atragantarse con el ponqué.

—Yo entiendo inglés. No hablo así fluido, pero leo y entiendo divinamente —dice María del Pilar nerviosa—. Francés sí pocón.

—Ah claro... ¿Pili, qué fue lo que estudiaste tú? —insiste Alicia, mientras una de sus amigas le abre los ojos como queriendo callarla.

—¿Yo? —María del Pilar se ríe postizo y se sonroja—. Es que la vida da muchas vueltas, nena. Imagínate: yo estudié terapia...es decir, fonoaudiología.

—Claro, es que la vida da muchas vueltas. Imagínate

si yo estoy aquí así de nenita, ¿qué estaré haciendo cuando tenga tu edad?

Lo que vino después era de esperarse. Alicia logró romper cualquier armonía que hubiera en el ambiente. Las asesoras cogieron sus carteras Gucci y Pucci y salieron despavoridas. María del Pilar se metió entre su oficina con la excusa de una llamada de su jefe. Alicia volvió a su escritorio y encontró la carta más divertida del mundo. Un campesino de Lorica, Córdoba, le enviaba al Presidente una foto de un ternero que le había regalado en una visita. Le contaba con pelos y detalles cómo había sido el crecimiento del animal, qué concentrado se le había dado y en dónde pastaba, todo en una letra enredada como de niño de quinto de primaria. En la tercera hoja había una foto del ternero ya más grande. "Espero que benga a bisitarnos a su ternero ya mi, señor presidente, un abraso". Ni Alicia ni el Presidente supieron nunca que el ternero se murió de fiebre aftosa y que al campesino le tocó irse de Lorica porque se metió en problemas con los paramilitares.

28

La prima de su Camilo, esa vieja divina de la Cherokee con la que se topó Ana Cristina en un trancón de vuelta a Bogotá, no sabe que el niño con el que quedó obsesionada en Anapoima va a perder la virginidad tan pronto. La primera vez que se acostó con una mujer, se acordó de su amor platónico: Adelaida dorada, tirada en esa silla y mirándolo fijamente. Esa fue también la primera vez que quiso mirar fijamente a una mujer. Recordó lo tonta que le parecía esa parte de Bambi en que los animales, uno a uno, van enamorándose. Para no equipararlo con esa idea cursi de la película de infancia, Tomás decidió que eso que le revolvía todo por dentro era mucho más que amor, cuando en realidad era una cuestión de hormonas. Bueno: puede que en realidad el amor sea sólo una cuestión de hormonas, porque no hubo nada tan fuerte y tan cercano a ese sentimiento como lo que se apoderó de él cuando vio por primera vez a Adelaida. Y segunda y tercera, porque la vio un par de veces más en Anapoima.

Le importó un pepino lo que dijeran sus amigos. Es más, pensó que estaba por encima de ellos, que ya nunca más iba a poder entenderlos, porque a ellos les preocupaba armar la carpa o inventarse excursiones por todo el club, camuflándose entre los árboles. Si algún celador o cualquier persona los veía, volvían a empezar. A él, en cambio, la única carpa que le preocupaba era la que se levantaba en su pijama a media noche, cuando volvían a su cabeza las imágenes de esa mujer dorada, tirada, con su libro en la mano, tan voluptuosa, tan hermosa... Esa era su verdadera excursión: el cuerpo de Adelaida. Subía despacito por sus piernas, resbalándose, untándose de aceite. Luego se agarraba fuerte de sus caderas, escondía la cabeza en su vientre, que era aún más acogedor que el de su propia madre. Jugaba con los huesos de la cadera, esas dos prominencias óseas que, unas semanas más tarde en clase de anatomía lo supo, se llaman espinas ilíacas anterosuperiores. Cuando el profesor hablaba sobre los músculos de la región pélvica, a Tomás le latía el corazón más rápido y se imaginaba el vientre de Adelaida: "El músculo pectíneo es el que permite cruzar una pierna encima de la otra", decía el profesor, "tiene su origen en la parte superior de la rama del pubis". A medida que pasaba la clase Tomás sólo usaba las palabras que salían del profesor como en eco, para seguir recordándola: "llegar hasta su músculo pectíneo, besarle la cresta del sacro, estremecerle el músculo tensor, deslizarme por su músculo piramidal, perderme para siempre en su punto de McBurney...".

—... que está en la línea que une la espina ilíaca anterosuperior derecha con el ombligo, como a tres dedos. Es especialmente sensible a la presión en casos de apendicitis. Allá el joven Nieto, que parece enamorado, ponga atención, que está en las nubes —dijo el profesor desde el tablero y todos sus compañeros se rieron y chiflaron.

Lo que vino después fue todo muy rápido. Doña Virginia de Nieto andaba preocupada por Tomás, porque se quedaba mucho tiempo en su cuarto. Ya no compartía, como solía hacerlo, tampoco le interesaba salir a jugar fútbol, ni quería ir al club a jugar *squash* con su papá. "Es que se queda las horas encerrado. Qué horror, está en la edad de la caca de gato... ¿será que está fumando *maracachafa?* Voy a hablar seriamente con él". Tomás se rió cuando le oyó decir la palabra *maracachafa* a su mamá. La pronunció con pudor, pero, al mismo tiempo, como quien quiere parecer experto en el tema, con un tono jovial y confidencial muy postizo. "Mamá, no fumo marihuana, tú tranqui", fue todo lo que le contestó. Si su mamá supiera que simplemente había descubierto del todo los placeres de la paja. Ya como a los diez había empezado a ejercer, cuando un amigo le había regalado una *Playboy* con fotos en blanco y negro de mujeres empelotas. Se sentía el más maloso del mundo. Pero ahora, con la musa de Adelaida, entendió lo que era una venida de verdad. Se la pasaba pensando en ella y el número de veces que ejercía aumentaba. Unas cuatro veces diarias, en promedio. Cuando llegaron las calificaciones, Virginia le dijo: "Tomás, perdiste todos los logros de anatomía, ¿qué significa eso?".

Unos meses después empezaron las minitecas, las idas a cine con niñas y, de la mano de todo eso, el dolor de novio. Tomás al principio se negó a aceptar que le tocara salir con niñas y no con mujeres como Adelaida. Después decidió *cuadrarse* con la que más avispada parecía. Se llamaba Natalia y cuando jugaban tarro en su barrio se escondían juntos y ella se le tiraba directo a la boca una vez encontraban un lugar oscuro. Daba unos besos algo atropellados y extremos, pero por lo menos daba besos. Cuando ya llevaban como cinco meses de novios, Natalia le cogió la mano y se la llevó a sus teticas, que eran tibias y chiquitas. Otra noche puso su mano entre las piernas de Tomás. Los corazones latían a ritmos desesperados. Ya tenía que pasar algo más, o al menos eso parecían decir las manos de Natalia. Tomás lo consultó con uno de sus amigos más letrado en el tema: Betancourt.

—Tiene que llevarla a un lugar donde se pueda hacer la cosa con tranquilidad. Si quiere en mi casa, que este fin de semana mis papás se van. Inventamos plan de películas y ahí la cuadra. ¿Sabe ponerse un condón? Eso es clave: no demorarse con eso. Y una vez adentro usted tiene que tratar de controlar la venida, porque, dice mi papá, que las mujeres se demoran más en venirse. No sé a qué se refiere con que las mujeres se vienen, pero el caso es que tiene que tratar de demorarlo. ¿Y será que Natalia es virgen?

—No creo, porque me ha mandado la mano un par de veces y siempre que jugamos tarro y eso ella se pone como loca y se deja coger y todo.

—Bueno, porque si es virgen le va a doler un poco. En eso también tiene que ser comprensivo ¿oye?

La noche del viernes llegó. Alquilaron películas y se fueron a la casa de Betancourt con Pérez, Aguirrezábal y dos niñas más. Tomás le dijo a Natalia que inventara algo para llegar tarde a su casa. "Tranquilo. Dije que me iba a quedar a dormir en donde Lulis, que íbamos a hacer *pijama party.* No tengo que llegar a ninguna hora". Tomás pensó en la intensa de su mamá, qué le diría, cómo la convencería de que nada extraño estaba pasando, que se iba a quedar en donde Betancourt para ver películas y ya, que no era nada relacionado con la *maracachafa* y que los remediales para recuperar los logros de anatomía igual ya se acababan la próxima semana. No dijo nada. Pusieron la primera película, *El diario de Bridget Jones,* para complacer a las niñas. Tomás se paró y llamó disimuladamente a la mamá desde la cocina. Aguantó paciente la cantaleta y luego le mandó un beso por el auricular. Volvió al estudio, donde ya la cosa se calentaba. Abrazó a Natalia. Se metió con ella entre la cobija de Avianca que les había prestado Betancourt. Empezaron los besos atropellados y babosos. Natalia se revolcaba dentro de sí misma y Tomás empezó a meter su mano por entre el pantalón de ella, que dejó de succionarle la boca y le quitó la mano de su vientre. "Vamos a otro cuarto", le dijo.

Se paró ella primero, como si hubiera que disimular con alguien. Tomás salió detrás. Entraron al cuarto de la hermanita de Betancourt, que estaba lleno de peluches por todas partes. Prendieron la luz para ubicar todo en la memoria y luego la volvieron a apagar, porque qué pena. Ambos se imaginarían que el amor siempre se hacía con la luz apagada. Tomás se acostó encima de Natalia, le dio más besos, esta vez dirigidos por él, más dóciles, menos babosos. Le quitó la camiseta azul que tenía puesta. Con la poca luz que entraba por la ventana, vio su *brassier* de niña del 2000, en microfibra, sin costuras, sin varillas. Natalia se lo quitó por la cabeza. Él vio sus tetas, de pezones rosaditos y chiquitos. Los besó. Natalia se estremeció. Le preguntó si tenía condones. Él asintió con la cabeza. Su cara estaba roja y respiraba hiperventilando. Sacó el condón y se lo puso en cuestión de segundos, como lo había ensayado varias veces. Mientras tanto, Natalia se quitaba los pantalones y los calzones. Tomás buscó en la oscuridad la entrada a la felicidad. La encontró. Se la imaginaba un poco más apretada, pero no. Sintió un calorcito rico. Natalia emitió un pequeño gemido. Tomás empezó a moverse y entonces se acordó de Adelaida. Sólo pensar en su piel fue nocivo para lo de aguantar la venida. Trató de manejar la cosa con la respiración, como le había dicho Betancourt, pero no hubo caso. En un abrir y cerrar de ojos se vino. Mientras, el corrientazo por toda la espina dorsal le hacía torcer la cabeza hacia los lados y voltear los ojos, Adelaida la musa, Adelaida, la diosa de la fertilidad, Adelaida por todas partes. En un acto algo despectivo, salió del cuerpo de Natalia y olvidó por un momento que estaba ahí, hasta que ella lo abrazó y le dijo llorando que había esperado esto mucho tiempo y que lo amaba. "Amar, qué sabes tú del amor, tontita", pensaba Tomás, "¿qué puedes saber tú del amor si no conoces a Adelaida?". Natalia puso su cabeza en el pecho del eyaculador precoz y enroscó una de sus piernas en su torso desnudo. Tomás la dejó ahí un rato, le consintió el pelo una, dos, tres pasadas y luego le dijo: "Vistámonos que está haciendo frío y da pena con Betancourt".

29

Ya llegó la fecha, como la canción de la Primera Comunión. Ana Cristina entra un minuto al mercado a comprar unos chicles y un desodorante. Hay filas larguísimas en todas las cajas. A lo lejos ve a un señor de unos cincuenta años tan guapo, que es inevitable quedarse mirándolo. Tiene el pelo oscuro aún, con algunas canas a la vista. Es alto, camina con un dejo medio interesante, medio triste. Lleva unas arepas en el carrito y está echando un pote de suero costeño. Luego sigue hasta la sección de aseo. Ana Cristina se queda mirando los desodorantes, como si fuera a escoger, pero sólo para verlo de cerca, mientras él revisa los exfoliantes para la cara. Raspberry, apricot, pepino cohombro, ácido glicólico... Las mujeres que pasan se quedan también atónitas cuando se percatan de su presencia. Todas lo miran y se van. De pronto, una mujer espigada, de unos treinta y pico se detiene y le toca el hombro al hombre (elombroalombre):

—¿Luis Carlos?

—¡Lll...laura! ¿Cómo estás? Es increíble encontrarte acá. Hace más de diez años que no nos vemos. ¿Cómo estás?

—Bien —contesta la mujer un poco cortada—, bien.

¿Tú?

—Nada, muy bien también...—hay un silencio incómodo. Ana Cristina se queda ahí oyendo—. ¿Qué has hecho todo este tiempo?

—Eh... trabajar, estudiar. Estuve viviendo unos años en Barcelona. Supongo que de eso sí te enteraste...

—Claro, te fuiste como cuánto después de que termináramos, ¿unos ocho meses?

—Algo así. Y bueno, allá estuve como cuatro años, haciendo una maestría en Historia y tomé clases de baile. Ahora sí soy bailarina de verdad verdad...

—Qué bien...—dice el guapo con los ojos aguados—. Estás hermosa.

—Gracias, ¿y tú? —contesta la mujer mientras agacha la mirada.

—Yo... nada. Haciendo talleres de liderazgo personal, consultorías, *coaching*. Lo mismo de antes, pero mucho más optimizado y mejorizado.

Ana Cristina se pregunta qué carajos será *coaching*, si la palabra mejorizar existe y si no redundará con optimizar. De repente llega una niña de unos seis años que se le enreda a la tal Laura entre el saco.

—Saluda a Luis Carlos, Matilde —le dice la mujer.

El tipo se pasma, se queda pálido. Luego sonríe y se agacha para cogerle la cara a la chiquita, que lo mira tímida escondiéndose entre las piernas de su mamá.

—Entonces te abriste camino, muy a pesar de mí, Matilde —dice el tipo—. Tienes un nombre muy lindo. ¿Sabías que tu mamá lo tenía planeado desde mucho antes de que nacieras? Pero saliste más bonita que ella. Eso es toda una hazaña, debes tener un papá muy churro...

—¡No! —contesta Matilde consentida—. Mi mamá es más linda.

—Lali, la lograste ¿no? —dice el tipo subiendo la mirada.

—Sí, Luke... la logré. Muy diferente a como lo habíamos planeado juntos, pero tengo mi vida, mi Matilde...

En ese momento el silencio se hace tan largo, que Ana Cristina decide atravesárseles y entonces la mujer se despide con un beso. El tipo se ve devastado. Sólo atina a decir "Adiós, Matilde", y con esa frase se despide de un pasado y de un futuro que había construido con esa mujer, la mamá de Matilde. Por su cabeza pasan nuevamente las imágenes de ella bañándose a orillas del río Ponce, cerca de Barichara. Salía del río desparpajada, sin pena, con sus pezones duros por el frío. Se acostaba a su lado, lo besaba y le decía que quería tener una hija que se llamara Matilde. "No sé si te estrese, pero creo que quiero tener hijos contigo, otro día, un día". Sus ojos brillaban, él la abrazaba y hacían el amor como si fueran dos adolescentes, a pesar de que él ya tenía treinta y siete años y ella veintinueve. Una vez vuelve del pasado, toma el exfoliante de frambuesa, lo echa en su carrito y sigue su camino. Ana Cristina se siente mal por ser tan chismosa y porque la fiesta de *Happen* es lo único que debería figurar en su cabeza, así que retoma el afán de antes.

La Toñi está divina. Ana Cristina también. Ninguna tiene gran cosa que mostrar por delante, pero eso las hace aún más lindas. Son diferentes. La Toñi con su porte y su actitud de diva rebelde, y Ana Cristina con sus piernas largas y su mirada desafiante de mujer hecha y derecha. No se sabe cuál está más contenta. A

La Toñi la recoge Amador más temprano. Ana Cristina tiene mucho más tiempo para arreglarse porque Camilo se demora en salir de Palacio. La Toñi ya sabe qué se va a poner su amiga. Se lo dijo por teléfono. Que una falda de cuero roja hasta la rodilla. ¡Como Jackie Kennedy!, le contestó La Toñi. La versión rocker de Jackie, del putas. Tacones altos, negros, sin medias, un top negro, ¿de esos que les sobra tela y quedan como rebotaditos en el pecho? Sí, sí. Y que el pelo suelto, sin *blower.* Medio *wild woman,* aunque no termina de convencerla. Toñi casi empelota. Unos pantalones negros como saltacharcos, botas negras y un top aguamarina que es como dos tiras verticales y sólo tapa las tetas. Por detrás se agarran las dos tiras muy abajo. La espalda completamente descubierta. Ella lo ha visto, es viejo.

Son las tres de la mañana en París. Silvia está hablando con su mamá en Bogotá para poder tomar una decisión sobre Martín. Está ardiendo en fiebre, llora, delira, y ella no sabe qué hacer. Cuando cuelga estalla en llanto, lo mira, lo acaricia. Martín duerme, suda y balbucea frases incomprensibles. Su mamá le pone un pañito húmedo en la frente, lo exprime, lo moja y repite la acción como una autómata, hasta que deja caer el trapo en la coca con agua. Pone su mano en la frente de Martín, lo acalla con susurros, lo tranquiliza, a pesar de que sus manos tiemblan. Está sola con su hijo enfermo. Se repite una y otra vez que los niños enfermos que mueren de repente sin que sus madres lo noten son sólo cuestión de la literatura, de las películas. "Tú no eres bebé Rocamadour, no eres, Martín. Tú no tienes una mamá heroinómana como la de *Trainspotting.* Te vas a poner bien. No hay nadie acá distraído con disertaciones de jazz. Estás con tu mamá, está pendiente sólo de ti, y por eso te tienes que poner mejor, para que vayamos a Luxemburgo y a Montparnasse y al Musée de la Découverte, que tanto te gusta. Cuando te mejores me vas a traer otra piedra bien linda del colegio. No importa que se te rompan los bolsillos. Ya sé que me contradigo, que te regañé ese día y que te prohibí cargar piedras. Pero si te pones bien, te dejo recoger todas la piedras que quieras. Tengo tu poema de las sirenas entre mi billetera: *"des cheveux de sirène / je joue avec me doit / avec un cheveux de sirène"*. Aún no me explico de dónde sacaste esa historia, enanito. Ya has crecido. No eres el viejo mito del bebé Rocamadour. Ya puedes sortear esta peste que te dio. Los médicos dicen que son principios de neumonía, pero yo sé que es sólo una gripa fuerte y que se te va pasar". Su mano se llena de sudor, Martín está ya profundamente dormido. Respira con dificultad. Tiene el pecho congestionado y no deja de sudar. En un ataque de angustia, Silvia le quita la piyama y lo lleva alzado hasta la ducha. Da vuelta a la llave, toca el agua con una mano para cerciorarse de que no esté helada ni tampoco caliente. Martín la mira desconcertado, recién despertado de su sueño. "Tranquilo, Martín, te tengo que bañar", le dice ella temblando de repente, poseída del instinto maternal más animal del planeta. Martín llora al entrar en contacto con el agua. Silvia se mete entre la tina con él, sin importarle la ropa. Lo abraza, llora, lo besa. Martín la mira desconcertado y deja de llorar para ver si se tranquiliza. Silvia vuelve en sí. Cierra la llave y coge una toalla grande en la que se envuelve con su chiquito. Lo seca cariñosamente, se sale de la toalla y lo alza envuelto, como embalsamado. Lo lleva nuevamente a la cama y lo acuesta. Se quita la ropa empapada y se pone unos *boxers* y una camiseta. Se mete entre las cobijas y lo abraza. Luego apaga la luz y le repite en voz alta: "Tú no eres bebé Rocamadour". Un largo silencio, alternado con la respiración entrecortada de Martín, llena la oscuridad. De pronto el niño se levanta, prende la luz de la mesa de noche y le pregunta: "Shilvi, ¿quién es ese Rocamadour?". Silvia coge el teléfono y vuelve a marcarle a su mamá. "Aló, Má. Ahí mismo me dejen los médicos, viajo a Bogotá". Varios meridianos atrás, al otro lado del teléfono, su mamá sólo intenta tranquilizarla. Le habla de cuando ella estaba chiquita y enferma. "Mírate, ahí sigues dando guerra. Más bien duérmete para que el niño también descanse y mañana hablamos cuando estés más tranquila. Te quiero, linda. No te pongas así. No llores, es una tontería y pone a Martín peor. Besos."

El carro de Amador pasa justo debajo de la ventana del cuarto de la abuela de Martín. La Toñi va oyendo música a todo volumen y gesticula las canciones como si fuera ella la cantante. *"Hey, Mr. Dj, put a record on / I wanna dance with my baby / And when the music starts / I´m never gonna stop / it´s gonna drive me crazy"*. Juan Claudio la mira aturdido, se ríe y le dice que otra vez la de *I love rock and roll*. Pero que si le dice quién la canta. Que qué va a saber él. Que cómo, si es una mamacita y si su trabajo es saber cuáles son todas las mamacitas del mundo. Que cante o la devuelve. ¡No, pues!, que tan rudo.

La Toñi para la canción de Madonna y pone Joan Jet

and the Black Hearts. Hace como si estuviera tocando una guitarra y empieza: *I saw him dancin' there by the record machine / I knew he must´ve been about seventeen / The beat was goin' strong / Playin' my favorite song / An' I could tell it wouldn't be long / Till he was with me, yeah me, singin' / I love rock n' roll / So put another dime in the jukebox, baby / I love rock n' roll / So come an' take your time an' dance with me.* Que le baje un tris y que a qué horas dijeron estos que llegaban. Que tarde porque ese *man* Camilo trabaja una ñerada, pero que se calle, que le estaba cantando porque cuando lleguemos ahí sí ¡quién se lo aguanta! Pero que fresco, que para eso está estudiando teatro. Ya casi tiene PHD de Chica Almodóvar, hace cara de interesante un rato y al otro pone una de ingenua. Se alterna entre, diga usted... una Penélope Cruz y una Sonia Braga. Como dice la canción, un poquitín lista, un poquitín boba.

30

La alocución del Presidente acaba con un "Colombia merece cambiar". Camilo se para de la silla en la que regularmente se sienta a ver todas las alocuciones. El Presidente le pide que lo acompañe a su despacho para revisar unos discursos y la agenda del otro día. El secretario general está desesperado por hablar con él de unas contrataciones, pero va a tener que esperar. Camilo sale media hora después. Mariadé sigue ahí sentada, muy juiciosa, pero prendió el televisor viejo que está empotrado en un mueble de madera para ver el noticiero.

—¿Qué hay, doctor? —le dice con una sonrisa de oreja a oreja—. Mire que en el noticiero salió que hay un fantasma en una entidad pública, pero no dijeron en cuál. No parecía Palacio, afortunadamente. Pero, ¡hmmm! ¡Qué susto!

—Mariadé, ¿de qué está hablando? Usted debe estar viendo ese canal esotérico, ¿cómo es que se llama?

—Infinito. Pero, no, doctor. Fue en el noticiero.

—Pues están locos en los noticieros entonces, pero no es nada nuevo. ¿Quién me ha llamado?

—La doctora Alicia, para ver si la necesitaba, antes de irse. Ay, doctor, ella estaba toda triste por lo de la carta.

—¿Y quién más?

— La señorita María lo llamó tres veces mientras estaban en la alocución. Que por favor la llame a su casa. ¿Se la llamo, doctor?

—No. Bueno, sí. Llamémosla, gracias —y acto seguido entra a su oficina cerrando la puerta con fuerza. Luego presiona un botón que titila en el teléfono y coge el auricular.

—Aló.

—Hola, amor —dice la voz de María algo ronca—. ¿Qué haces, ya vienes para acá?

—No, hermosa. Tengo que ir a una fiesta de *Happen* porque el Presidente dice que es el único momento para coger a Pombo y convencerlo de que no bote la chiva de lo de las embajadas.

—No sé de qué hablas, pero si quieres te acompaño.

—No, fresca. No creo que me demore. Es que hay una periodista de Radiofutura que se consiguió toda la información de los nombramientos políticos en las embajadas y van a criticar que se hable tanto de meritocracia. Ya sabes cómo son. Tú también eres periodista. Ven todo en blanco y negro y las chivas reteñidas con rojo.

—¿Y quién es la periodista?

—No me acuerdo muy bien del nombre de ella. Creo que es Cristina.

—Pero, ¿y qué tienes tú que ir a hacer a esa fiesta?

—María, ya te expliqué —le contesta Camilo en un tono aleccionador—. El Presidente sabe que Pombo es medio amigo mío y considera que esas cosas se deben manejar por fuera de conversaciones formales, para que el tipo no sienta que le damos mucha importancia. Y que además tenemos que aprovechar que se toma sus tragos y eso para convencerlo por los laditos.

—Ajá. Y yo por qué no te puedo acompañar. ¿No será más bien que a ti te gusta la periodista esa? Yo la vi el día de tu posesión y no tenía nada que hacer allá. Tú me crees boba, ¿no?

—Uy, Mari, qué desgaste este tema. Contigo cada tres meses es un numerito de celos diferente. Yo no tengo ni la menor idea por qué Pombo llevó a esa vieja a mi posesión. Tal vez es a él al que le interesa. Pero lo mejor es que te cuides esa gripa y yo voy a dormir contigo después de la fiesta ¿sí?

—Cami, tú sabes que yo siempre me doy cuenta cuando me estás diciendo mentiras.

—¡No te es toy di cien do men ti ras! —le grita Camilo haciéndose el desesperado—. Se nota que dejaste de ir al sicólogo, porque andas insoportable.

—Pero es que todo esto no tiene mucho sentido...

—La política no tiene sentido mientras no estás jugando. Te entiendo, pero sí tiene sentido. Son movidas muy sutiles, Mari. Por favor créeme. Yo sólo estoy contigo. Sólo me interesas tú. Si me acerco a ella y voy a esa fiesta es porque el Presidente me lo ha pedido.

—Ah, ahora la cosa cambió. Ahora no es convencer a Pombo, sino que "me acerco a ella".

—María, no seas necia. No estoy cambiando las cosas. Son las dos cosas al tiempo. Tú estás cansada, deberías dormir un rato. Yo te llamo más tarde. Déjame las llaves en la portería, linda. Te amo.

—Yo te amo a ti, pero no quiero colgar.

—Más tarde hablamos, ¿sí? Me está sonando el *falcon* —y acto seguido levanta el auricular del *falcon* y dice con voz muy seria: "Sí, Presidente déme un segundo".

—Yo no oí nada, le dice María.

—Ay, olvídate que te voy a seguir el juego. Nos vemos más tarde —le dice en voz baja como si tuviera que disimular con el Presidente, que supuestamente está al otro lado en el *falcon*, y le cuelga.

María tiene taquicardia. Es esa certeza de que le están diciendo mentiras la que no la deja respirar sino hiperventilando. Camina de un lado a otro en su cuarto. Se muerde una uña insistentemente. Luego se sienta en el borde de la cama y frunce la cara como si fuera a llorar. Siente un escalofrío por todo el cuerpo. Coge el marco que está en su mesa de noche. Una foto de su hermanita abrazada a ella cuando apenas tendrían cinco y ocho años la hace soltar el llanto finalmente. Se lo pone en el pecho un segundo. Luego se quita su camisa blanca marca Façonable y se pone una piyama de dulce abrigo. No puede dormir. Da vueltas un rato. Marca al celular de Camilo. Una. Dos. Tres. Cuatro veces. No contesta. Marca la sexta. Camilo responde afanado y le dice: "Mari se me va a descarg...", y cuelga para que parezca que efectivamente se descargó su celular.

Al tiempo que Ana Cristina se monta al carro de Camilo, Felipe sale del hueco del *dealer* a deambular por ahí, en las calles de Los Ángeles. No está en Venice, donde el gran mural de un Morrison en la fachada de un edificio mira fijamente a los transeúntes. Tampoco en la famosa Santa Monica Boulevard de Sheryl Crow, donde *all I wanna do is have some fun*. Aquí no pululan los meseros que quieren ser cantantes ni las mujeres que están dispuestas a todo con tal de tener un papel. Nadie se está montando en una *limo*. Esta es la tierra de los batos locos, los chicanos miserables, que no hacen parte del mundillo Hollywood – Beverly Hills. Drogas pa´dar y convidar: East L. A. *Blood in, blood out*. Felipe va muy mal.

31

Juan Claudio Amador era antes un personaje sin cara. Nadie lo reconocía. Su papá, su tío y algunos de sus primos eran los que figuraban en las páginas sociales de las revistas y a los que llamaban a preguntarles sobre las elecciones, el partido de fútbol o las reinas. Su camino del colegio, donde dictaba clases de literatura, hasta su casa era el de un ser normal. Por supuesto, su apellido alteraba a la gente en una que otra reunión y dentro de su cabecita se iban tejiendo los hilos del poder. Creció con él, pero nunca lo tuvo tan presente como ahora que es director de *Happen*. Mientras pasan la carrera 7ª con calle 26 para entrar a una discoteca lobísima, los que van para la fiesta lo reconocen y se cuchichean entre sí. Las mujeres miran a Toñi de arriba abajo, para poder retener en sus memorias de qué color tiene los ojos, qué tiene puesto. "Es más alta que Amador", piensa una de las modelos de *Happen* que alguna vez se le ofreció a Juan Claudio para que la sacara en la revista —propuesta que, sin duda, él aceptó, aunque luego la modelo vislumbró una posibilidad de ascenso en la escala social y quiso darle más que un polvo—. "Jean Claude se vería mucho mejor conmigo que con esa *caballa*".

Hay una chichonera en la entrada. La gente intenta buscar un contacto. Unos ocho personajes saludan *lambones* a Amador para ver si él de pronto los puede ayudar a entrar, pero Juan Claudio va pegado al celular, para evitar la fatiga, y saluda muy de paso, hasta que ve a uno de sus mejores amigos del colegio en la fila. A ese sí le hace señas de que venga con la mano y le presenta a La Toñi. Un tipo engominado y gigante de chaqueta negra con un logotipo verde fosforescente que dice "Logic" les despeja la entrada y quita el cordón rojo que separa a la gente VIP de la muchedumbre. Toñi sólo se ríe. Amador la lleva agarrada de la mano. El amigo va detrás, con la novia. Es un tipo entelerido, de bluyín sin desteñir y camiseta Lacoste. Tiene gafas. Su novia lleva perlas en el cuello y se hizo el *blower.* Al escogerlo de entre la multitud, Amador se sintió como llamando a esos 9-800 que salen por televisión para adoptar un niño en África y mandarle treinta dólares mensuales para que tenga tres comidas al día y educación.

Sigue una lista interminable de abrazos, saludos y espaldarazos de parte de personas que Juan Claudio le va presentando a La Toñi. Ella cumple sagradamente con su promesa de ser Chica Almodóvar. Sonríe un instante y al siguiente hace cara de estar extraviada. Después se ríe a carcajadas con Amador y se dicen secretos. Les dan un par de tragos de bienvenida. Una mujer de trusa plateada, que está parada a la entrada, le entrega un volante a La Toñi: *"Si quieres conocer la frescura... déjate llevar hasta el salón Green, un mundo de placeres y libertad"*. Ella coge el volante y se ríe.

—¡¿Quiere que le cuente algo más patético que lo de

los casetes de Benedetti?!

—¡¿Qué? —le grita Amador al oído—. ¿Hasta cuándo tengo que soportar la humillación?!

—¡No, si es para que se le pase la pena!

—¡A ver. Ya no le tengo miedo a su risa de hiena, Toñi!

—¡Oiga esto. Me acordé por el volante. Un novio que yo tuve... Le dio por hacerme dizque un juego. Le dije que iba para su casa, entonces el *man* fue a un café que hay ahí cerquita y le pagó al mesero para que cuando yo llegara me entregara un papelito con el nombre de una librería que está al lado. Luego fue y compró un libro de *El principito* y le pidió a la señora de la librería que me lo entregara. En el capítulo del zorro metió un tiquete de cine para ver... *El piano,* creo que era así la cosa. Había también unas instrucciones para vendarme los ojos cuando ya estuviera sentada en el teatro a las seis y diecisiete, haga de cuenta. Después él llegaba y me hablaba como si fuera un desconocido y no sé qué más historias! —termina La Toñi con una carcajada.

—¡¿Y qué pasó?!

—¡Yo llegué a la casa del *man* y el portero me dio un papel. "Vete al cafecito donde nos conocimos". Agarré el celular, que en esa época era una panela de mi papá, y llamé a su casa. El celador, sumiso, no me quería dejar entrar. El *man* contestó y yo le dije: "Edu, ¿qué es esto? ¿Que vaya al café ese para qué?". El *man* se quedó callado y dijo en tono de *venaíto:* "Es una sorpresa, Toñi, ve". Y yo: "Ay, ¡me coge tan cansada! Dile al celador que me deje entrar y dejemos el jueguito para otro día, o más bien para nunca, ¿sí? No es de antipática, es que en serio subo ya o me voy. Gracias por el detalle, pero de verdad que me coge cansada"

—¡Mucha rata, Toñi! —grita Juan Claudio, que mientras oye a La Toñi saluda con la mano aquí y allá, hace guiños, brinda desde lejos.

—¡El *man* era tan ramplón que unos años más tarde se la hizo a una vieja que conozco y ella nos contó feliz, que qué belleza de hombre y tal. Yo casi me reviento de la risa!

—¡Oiga, ahí viene Pombo, el jefe de su amiga!

—¡¿El neurótico ese?!

—¡Es pana mío!

—¡Usted es pana de todo el mundo, todos quieren ser panas suyos!

Amador no le contesta, quiere matarla. Es su gran reto. Está enamorándose de una más pesada que él. A ratos piensa detalladamente en cómo asfixiarla con la almohada de su cama, mientras hacen el amor, aunque no ha tenido el placer de hacerle el amor. Pero entonces La Toñi pasa de ser intimidante a ser una vieja descomplicada, que baila sin inhibiciones y a la que todos miran, especialmente las demás mujeres. Gesticula todas las canciones, se las sabe como si en su disco duro hubiera un cancionero digital. Y si son insinuantes se las canta a Amador más cerquita. Le baila como una *estriptisera* profesional. Hasta que llegan Ana Cristina Calderón y Camilo Urrutia, muy cogiditos de la mano.

32

Parece un turco gigante. Todo el mundo mira a todo el mundo. No se puede caminar. "Para soportar este tipo de fiestas hay que emborracharse. Si hubiera un incendio, habría una quema masiva de silicona. Ahora: habría que ver si las garantías de las cirugías cubren chamusque", piensa Ana Cristina. Camilo no tiene corbata —la dejó entre el carro— y le pone una mano en la espalda mientras ella se abre paso entre la gente para llegar hasta donde están La Toñi y Amador. Hay un gran *lobby* con baldosas de ajedrez y mucha gente agolpada en una barra donde pareciera que regalan trago. La mujer de la trusa plateada le da el volante a Urrutia, que inmediatamente lo arruga y lo tira al piso. La gente trata de reconocer a los famosos y ellos se hacen los que están ahí por pura diversión, casuales. No hay tiempo para conversaciones más largas de quince segundos. Todo el mundo está pendiente de los otros.

Ni qué decir de cómo la miran los que conocen a Urrutia y lo han visto en eventos políticos. De todas maneras, no mucha gente de la farándula está enterada de quién es el secretario privado del Presidente. Si alguna de esas gatas supiera con quién viene, le caería como chulo: "¡Poder, poder, dónde hay poder!". Ella camina haciendo cara de que tiene mejor linaje que toda esa chusma, pero, sobre todo, con cierta altivez intelectual (¡como si importara!). Después del gran *lobby* se sube por una escalera de tapete rojo atestada de personas que parecen hormiguitas haciendo fila. La música ya se oye más claramente. Kylie Minogue canta sobre su amor a primera vista *"everything went from wrong to right"*. Pasa toda la canción. Mientras suben, Camilo la coge por detrás. Ana Cristina ni se voltea, se hace la loca, sube juiciosa, concentrada. Lo que no sabe es que desde abajo la mira Miguel, que por algún amigo terminó metido en esta chichonera.

Cuando llegan hasta donde están Amador y La Toñi, Camilo saluda con un gran apretón de manos a Juan Claudio. Ana Cristina y Toñi se levantan la ceja, como si fueran hermanas y hubieran estado todo el día juntas. Pombo sigue ahí parado y le hace una risita picarona a su súbdita cuando la ve llegar con Urrutia. "Qué hay, china, qué ha habido". Con Urrutia sí se despliega en prosa. Es una especie de *lounge* privado, de pecera. Pueden ver todo y todos los pueden ver. Hay espacio suficiente para bailar y un par de sofás rojos con una mesita donde reposan una botella de whisky casi vacía y otra sin abrir. La Toñi le dice algo en secreto a Anacrís y empiezan a caminar hacia afuera sin avisar. Amador le grita a La Toñi que para dónde va. Ella contesta que al baño y siguen su camino.

—¿Ya lo viste?

—¿A quién? —pregunta Anacrís.

—Adivina, adivinador…

—¿Gregoire, el cachalote, tu ex?

—Hazte la loca: Fender Telecaster.

—¿Está acá? —dice Anacrís nerviosa— ¿Qué carajos hace acá?

—No sé, pero lo acabo de ver.

De ahí en adelante, Ana Cristina olvida su buena estirpe y mira de un lado a otro a ver si se encuentra con Miguel, pero nada. En lo que van al baño, Amador, Pombo y Urrutia conversan animadamente. Pombo todo el tiempo tratando de sacarle información a Urrutia sobre decisiones del gobierno. Amador al margen de la política, chismoseándoles de los gustos sexuales de las modelos.

—La Aljure me propuso un día que nos fuéramos a su casa con la novia a las tres de la mañana —dice entre risas.

—Camilo, y el Presidente lo debe tener con las manos llenas, ¿no? —pregunta Pombo, ignorando a Amador.

—Pues sí, la verdad es que me toca andar de un lado a otro. Pero lo que más tiempo me quita son las cosas de logística, el quehacer diario, la firmadera de cartas, la revisión de los discursos, esas cosas que parecen insignificantes y para las que el Pre no tiene cabeza, pero ¡ay! donde tengan un error, porque se los pilla todos.

En ese momento se voltea una vieja borracha y se mete en la conversación como si nada.

—Yo lo conozco a usted, Urrutia —dice la desconocida—. Usted fue monitor mío en la universidad cuando yo estudiaba derecho. Y es que quería contarle una cosa aprovechando que habla de cartas. Imagínese que yo reciclo pilas. Tengo como mil pilas.

Un día llamé a la Dama.

—Ajá, ¿de qué dama habla? Dirá el Dama: el Departamento Administrativo de Medio Ambiente... —le contesta Urrutia un poco irónico, pero siguiéndole la cuerda.

—Eso, allá llamé, a la Dama. Me hablaron como tres personas y ninguna sabía nada de pilas. Me pareció inaudito. El primero me decía "discúlpeme, pero nunca antes nos habían llamado a pedirnos ese tipo de solicitud". Yo le decía "¡pero señor, no ve el peligro que son las pilas, la cantidad de tóxicos que tienen, cómo es posible que ustedes no sepan nada de pilas! ¿Cuál es su cargo?". "Alimentador uno", me decía al otro lado. Después me dejaban esperando con musiquita cinco minutos y cada vez pasaba alguien más inepto. Lo peor es que se burlaban de mí, les parecía muy loco que alguien les hablara de un tema tan cuerdo como el de las pilas. Hasta que yo le dije "mire, me siento hablando con el celador de mi barrio, qué es esto, qué es este rango" y otros diez minutos en línea de espera, mientras que el alimentador uno le daba de comer a las boas. Pasó otra señora y le colgué de la furia. Terminé llamando a Varta y allá sí me dijeron de un tipo que vive en Manizales y tiene un proyecto de reciclaje de pilas. Pero nunca lo encontré. Así que le mandé una carta al Presidente diciéndole que era el colmo que nadie supiera de pilas en ese ministerio y que yo tuviera mil guardadas, listas para ser utilizadas en un proyecto contra esas vainas de mercurio, y no pudiera hacer nada con ellas. Dígame Urrutia, ¿qué hago con las pilas?

Al final Urrutia la mira con los ojos brillantes de la

risa, Amador mira a Pombo levantando los hombros y Pombo suelta una carcajada. De pronto el novio la coge por detrás, se disculpa y se la lleva.

—¿Y usted lidia con estos locos todos los días? —le pregunta Amador a Urrutia.

—Sí, ¿no quiere cambiarme un ratico y yo le endulzo el oído a sus modelitos pa' que se empeloten?

—Déjeme y le cuento qué le cambio porque, hablando de cambalaches, ahí vienen este par de viejas. Y la suya está tan juiciosita, tan puesta en su sitio. En cambio la mía es un *real pain in the ass*. Pombo, esa vieja es buena en todos los sentidos, ¿no?

—Sí, es pila, la Ana Cristina. Y se levanta buenos contactos —dice Pombo burlándose de Urrutia—. Yo los dejo porque me voy a ir a dormir, ya estoy muy viejo pa' estos trotes. Era sólo por hacerle la deferencia acá al chino —y abraza por detrás a Amador.

—Oiga, gracias en serio —le contesta él—. La promoción de la emisora estuvo buenísima. Un abrazo a Chipi y a su hija, que debe estar grandísima.

—¿Julieta? Es divina. No me para muchas bolas, pero está divina. Hay que tener cuidado porque cree que se manda sola y usted sabe que mi esposa es liberal a morir, entonces hay que apretarle tuercas. Bueno, chao, chinazos.

La Toñi y Ana Cristina vuelven y se acomodan en las sillas de terciopelo rojo. Ana Cristina parece turbada con la noticia de que Miguel anda por ahí. Camilo está serio, pero la mira fijamente. Trago va, trago viene. Redbull con whisky: una bomba. Bailan, cantan, conversan, se sientan, trago otra vez. "Brindis por estas niñas tan bonitas", dice Amador. "Brindis por nuestro paseo a Cartagena", dice Urrutia.

—¿Cómo así?, ¿es que se van a Cartagena? —pregunta ofendida La Toñi.

—Nos vamos, linda —le contesta Urrutia—. Ustedes también están invitadísimos, ¿se le mide, Chanclo?

—Amador se atora con el trago cuando oye "Chanclo".

—¿Le dijo Chanclo? ¡Esto es lo máximo! Una vez más, Chanclo, confirmamos que yo ando con gente que tiene apodos de pandilleros —dice La Toñi reventada de la risa—. ¿Se le mide a Cartagena, Chanclo?

—¡Ay! Qué cosita con usted, María Antonia. Pero claro que me le mido. ¿Cómo es la cosa, Camilo?

—Pues caigan allá y nos vamos de paseo a Punta Iguana el domingo todo el día —dice Urrutia—. ¿Qué opinan?

—¿Y esto es con Presidente a bordo? —pregunta Amador.

—Pues sí, pero es relajado. Va con unos tipos del Congreso de Estados Unidos.

—No se habla más —grita La Toñi—. Juan Claudio Amador y su Chica Almodóvar están firmes. Tin, tu inglés, tu buen chingue, tu bloqueador (porque si no este personaje se nos insola en dos segundos), tu chicha, tácate. Va pa' esa.

La música suena a todo volumen. Una mujer en un columpio aparece en el techo y hace figuras en el aire con unos velos blancos. Camilo agarra duro de la cintura a Ana Cristina mientras ven el espectáculo. Juan Claudio está saludando a alguien y La Toñi baila sin parar. Todos miran desde lejos. Están como en una burbujita, son los reyes de la fiesta. A Ana Cristina le incomodó al principio, pero de sólo pensar que en algún momento se va a topar con Miguel se ha tomado todos los tragos que le ha pasado Camilo. El mundo está girando alrededor de ellos, de ella, sobre todo, que empieza a ver algo borroso.

—Me estoy sintiendo medio borracha, pero siento que me cabe todo el trago del mundo —le dice a su galán de Palacio.

—No importa, hermosa. ¿Quieres que te acompañe al baño?

—Pero es que qué ceba vomitar... ¿y por qué me tutea?

—Porque sí...

—Camina al baño y no vomitas. Más bien... ¿quieres un pase? Eso te mejora de una.

—Vamos al baño —le contesta Ana Cristina en media lengua. Se para tambaleándose y lo hala.

Móvil: Miguel. Control, señorita. Todo tiene que ver con el control. Jamás has estado tan borracha como para no poder caminar. Y ahora que sabes que todos te miran, menos. La idea del pase te está picando en la cabeza y te envuelve por completo cuando ves a lo lejos a Miguel hablándole a una niña al oído. Te metes al baño de hombres con Camilo. Él saca un frasquito de vidrio carmelito, le quita la tapa de caucho y te arma una línea en su tarjeta de crédito ayudándose con su otra tarjeta de crédito. Tú ves dos líneas, estás mareada. Lo piensas y te vuelve a la cabeza la imagen de Miguel. Te da tanta rabia que te agarras fuerte de Camilo. Él da instrucciones. Te tapas una fosa nasal y con la otra aspiras. Cuando levantas la cabeza te das cuenta de que el mareo está desapareciendo lentamente. De pronto te invaden unas ganas demoníacas de salir a encontrártelo. Miras a Camilo, que se sonríe también con cierto toque diabólico después de meterse un dedo de perico por un lado y otro por el otro. Le das un beso. Él te pone un poco de polvo en las encías y te vuelve a besar. Sientes cómo se te va durmiendo la boca. Te sabe a químico la risa y sales escondiéndote de los hombres que están en el baño. Ya no hay tanto trancón en la escalera de tapete rojo. La bajas como a caballito, Camilo detrás. Saludas a unos amigos de Miguel, lo cual te da señas de estar cerca del *target.* Le pides candela a Camilo y él te abraza por detrás. Miguel viene caminando de frente, con dos tragos en la mano. Empieza la canción de Marvin Gaye, *Got to Give it Up: I used to go out to parties / and stand around / 'Cause I was too nervous / To really get down / And my body yearned to be free / So I got up on the floor and found/ Someone to choose me.* Cantas y te das cuenta de que ya puedes volver a bailar sin miedo de caerte. Él te mira alterado. Le entrega el trago a la niña con la que lo habías visto hablar al oído. Es la novia de su amigo, que te la presenta. Tú hablas con propiedad del ají, por la empanada que está comiéndose otro amigo de Miguel. Que no hay nada de comer que valga la pena sin ají, que los chiles, los chipotles, los jalapeños. Vuelves a cantar: *Somebody watches / I'm gonna make romance / With your body, ooo baby, you dance all night / Get down and prove it, feel all right.* Le das un beso en la mejilla a Miguel. Te volteas y le bailas cerca a Camilo, que está prendiendo su segundo cigarrillo y ya entabló una conversación con un tipo que le dice que es creativo. Tú sueltas una carcajada. "¡No pues: mucho gusto, soy bilingüe", dices irónica. El tipo te mira un poco apabullado. Camilo se ríe y te presenta. Miguel está aterrado. Trata de entablar una conversación contigo para medirte los niveles de sustancias.

—¿Y tú qué Crista, enrumbada?

—A la lata. ¿Qué haces por acá? —le contestas con un movimiento raro en la mandíbula que crees notar sólo tú.

—Ya ves... ¿será que puedes venir un momento a otra parte que quiero decirte algo?

—Claro —le dices como si estuvieras atendiendo a una tonta de las que te llama a buscar *free press*—. Espera le aviso a Cami —y te diriges a Camilo muy dulce—. Guapo, voy a ir a buscar un trago con Miguel, te lo presento —se dan la mano—. Ya vuelvo.

Miguel: Que te quiere —*the word is about, there's something evolving*—. Que si estás empericada, que Felipe volvió a perderse —*whatever may come, the world keeps revolving*—, que si vuelves con él, —*they say the next big thing is here*—, que quién es ese tipo —*that the revolution's near*—, que si ya regalaste sus almohadas —*but to me it seems quite clear*—, que ha sido un idiota por tratar de ignorar que te quiere —*that it's all just a little bit of history repeating*—. Todo lo oyes como en una sola frase. Las palabras van a toda y se mezclan con la música. Ni preguntas por el *mail* de Felipe. Él: que vuelvan, que le des un beso, que se olviden de todo, que te acuerdes de lo lindo que era despertarse juntos (lindo ¿no?) —*that it's all just a little bit of history repeating*—. *"Too late"*, piensas tú. Pero simplemente le dices que hablen otro día porque, sí, estás como enrumbada y, bueno, mejor si se ven el fin de semana, ah no. El fin de semana no porque tienes un viaje de trabajo con Pombo. La chica superpoderosa acaba de jugarte una mala pasada. ¿Lo tuviste en frente y sólo supiste decirle que mejor se ven el fin de semana? *...and I've seen it before / ... and I'll see it again...*

33

Camilo Urrutia no te va a invitar a dormir con él, porque María lo espera. En cambio en la madrugada, cuando estés ya entre las cobijas y el embale haya pasado, Miguel te va a llamar. Se quedó preocupado. Te vio un poco pasada. Insiste en que se vean. Cuando oigas su voz en el teléfono te va a parecer que han pasado dos siglos desde la última vez que hablaste con él, aunque lo acabas de ver. A pesar de los dos siglos, sabrás exactamente qué pausas va a hacer al hablar, cuál significa coma, punto y coma, punto aparte. Le tienes medidas todas las interjecciones, su respiración, su timbre, sus decibeles. Podría haber pasado un milenio y aún sentirías que esa voz es parte de tu vida. Ya dejó atrás ese tono de repulsión, de reacción. No está prevenido, no actúa como una planta haciendo fototropismo, no te evade. Te pregunta cómo estás, qué hay de tu trabajo, cómo están tus papás, Chico Migraña, la piscina. Esperaste este momento mucho tiempo. Llevabas meses queriendo contestar y que fuera Miguel cariñoso de nuevo, sin angustias, sin prejuicios. Se le nota cierto dejo torpe, de todas maneras. No quiere entrar en discusiones contigo, usa las palabras más sutiles y correctas, habla de ti como quien habla de alguien que se murió, o como de una tercera persona que no está presente en la conversación. "Esa Anacrís, es que yo siempre he sabido de lo que eres capaz. Seguro que eso sale bien". Qué sale bien. No entiendes ni la mitad, del sueño que tienes. Estás prácticamente liquidada. Y además estás en tu cuentico de hadas de irte a Cartagena con Camilo. No reaccionas. El chip de "he esperado esto mucho tiempo" está bloqueado. Un virus te tiene invadido el sistema: encoñe, Ana Crista. Y ni siquiera, porque si tuvieras la capacidad para comparar, jamás dirías que Camilo es mejor polvo que Miguel. Él conoce cada centímetro de tu cuerpo, sabe exactamente dónde te dan cosquillas, en qué parte del cuello te tiene que morder para enloquecerte, cómo te gusta que te arrunchen por las noches, hasta qué punto te gusta que te den besos en las tetas, cuál es el brazo que te sobra para dormir y en dónde hay que ponerlo, cuánto pesan tus piernas, cómo dejar de abrazarte sin que te despiertes. Dormir con Miguel siempre fue lo mejor. Jamás te despertaste a media noche con calor o con frío. Tu cuerpo y el de él encajaban como si fueran dos fichas contiguas de rompecabezas. Igual estás en lo de tu viaje, en lo de Camilo. ¿Será que lo único que te atormentaba de Miguel era que ya no quisiera estar contigo? Y ahora que te llama te tranquiliza saber que sigue queriéndote, que no botó a la caneca todas sus esperanzas. "Mañana entenderé", te dices justo cuando le cuelgas con una frase estúpida que suena como a beso en la frente: "Tan divino, Migue. Es que estoy medio dormida. No te preocupes por mí. Hablemos la próxima semana y nos tomamos un café o algo". Te taraste.

Felipe agoniza, tirado en una calle de Los Ángeles, pero no de sobredosis. Mientras Miguel te cuelga, un bus se lleva por delante a su hermano, quién sabe si por azar o por que él lo quiso así, y tú te taraste.

No te vas a poder dormir. Vas a prender el televisor. Con los ojos entreabiertos, entre la pesadez de un guayabo inminente y todo lo que te da vueltas en la cabeza, vas a ver los Olímpicos. Una gimnasta de Rumania hará saltos y figuras impresionantes en la barra. Tiene cara de niña a pesar de que la concentración la hace ver madura, la espalda ancha, los abdominales marcados, unas piernas y unas nalgas de una firmeza inverosímil para la suavidad de sus rasgos. Terminará cayendo perfectamente en el piso. La gente aplaudirá y a Katalina Poner le brillarán los ojos. Su entrenadora la va a abrazar como si fuera su mamá. Un nueve setenta y seis la hará abrazarse nuevamente con el resto de la delegación rumana. Luego pasará una gringuita, con otra expresión completamente diferente, más popular, ensimismada con la fama. Un nueve sesenta y ocho será anunciado por el altoparlante, mientras la gente aplaude. La rumana recibirá medalla de oro. Su cara de niña con el maquillaje todo corrido por las lágrimas te va a conmover, pero porque acabas de darte cuenta de lo que hiciste. Apagas la luz y te grabas en la cabeza la cara de Katalina Poner, tan triunfante, tan bonita, tan emocionada.

34

Todo está listo, aunque tuviste algo de remordimiento cuando le dijiste a Miguel que tenías que trabajar muchísimo este fin de semana y que tenías un viaje con José Miguel. Camilo Urrutia te tiene medio idiotizada. Piensas que Felipe estará otra vez en sus andanzas, que ya es historia vieja para ti y para Miguel. Nunca ha parecido necesitar ayuda en ese dilema existencial de su hermano. Lástima que no sepas que es la primera y la última vez que va a necesitarte. Te va a odiar y tú no lo sabes. Y eso que jamás va a enterarse de lo del *mail,* porque el sobre se lo van a dar a David cuando ya sepan lo de Felipe, y él lo va guardar para no revolverlo más todo. Tú, radiante alistando maleta a pesar del guayabo tan bárbaro. Te has medido ya más de cuatro vestidos de baño diferentes. Te miras de lado, de frente, por detrás. No va a haber otra oportunidad para viajar con el Presidente, pero eso no es tan apasionante para ti como el hecho de viajar con Camilo, ocupando ya un lugar más tangible en su vida real, en la de secretario privado.

Ya varias veces te has preguntado si debes estar con él, has pensado en borrar su celular y no contestarle más. Te sabes presa de un hechizo que te maniata, que no te deja huir de él. Lo que tu cabeza te repite una y otra vez es que te alejes. Si fuera La Toñi la que anduviera con un personaje así tú serías implacable, le dirías que no tiene sentido llevar una relación de esas, que Camilo es un desastre, que no le hace bien, que está queriendo tapar el sol con las manos, que lo deje, que está loca, que no sea terca, que para qué se empecina, si seguro va a terminar aullando como un perro chiquito que se le mete a patanear a un mastín napolitano. Y lo peor es que tú sabes que Camilo está lejos de ser un mastín napolitano, porque los mastines siempre tienen un poco de ternura en sus ojos y no están tan ensimismados como él, con su inteligencia, con su belleza, con su estatus de buen polvo, con su trabajo. Él es como esos zapatos espectaculares que ves en una vitrina y cuando vas a comprarlos te encuentras con que sólo hay un par y te quedan chiquitos. Son una talla menos que la tuya, pero te los pones a la fuerza y tratas de disimular el dolor mientras caminas por todo el almacén diciendo: "no me quedan tan apretados" y después le preguntas a la vendedora "¿será que ceden?" y ella, por supuesto, te va a contestar que sí, que ceden un poco. Eres como una de las hermanastras de la Cenicienta. Ni la vendedora, ni La Toñi pueden decidir si te los quedas. Tú eres la única que sabe cuánto te aprietan... y ahí estás, alistando la maleta, e inclusive tuviste la desfachatez de mirar con desdén esos zapatos que por tanto tiempo fueron tus preferidos. Sabes que les diste tanto palo, que ya están gastados. Si pudieran hablar por Miguel, te dirían que este fin de semana más que nunca te van a necesitar. Pero tu maleta ya está lista y no hay campo para zapatos viejos.

Pides un taxi a Catam para encontrarte con la comitiva. Te impresionas cuando ves al Presidente de guayabera. Te saluda rápidamente. Va hablando con el capitán Anaya. Por más que te parezca todo extraordinario, haces cara de que nada te impresiona. Te montas al avión presidencial tranquila. Casi ni miras a los lados. No hay comitiva, básicamente. Van Camilo, el Presidente, el capitán Anaya y dos jóvenes de la oficina de prensa de Palacio. Los gringos llegan directo a Cartagena desde Miami, con el embajador y otros dos amigos que quisieron conocer Cartagena a última hora. Te estresa un poco que haya que montar conversa con el Presidente. En cambio, te tranquiliza la deferencia con la que te trata Anaya. A lo sumo, el Presidente dice cuatro palabras cuando Camilo le cuenta que trabajas con Pombo. "Ah, muy bueno. Yo sí te he oído hablar un par de veces", dice con una mano puesta en tu hombro. "Ximena, ¿es que te llamas?". "No señor, Ximena es la traductora. Yo soy Ana Cristina". "Ah, claro", termina él mientras recibe una pastilla y un vaso de agua del capitán. Luego se pone un antifaz para dormir y se noquea inmediatamente despega el avión.

Cuando ustedes alcanzan la altura en que la gente ya no se ve y los carros parecen hormiguitas, el avión de Silvia aterriza en el Charles de Gaulle. Empacó todo a las carreras. Le ayudaron varios amigos. Regaló la mitad de las cosas. Dejó varias cajas por si decide volver. Igual nada la amarra a París. Se ha ganado la vida dando clases de español y ya está. Llegó a la Ciudad Luz por el papá de Martín, que fue a hacer un posgrado. Una vez se sintió libre del qué dirán de Colombia, se separó y comenzó una vida simple, pero de grandes batallas. Conseguir trabajo no fue fácil y le tocó tomar más de dos a la vez. Salía de una clase a la otra y de ahí corría a recoger a Martín.

El vuelo se retrasó y Silvia se quedó en la sala de espera viendo cómo llegaban unos aviones y otros se iban. Le dan nostalgia los aeropuertos. Pensaba en lo triste que es cuando alguien se va o cuando alguien se queda. Esta vez vio todos los detalles del muelle 32 de la terminal 3. Pensó en todo lo que vivió en París, aunque esas sillas grises y ese piso de baldosín brillante no le dijeran nada. Tal vez no vuelva en mucho tiempo. La vida es así. Somos como los aviones: tenemos unos tiempos estimados de arribo y unos tiempos estimados de despegue y si no concuerdan con el del otro, *sorry*. Así sean dos minutos de diferencia. Uno puede *desencontrarse* con alguien por cuestión de minutos. Un hombre al que conoció unas semanas atrás en la Escuela de Bellas Artes, mientras recogía una monografía de grado de su amiga somalí Ashia, estuvo llamando a preguntar su teléfono justo cuando a ella la llamaban a abordar el avión.

Martín está jugando con un libro de origami. A su lado está sentada otra mujer con un niño que no ha hecho más que llorar. Silvia se siente afortunada por ser la mamá de Martín, que a pesar de ir enfermo, ha sabido comportarse. A lo mejor es la fiebre que lo tiene pasmado, piensa, y vuelve a tocarle la frente. Es más condescendiente ahora con el tema de los niños en los aviones, pero antes de tener a Martín había pensado varias veces en proponer unas zonas rojas y aisladas donde sólo fueran los niños chillando, y que se los aguantaran sus mamás. "Señores pasajeros —interrumpe la voz de una auxiliar— dentro de contados instantes estaremos aterrizando en el aeropuerto internacional El Dorado, de la ciudad de Bogotá. Les rogamos abrochar sus cinturones de seguridad, colocar en posición vertical los espaldares de sus sillas y permanecer sentados hasta tanto el avión haya detenido completamente sus turbinas en plataforma".

—Shilvi, me *dule* un poco las orejas —dice Martín con acento francés y una voz ronca, mientras su mamá le endereza la silla y le da un chicle—. Mira esas montañas, Shilvita. Son de verdad, sólo que estamos alto.

Silvia asiente con la cabeza y se acuerda de todas las maquetas que tuvo que hacer en clase de geografía. Las de Anacrís eran siempre las más bonitas. Compraba plastilinas de todos los colores y sabía hacer lava de volcanes con bicarbonato y anilina roja. A los lagos les ponía espejos en el fondo, y agua. Una vez apareció un colibrí muerto en una maqueta. Se había estrellado. Le hicieron un entierro muy bonito en el que La Toñi hizo de cura.

35

Tierra caliente. La serpiente estaría criticando a Anacrís si viera su pelo esponjado e inmanejable. Llegando a Cartagena, el Presidente despertó. Antes de bajarse les dio instrucciones al capitán y a Camilo para que esperaran en el aeropuerto a los gringos y se fue a Casa Privada. Urrutia le dijo a Ana Cristina que si quería ir chequeándose en el hotel mientras tanto. Ella prefirió acompañarlo. Y ahí están los dos esperando con el capitán Anaya, que empieza a leer los nombres de los gringos en voz alta.

—¿Cuál es el colombiano? —pregunta Camilo.

—Espere le digo, doctor. Se llama... Alejandro de la Espriella.

—Y hay otros dos, ¿verdad capi?

—Sí, doctor. Justin Hall y Mark Allen. Dice el Presidente que son todos de la edad de ustedes, menos el representante Weiner, que tiene ya sus cincuenta y pico.

Alejandro de la Espriella se mueve en el mismo mundillo de Mariano, su primo. Es un costeño refinado que sabe quién es Jeff Koons y se ha quedado en el Royalton Hotel de Nueva York. Es más: una vez estuvo sentado al lado de Phillippe Stark, en un restaurante en París. Justin Hall y Mark Allen son un par de amigos que se pegaron al paseo. También viven en Nueva York. Hall es paramédico y periodista. Allen es corredor de bolsa. Un témpano de hielo. Creció en Seattle. Ya va a ver Anacrís cuando el jovencito Hall la vea, la cara que va a poner. No le va a quitar los ojos de encima. Ni siquiera durante la comida medio enyesada en Casa Privada, cuando sirvan el popular pie de coco de Rosita Benedetti y los platanitos tentación, de los que La Toñi se va a atiborrar en otra parte, porque no está invitada. Todo empezará con un ceviche de camarones. Luego vendrán el helado *sherbet* de níspero y la posta negra con arroz con coco. La conversación va a versar sobre lugares muy exclusivos, sobre conciertos, sobre óperas y sobre restaurantes. El Presidente va a hacer gala de todos sus viajes y su conocimiento sobre el *room service* de tal o cual hotel. Y de vez en cuando saldrá a relucir el Plan Colombia, pero inmediatamente será abatido por algún tema más ligero o más culto. El príncipe azul estará distante toda la noche. En cambio, Hall oirá con atención a Ana Cristina cada vez que abra la boca, que va a ser más bien poco.

Cuando salgan de Casa Privada, van a pasar un rato por Café del Mar para encontrarse con La Toñi y Amador, que están prácticamente de luna de miel. Camilo y Anacrís van a dormir al hotel Agua, pero él va decir que está rendido y va a caer como una piedra. "¿Qué pasó con el fuego? Le echaron agüita de mar y se apagó, tal vez. O está cansado de verdad, pobre", pensará Anacrís. Amador, por su parte, se va a dar el gran banquete de la vida con Toñi, que al fin le va a mostrar al pelirrojito lo que es sabrosear de verdad. "No se vista, no sea cachaco", le va a decir cuando lo vea poniéndose los *boxers.*

Al otro día será el paseo a las islas. Un gran yate lleno de viandas y ron los espera en el muelle. Amador no suelta a Toñi. Hall saluda a Anacrís con un beso apretado. Gran parte del paseo van todos como maniquíes, cuidando sus maneras y tomando ron a sorbos de pajarito. Pero el Presidente de pronto se pone cálido, amoroso. Parece el papá de cualquiera. Entonces todos empiezan a actuar más desprevenidamente y Anacrís y La Toñi se quitan los pareos y se untan bronceador para asolearse. Paran un par de veces para hacer algo de trabajo turístico con los gringos y ellas aprovechan para echarse al agua. Ya no hay protocolos. Camilo y Amador están tomando whisky como los costeños: en *shots.* Una langosta deliciosa los espera en Punta Iguana, donde, al llegar, el Presidente será nuevamente lo que es: un mandatario sofisticado.

De las once a la una de la tarde no van a saber nada del representante Weiner, Camilo y el Presidente, que estarán sentados aparte discutiendo de qué manera Weiner puede ayudar en el Congreso de Estados Unidos para que aprueben el Plan Colombia. De la Espriella, Amador, La Toñi, Hall, Allen y Anacrís van a estar en la playa todo el tiempo, hasta que los llamen a almorzar. Brindis va, brindis viene. Luego el almuerzo y la despedida del Presidente, porque Camilo lo convence de que siga tranquilo y ellos se quedan otro rato, con los gringos, si quieren.

Los gringos claro que quieren. Para Hall no va a ser suficiente una eternidad contigo. El Coste De la Espriella está completamente desinhibido. Weiner se siente en Macondo. El único que no parece estar tan cómodo con el sol y los mosquitos es Allen, pero La Toñi no tuvo ningún inconveniente en dejarlo blanco de bloqueador, como si tuviera tres años. Sólo le faltan los flotadores de bracitos. El Presidente viene vestido impecable, con una guayabera blanca y pantalones *beige.* Se para en el muelle y el capitán Anaya lo ayuda a subir a otro yate, pues ustedes se van a quedar en el que venían.

—Presidente, sigan tranquilos que nosotros en menos de media hora salimos para Cartagena —le dice Camilo en un tono serio.

—Allá los esperamos —contesta el Presidente mientras se monta en el yate y espera que todo el mundo se despida de él.

—Adiós, señor Presidente —dicen todos casi en coro, aunque algunos omiten el "señor" y eso hace que la respuesta colectiva suene distorsionada.

Ana Cristina está parada en el muelle con su pañoleta aguamarina y una flor en la oreja moviendo su mano de un lado a otro. Camilo la coge por detrás. El Presidente grita desde el yate:

—¿Ana Cristina es que se llama esta china? Demuéstreme que es sensata llevándose a esta manada de locos a tiempo para Cartagena. Acuérdense que después no pueden salir. El mar se pone bravo.

—No se preocupe, que yo me encargo, señor Presidente —contesta con una sonrisa hipócrita Ana Cristina, mientras intenta soltársele al pesado del Camilo.

La parejita da media vuelta y pasa por toda la piscina caminando, pero ya no cogidos de la mano, porque los desconocidos están pendientes de cada uno de sus movimientos. Cuando se encuentran a salvo de las miradas, ya en la playa, donde están sólo sus amigos, vuelven a cogerse la mano. O, más bien, Camilo vuelve a cogerla de la mano. Ella ve a Amador echándole bronceador en la espalda a Toñi, que se desamarró la parte de arriba del bikini. Al tipo se le salen los ojos. El Coste De la Espriella está con el representante Weiner, los dos sentados en contra del sol y conversando con risas y coqueteos de por medio. Los otros dos gringos, Mark y Justin, están jugando *frisby*, pero Justin no logra atajarlo en cuanto ve venir a Ana Cristina.

—Linda, voy a ir al baño y vuelvo, ¿ok? —le dice Camilo a Ana Cristina y luego le hace señas al Coste.

—¿Qué haces, por qué le haces señas a De la Espriella?

—Voy a aprovechar para presentarle a Fischer, el director este de cine que es amigo mío y está arriba en la piscina. Me dijo que se moría por conocerlo.

—Ok. Yo voy a asolearme acá con Toñi y Amador.

De la Espriella se excusa con Weiner, que de pronto también se para y les grita: *"Wait for me, I´m coming too"*.

Ana Cristina se tira encima de su pareo. Inmediatamente, Amador le lleva un ron. Después de un sorbo, vuelve a acostarse y empieza a conversar pasito con La Toñi.

—¿Has pasado rico?

—Tú sí eres demente, Anacrís. ¿Quién puede pasar aburrido en este plan?

—No sé. Yo. A ratos me siento medio incómoda y el disimule cuando está el resto de la gente y el Presidente... no sé.

—Ay, no seas pasada. Más bien ve a donde tu principito y cógelo a besos.

—De príncipe pocón. Se fue con De la Espriella y Weiner a presentarles a un tal Fischer que está en la piscina. Y al baño.

—¿Y tú naciste ayer?

—¿Por qué?

—Porque fijo están echándose un pase.

—¡Hey! No me rayes, Toñi.

—¿Tú crees que estando en Colombia se van a privar de un pasecito? ¡Y el Weiner ese tiene una carita de degenerado! ¡Lástima por el tal Coste, porque está delicioso!

—¡Cállate que ahí viene Justin!

—¡Hmmm! Ese sí que te echó el ojo. Ana Cristina, reina de reinas en Punta Iguana —dice Toñi tratando de hablar en susurros.

—¡Shhhhh! *Hi, there,* guapo —le dice Ana Cristina al gringo—. *Have you had fun?*

—Oh, sí. Mucho bonito punta Iguana y más bonita Ana.

—*You learn quickly...*

—*When there´s a will, there´s a way. And you sure are a muse, Ana.*

—*Please,* Justin, ¡me pongo roja!

—*You mean you blush? I can´t see it ´cause you have this beautiful tan!* —dice Justin.

—¡Ejemmmhhhh! —dice Toñi desde su letargo.

—*You can´t flirt with colombian women that way, Justin* —dice Amador. *You just have to say* "Venga pa´cá, mamacita".

—*Oh, I sure can figure out you didn´t get that big price*

saying such a stupid thing. It sounds like funk, but in spanish —contesta Justin.

—*Sure* —dice Amador—. *That´s why those guitar players have so many chicks.*

—*Thanks for the compliment* —dice indignada La Toñi—. *So now I´m a big price.*

Justo cuando la conversación empieza a ponerse pesada, Amador se para al lado de la mesita que dispusieron los meseros y sirve más rones.

—Uno se oye como un idiota hablando en otro idioma que no sea la lengua materna. Es más, yo creo que uno sólo sabe hablar otro idioma cuando realmente es capaz de hacer el clic del buen humor, cuando es capaz de hacer un chiste y no sonar como "bosque chispazos" —termina Amador.

—Está echándose al agua usted solito, Juan Claudio, porque el que está hablando lengua materna es Justin —le contesta La Toñi burlona.

—No, es que yo creo que este *man* "también" es chavo en su propio idioma —dice Amador buscando ganarle en sarcasmo a La Toñi, que se muere de risa.

—*What does chavo mean?* —pregunta Justin.

Salvan patria De la Espriella y Camilo, que vienen de la piscina con el representante Weiner.

—Estábamos hablando con este tipo Fischer y quedé impresionado con su punto de vista —dice el Coste sin mirar a nadie en específico, a medida que se acerca—. Es que el cine es definitivamente el medio por excelencia de nuestra generación, muy a pesar de las nuevas tecnologías, que serán importantes para generaciones más jóvenes. Pero el cine, el cine es algo irrepetible. Si uno quiere escribir un libro, más le vale que sirva para que después lo adapten de guión. Si uno quiere hacer un cuadro, que se lo cuelguen en el cuarto de una película de Julia Roberts, y verán que lo ve más gente que si estuviera en el MOMA de Nueva York. Si uno quiere componer una canción, la hace para la banda sonora de una película y cobra más vida que si se ganara el *Grammy*. Quién no se acuerda de la canción central de *Flash dance*, por ejemplo, o de todo el *motion picture soundtrack* de *Betty Blue* (estoy hablando mucho en español, ¿verdad? Es que ya me mamé de estos gringos, a veces me cansan, aunque odio más a Colombia, en general, y me da mucha mamera venir a ver a mi familia en la mitad de un club tomándose la misma crema de tomate desabrida y mirando cómo *potea* de lindo esa señora McCallister)...

La Toñi, que desde que hablaron de bandas sonoras ya se estaba acomodando el bikini para pararse a discutir, se queda maravillada con el comentario de la señora McCallister y se para sin darse cuenta de que el bikini queda en la arena. Amador se atora con el whisky. Los demás se aterran también, pero ella sigue hablando como si fuera europea, en *topless, careless.*

—Te vas a morir de risa, Coste. ¡Mi mamá es esa señora McCallister! —dice eufórica, pero él sigue ensimismado con el tema del cine y la mandíbula empieza a delatarlo.

Camilo Urrutia también mira las tetas de La Toñi por un segundo, pero está en otra parte. Más rápido que nunca se te fue de las manos, Anacrís. Es como un misil. Llega con la mirada brillante, pupilas dilatadas. Ojos de brujo, ojos de loco. Estás empezando a detestarlo cuando mete perico. Al principio te parecía el mismo tipo seguro de sí mismo. Ahora ves a un idiota hablando mierda aquí y allá, alucinado con negocios estúpidos, elogiando a todas las mujeres alrededor. Es una especie de ensimismamiento hacia afuera: "Todos mírenme, soy inteligente, soy divino, soy un payaso". Y lo peor es que es fácil caer en la trampa. Las primeras veces te morías de la risa con sus comentarios, oías todas sus ideas desconectadas y te parecían mágicas. Pensabas que era un universo maravilloso lo que había dentro de ese cerebrito. Ya después de un par de embales se te hace el ser más abominable de la tierra. Te coge para abrazarte y tú básicamente asumes la actitud de la gatita que huye de Pepé le Pew. Entre monólogo y monólogo te busca cariñoso. Lo miras ya con odio, con angustia. Él, de todas maneras, no parece darse cuenta y podría perfectamente estar pensando como Pepé le Pew: *"oh, she´s afraid of herself"*. Tú, como la gatita, al filo, escabulléndote, mirando desde lejos y sintiendo algo de pena por las pesadeces que dice. Pero Camilo Le Pew sólo piensa: *"Come my little you-are-afraid-of-yourself, return to my eyes!"*. Te da algo entre náuseas y ganas de correr hasta ganar la maratón de Nueva York. Lo peor es que el tipo sí es brillante a veces, dice cosas divertidas y la gente queda como pasmada. Entonces él grita "Anacrís, hermosa, ven para acá". Como si te le hubieras convertido en un artículo personal más. Algo así como "¿dónde están mis gafas? Oh, acá están, míralas, son finísimas. Mírenlas todos. Y mírenla a ella, es mía". Y todos te miran así, como pensando para sus adentros "qué bien se la debe estar pasando este tipo con ese par de piernas y ese culo". Luego te sonríen, tú finges sonreír y el monólogo continúa. Aparte, es como si tuviera que parecerte un honor. Camilo le Pew cantando en su cerebrito con acento francés y ese sabor a químico que deja el perico en la boca: *"Sweethearrrt, Camilo le Pew loves you, sweethearrrt, forrrtunate lucky you"*. *"Lucky me,* un culo", piensas. Este paseo está a punto de sacarte de casillas, y eso que no sabes lo que viene. Para tranquilizarte, te sirves otro ron y te pones a mirar el Caribe y a imaginarte a los caballitos de mar, los únicos machos de la naturaleza que son capaces de llevar a los bebés en sus panzas y que además son monógamos. Las hembras simplemente les introducen los huevos en una bolsita que tienen y ellos se encargan de la situación embarazosa. A las dos o tres semanas, el caballo de mar da a luz a los caballitos y, generalmente, vuelve a embarazarse inmediatamente. "Eso: un caballito de mar que se embarazara por mí estaría de lujo", te dices. El problema es que dos de miles de caballitos que nacen alcanzan la edad madura. Tienen que lidiar con predadores como el atún y el cangrejo y con las tormentas, ya que los caballitos generalmente se hacen a parásitos para deformar su figura y mimetizarse mejor. Las tormentas los hacen soltarse de ellos y destrozarse. Pero tienen vientre, que es lo que importa. Su nombre científico es hipocampo. ¿Qué tendrá que ver con el hipocampo cerebral, esa parte del sistema límbico del cerebro que parece ser responsable de ubicarnos donde estamos, sobre todo al sentirnos desorientados? Eso te lo preguntarías si al menos conocieras la palabra, pero no. Sólo te imaginas a los caballitos mientras Camilo le Pew termina de demostrarte que está lejos de ser uno de ellos.

Cuando se montan al yate, Camilo está hecho un mariachi. Todos, en general. Tú eres la única que no parece pasarla del todo bien. Y el tal Brian Allen, por supuesto. Inmediatamente ve que vas callada te mira con complicidad, como si entendiera todo. Camilo le Pew se te sienta al lado y empieza con el tonito retador:

—¿A ver, qué es su empute, señorita?

—Nada, ¿por?

—Porque estamos pasando todos delicioso y usted con esa cara de puño.

—Ninguna cara de puño, estoy cansada, nada más.

—¿No será más bien que la estrellita de Pombo está celosa porque no es el centro de atención y todos miran a su amiga?

—¡¿Qué?! —se pasó, Anacrís, ahora sí se pasó—. Camilo, está diciendo tantas bobadas.

—Tiene razón, de pronto lo que le molesta es que "yo" sea el centro de atención, ¿verdad?

—No sé de qué habla...

—Déme un beso y deje de ser tan trascendental —y sí señores: te coge casi a la fuerza y te da un beso baboso con sabor a químico. Tú te quedas quieta, como la gatita, y de pronto ves que la lancha desacelera el paso. A lo lejos está Playa Blanca, llena de turistas.

—¿Por qué para la lancha?

—Porque nos vamos a bajar un ratico en Barú, para que los gringos vean lo que es pueblo.

El yate se detiene por completo. Camilo se para en el borde y se tira. La Toñi se está quitando el pareo y ya está montando una pierna en el borde cuando ve salir a flote el cuerpo inmóvil de Camilo.

—Está mamando gallo —dices tú relajada.

—¡No! ¡No está mamando gallo! —grita La Toñi, a lo que Justin se tira al agua y arrastra con cuidado el cuerpo de Camilo hasta la playa.

Todos saltan al agua y llegan hasta la orilla en menos de un segundo con la ropa mojada. Justin estira con cuidado a Camilo. Tú tratas de ahuyentar la muchedumbre. En tu cabeza hay algo parecido a un pito. Grita tanta gente, que es como si acabaras de salir de un concierto. Los oídos te retumban. El sol ocre de la tarde hace las veces de reflector en este espectáculo fatal.

36

A Camilo se lo llevaron en el helicóptero. La Toñi no te soltó la mano. La tenías helada. Ella, Amador, Allen y De la Espriella iban contigo de vuelta a Cartagena en el yate. Justin y Weiner se fueron en el helicóptero. Llegaste al hospital de Bocagrande, pero a Camilo ya se lo habían llevado a Bogotá. El capitán Anaya era el único en la clínica. Te abrazó y dijo que fueras a cambiarte al hotel, que ya te había conseguido cupo en un avión comercial para que te devolvieras. Empacaste las cosas de Camilo con La Toñi, que no se separó de ti ni un segundo. Pero, ¿quieres saber que pasó con los verdaderos dolientes de ese trágico accidente?

María estaba llorando desconsoladamente. Sus papás llegaron al apartamento para acompañarla y no la dejaban moverse de ahí hasta que se supiera exactamente a dónde iba a llegar el avión ambulancia con Camilo casi inconsciente y con una fractura de la tercera vértebra cervical. El huesito voló en pedazos y desapareció. Al principio, María no entendía nada. Creía que era uno más de los miles de accidentes que tenía Camilo por parrandero. Después de que sus suegros hablaron directamente con el médico del Presidente, les explicaron la situación a los papás de María.

—María —le dijo el papá—, tienes que abrirte mucho para oír esto que te voy a decir y tratar de controlar tus sentimientos. No puedes desmoronarte. El accidente es mucho más grave de lo que pensamos al principio. Camilo se partió una vértebra y eso pudo afectarle la médula...

—¡Cómo así! —dijo ella entre sollozos— Pa, no me digas que no va caminar, no me digas, no me digas...

—No, Mari, tienes que calmarte y tener fe. Mira que a ti la vida también te puso una prueba muy grande y la superaste. A punta de terapias y de actitud.

—¡Camilo no tiene actitud para nada! Si le dicen que no va a poder caminar prefiere morirse.

—Pero eso no lo sabemos todavía y no lo vamos a saber sino dentro de un tiempo.

Después de un silencio largo, María sólo atinó a sollozar a los gritos *"Mamma"*, con el acento típico de la abuela siciliana. Su mamá la tomó entre brazos y le dio esa paz que emana de las mamás como si nada, a pesar de que sufren más que sus propios hijos cuando los ven así.

—Tranquila, *bella*... ya ahora nos avisan a qué horas llega y nos vamos a la clínica —le decía en su acento vagamente italiano el papá—, tranquila, *piccola*, tranquila...

—María, estamos acá para acompañarte y vas a ver que las cosas salen bien —decía la mamá—. Confía en el amor, en la paz, en Camilo...

De pronto el papá se puso una mano en la boca y las calló con un "shhh" agresivo. La cortinilla que solían poner siempre en los noticieros cuando había una noticia extraordinaria sonaba a todo volumen. La voz de la presentadora, entrecortada, hablaba de Camilo.

Un terrible accidente tiene consternados a todos los colombianos. El secretario privado del Presidente se fracturó una vértebra al lanzarse desde un yate en las islas del Rosario, cuando cumplían con una visita informal del representante al Congreso de los Estados Unidos, Anthony Weiner. Pocos minutos después de que el Presidente dejara la isla donde se encuentra el exclusivo resort *de Punta Iguana, el secretario privado salió en otro bote con varios de los invitados y, al hacer una parada en la conocida Playa Blanca, de Barú, ocurrió el accidente. La cámara de un aficionado logró capturar las imágenes del doloroso momento en que sacaron del agua al doctor Camilo Urrutia, quien había sido nombrado hace muy pocos días como secretario privado de la Presidencia. El diagnóstico de los médicos es hasta el momento reservado. Antes de mostrarles las imágenes queremos enviarle una voz de aliento a todos los funcionarios de Palacio y a la familia del doctor Urrutia, quien ya ha sido trasladado a Bogotá.*

María paralizada. Las imágenes eran de baja calidad y la cámara se movía. Sin embargo, se podía ver claramente el momento en el que el tipo que grababa dejaba a un lado su a novia llena de gordos y trencitas para tratar de acercar con el *zoom* la imagen de un extranjero con actitud de guardián de la bahía que sacaba con cuidado a su Camilo completamente desgonzado. Lo que venía después era un mar de personas rodeándolo, como si fuera una ballena que encalla. Todos gritaban y hasta se lograban capturar frases completas con acento costeño: "¡Esoéj quejtá muedto!", "¡Sí, yo vi que él se tiraba de la lancha y ejtaba como dejgonzado dejpué". "Pero sí ej que venían todoj borrachoh!". Rápidamente se notó que le bajaban el volumen de la grabación original para que no se oyeran las imprudencias. María estupefacta. Sólo se veía una multitud rodeando un cuerpo en la orilla de la playa. Había varias personas hablando por celular y moviéndose de un lado a otro para encontrar señal. El hombre de la cámara trataba de abrirse espacio para mostrar a Camilo, y por un segundo lo logró. Estaba como muerto, pero pronunciaba palabras mudas al extranjero, que trataba de ahuyentar a la gente y no dejaba que nadie lo tocara. Su cara estaba pálida. Su cuerpo inmóvil. Entonces una mano movió bruscamente la cámara y en primer plano apareciste tú, Anacrista, con los ojos llenos de lágrimas. Gritabas con ira: "¡Respete, señor, esto no es un espectáculo, hay una persona herida!". María petrificada. Por algún motivo reconoció tu cara enjuagada en lágrimas y abrió más los ojos. Luego el tipo de la cámara enfocó desde lejos el momento en que sacaban a Camilo puesto en una tabla improvisada y lo montaban en un helicóptero que al fin espantaba a casi todo el mundo con el revuelo de la arena. El extranjero y otra persona se montaron con él. Cuando el helicóptero empezó a hacerse pequeño, el tipo volvió la cámara hacia la playa y te tomó mientras te tapabas los ojos con las manos y luego las ponías en posición de rezar, mirando hacia el cielo y llorando. María inmóvil. Entendió todo. Quiso ser tú, haber estado ahí, al lado de su novio durante el accidente. Sintió que el corazón se le iba a salir. Ya no sabía si era de celos, o de tristeza, o de angustia. Se transportó por unos segundos a Playa Blanca. Quiso ser tú, se puso las manos en tu cara, miró hacia el cielo, pensó en su hermanita, mientras tú pensabas en Miguel por razones desquiciadas. Vio cómo se iba alejando el helicóptero en que se habían llevado a Camilo. Sintió mucha tristeza y a la vez un fuerte presentimiento de que todo iba a salir mal. Se arrodilló en la arena, lloró. Una negra medio loca la zarandeaba y le decía: "No llores, no seaj marica. Él se va a poner biem!", hasta que llegaba un extranjero que la abrazaba fuertemente. Luego se acabaron las imágenes. María volvió a la realidad y entendió que no era ella, sino tú quien lloraba a Camilo en las imágenes. Entendió todo, aunque no del todo. Cuando volvió en sí, su mamá ya estaba parada sacando un chal del *closet* para irse directo a la Clínica Reina Sofía, donde el mejor neurocirujano del país se preparaba para operar a Camilo.

A pocas cuadras de ese apartamento estaba Miguel empacando su maleta, hecho pedazos por la noticia de su hermano. El vuelo salía en dos horas y en la sala estaban sus mejores amigos esperando para llevarlo al aeropuerto. Todo el mundo hablaba en voz baja. Britto preguntó si alguien te había avisado. David contestó que sí, que te había llamado al celular, pero que te había tenido que dejar mensaje porque no contestabas. Era mentira. David estaba furioso contigo por lo del *mail* y era el único que sabía que no merecías ni siquiera que te avisaran. Aunque era un mal momento para mostrar el sobre, cuando Miguel volviera seguro lo tenía que ver. Se oía la tele de fondo. De pronto, todos voltearon a mirar:

Un terrible accidente tiene consternados a todos los colombianos. El secretario privado del presidente se fracturó una vértebra al lanzarse desde un yate en las islas del Rosario, cuando cumplían con una visita informal del representante al Congreso de los Estados Unidos, Anthony Weiner. Pocos minutos después de que el Presidente dejara la isla donde se encuentra el exclusivo resort *de Punta Iguana, el secretario privado salió en otro bote con varios de los invitados y, al hacer una parada en la conocida Playa Blanca, de Barú, ocurrió el accidente. La cámara de un aficionado logró capturar las imágenes del doloroso momento en que sacaron del agua al doctor Camilo Urrutia, quien había sido nombrado hace muy pocos días como secretario privado de la Presidencia. El diagnóstico de los médicos es hasta el momento reservado. Antes de mostrarles las imágenes queremos enviarle una voz de aliento a todos los funcionarios de Palacio y a la familia del doctor Urrutia, quien ya ha sido trasladado a Bogotá.*

Miguel también volteó, mientras tiraba desde lejos un par de medias a la maleta. Cuando apareciste regañando al tipo de la cámara, detuvo sus tareas de empacar y se quedó quieto frente al televisor. De pronto una ráfaga de ira lo hizo correr hacia el aparato y lo apagó. Luego lo cogió y lo tiró al piso mientras gritaba:

—¡Ahí está pintada esa perra arribista! —y todos mirándolo mudos— ¿Por qué miran así? ¿No se lo esperaban de esa perra? ¡Mi hermano muerto y ella en las islas con ese idiota que ojalá se pudra en una silla de ruedas!

—Cálmese, *man*. Ella no se merece que usted se ponga así —le dijo David mientras lo cogía por la espalda y lo sentaba en un sofá—. Piense más bien en que necesita consolar a su mamá y a su papá en menos de seis horas. Ana Cristina puede esperar.

—¡Puede esperar toda su vida, porque de mí no va a saber nunca más! —concluyó Miguel con los ojos rojos y los dientes a punto de estallar de la fricción. Luego le dio un puño al sofá y la víctima acabó siendo la arañita de la buena suerte que habitaba su sala desde hacía varios días.

37

Camina del brazo de su mamá cuando ve venir a Ana Cristina por el corredor blanco y desapacible que conduce a cuidados intensivos. Apenas la reconoce, María suelta el brazo de su mamá y le dice que se devuelva y la espere a la entrada de cuidados intensivos.

Ana Cristina va con La Toñi y con Amador y cuando oye a María llamarla por su nombre sabe inmediatamente que es ella. Le tiemblan las piernas, siente todo el peso de su culpa a cuestas. Amador acelera el paso y se hace el loco. La Toñi, en cambio, mira a su amiga con actitud de "si quieres te apoyo, no tienes que quedarte sola", pero Ana Cristina le dice que sigan. María levanta la cara con orgullo y deja ver sus ojos hinchados de tanto llorar.

—Soy María Rubino. Necesito hablar con usted.

Ana Cristina detiene la marcha y La Toñi y Amador siguen caminando. Toda la tensión se concentra en ese metro de corredor donde se quedan paradas las dos.

—Cuénteme —contesta Ana Cristina seria, aunque por dentro está muerta de susto.

—Usted estaba con Camilo durante el accidente, ¿verdad?

—Sí.

—Mire. Camilo y yo tenemos una relación de muchos años. Usted es simplemente su diversión. No le extrañe que la esté utilizando para algo...

—Yo…

—Usted nada. Usted se calla y me oye, porque además no tiene nada que hacer acá, ¿entiende? Yo soy la novia de Camilo. Yo soy la que me le he mamado todo. Yo soy la que se duerme con él todas las noches, excepto una o dos que haya pasado con usted. Yo soy la que se va a casar con él —María va subiendo el tono de voz a medida que se le *agúa* la voz—. Y soy yo la que lo va a acompañar en esto, aunque usted haya tenido la desfachatez de estar con él en Cartagena. No se engañe. Camilo jamás estaría en serio con una mujer como usted. ¡Usted no le sirve, no es nadie! —Ana Cristina da la vuelta y empieza a caminar despacio, pero María la sigue y le habla desde atrás—. Usted no va a ser un obstáculo para mí. ¡Todavía no puedo creer que Camilo me haya dicho mentiras por tan poca cosa!, aunque, igual, Camilo ha dicho mentiras por menos. No se engañe. A lo mejor ni le duele, ¿verdad? Porque no tiene dos dedos de frente para entender que Camilo la está utilizando porque el Presidente se lo pidió. Averigüe usted por sus propios medios, si es que es tan buena periodista. Y vuelvo y le repito, usted no tiene nada, ¡óigame bien!, nada que hacer acá —María da la vuelta y empieza a caminar rápidamente. Se ataca a llorar cuando siente que ya se alejó lo suficiente.

Tú no sabes qué hacer. Te mereces todo lo que te dijo y mucho más. Cómo explicarle que después de este paseo Camilo no te despierta ni el más mínimo pensamiento. No. Mala idea. Lo único que podías hacer era eso: dar la vuelta, aceptar que este no es tu territorio. Así sólo hayas venido a ver cómo está Camilo. Ya. Deja salir las lágrimas con libertad. Resígnate a no ver nunca más a Camilo Urrutia. Siéntete miserable por estar llorando, cuando eres tú la villana. Siéntete miserable por haber llevado ese embeleco tan lejos y por estar pensando ahora en Miguel. Por haber creído que podías embestir a María. Por no poder reparar el daño. Podrías haber sido tú, idiota. Podría haber sido Miguel. Podría ser perfectamente una de esas alumnas con tetas recién nacidas a las que nada les importa. Pero ellas tienen excusa, porque no saben nada del amor, del sufrimiento. Tus tetas en cambio ya están muy bien puestas. Y ahora haz con tus culpas lo que puedas. Y deja de pensar en Miguel, que ya pronto te van a avisar lo que pasó con su hermano. Márcale a La Toñi, que ya debe estar en cuidados intensivos esperándote, y avísale que decidiste no entrar. Nunca vas a adivinar que esa llamada contiene mucho más que un "decidí no entrar". En cuanto termines, La Toñi te dirá: "Anacrís, necesito contarte algo muy grave, pero quiero que me digas que no te vas a poner como una loca. Me acaban de llamar… A Felipe lo atropelló un carro el viernes y se murió. Miguel salió anoche para Puerto Rico, porque sus papás decidieron velarlo y enterrarlo allá". Y ahí sí, haz lo que puedas con tus culpas. De la nada todo se hizo mierda. Todo lo que tocas se hace mierda. La que se queda sin el pan y sin el queso. Ni zapatos nuevos, ni zapatos viejos.

Al llegar al parqueadero de la clínica, Ana Cristina

empieza a buscar sin ninguna lógica el carro. Va de un lado a otro y sigue llorando. Prende un cigarrillo, se le caen las llaves al piso. Cuando se agacha a recogerlas, se salen un poco de cosas de su cartera. Al pararse se estrella con un tipo que lleva tres osos gigantes y un ramo de flores entre los brazos. Su esposa tuvo trillizos anoche en la madrugada y él salió temprano a bañarse a la casa, mientras ella estaba en recuperación. Luego de vestirse, tendió la cama, desayunó un jugo de naranja y un pedazo de pan viejo, y salió a comprar los osos y las flores. Triste que cuando entre reciba la noticia de que uno de sus hijos está al borde de la muerte, pues nació muy chiquito y tiene dificultades respiratorias. Tal vez uno de los osos no tenga dueño.

38

En lo que Ana Cristina caminaba hacia el parqueadero de la clínica llorando desconsoladamente por la noticia de Felipe, María estaba sentada con sus suegros, sus papás y otras personas. La Toñi la miró mal y se fue al segundo con Amador. Llegó el doctor a explicar lo que estaba pasando adentro con Camilo. Espantó con diplomacia a varios chismosos, y se retiró a una esquina del pasillo con los papás de Camilo y ella. Después de darle unos buenos golpes de camaradería en la espalda a su suegro (se conocían de toda la vida) empezó a dar el diagnóstico. María estaba sorda, no entendía nada, la cabeza le daba vueltas.

"Al estrellarse contra la arena, el doctor Urrutia tuvo una torsión anormal del cuello y eso hizo que la tercera vértebra cervical prácticamente se explotara *—ojalá fuera una gorda asquerosa. Eso. Una gorda asquerosa que tuviera un trabajo patético, un cultivo de flores, por ejemplo—*. Algunos fragmentos de hueso maltrataron la médula, lo que nosotros llamamos una compresión de médula espinal, de los tejidos blandos y de los vasos sanguíneos que la rodean. Todas esas hemorragias o acumulaciones de líquido generan una inflamación que no deja ver exactamente cuál y cuán grande fue el daño *—una vieja frígida, con halitosis y problemas digestivos, que tuviera que tomar laxantes. Que se vistiera como una india, que se riera con una bocota llena de dientes amarillos y su aliento llegara hasta las distancias más recónditas—*. Sin embargo, después de la tomografía decidimos operar para extirpar un fragmento óseo, un pedazo de hueso que estaba oprimiendo la médula, por medio de una laminectomía por descompresión. Le pusimos una platina y ahora está recuperándose *—que fuera una tapia y que se las diera de sensible. Que leyera estupideces como Osho o Anthony de Mello o hasta Paulo Coelho. Que fuera una gorda, sobre todo, y que al hacer yoga se le viera llanta tras llanta, una descansando encima de la otra—*, pero la cirugía y el accidente como tal lo van a debilitar mucho. Es posible que se complique el funcionamiento de sus músculos respiratorios y que pierda completamente el control de esfínteres y la sensibilidad en el cuerpo *—que fuera el peor polvo del mundo, que fuera frígida—*. Estos días son cruciales, sobre todo por riesgo de una parálisis de los músculos respiratorios. La desinflamación total se dará en unas dos semanas aproximadamente y entonces voy a poder darles un diagnóstico más exacto y veremos si hay que hacerle una prueba PESS (potenciales evocados somatosensoriales) *—¡perra! No es gorda, no tiene halitosis, no lee Coelho. Tiene un trabajo exitoso. La conoce todo el mundo, la oye todo el mundo. No trabaja en el departamento de gestión humana de un cultivo de flores—*, que no es otra cosa que estimularlo de forma magnética para determinar si las señales llegan a la médula espinal o no. Lo cierto aquí es que no hay nada escrito *—no debe ni saber lo que es un eructo. Su boca huele a yerbabuena*

(Wintergreen icy cool breath). Debe ser el mejor polvo del mundo. Tiene unas piernas largas que lo envuelven todo y debe saber usarlas muy bien en la cama—. La recuperación es diferente en cada paciente. Algunos necesitan de una tracción para inmovilizar la columna *—¡perra inmunda! Ojalá fuera una gorda sensible y risueña, de esas que se pueden patear como quien patea un pincher. Aunque, mentira, ningún pincher: ojalá fuera algo incogruente y fofo, una cosa pesada llena de grasa, eructo, risas y literatura de superación personal—*, que se hace por medio de la inmovilización del cráneo con tenazas (pinzas metálicas que se ponen en la cabeza y se conectan a pesas de tracción o a un arnés en el cuerpo). Pero por ahora, nada es definitivo *—y que Camilo fuera un* looser, *que no tuviera en qué caerse muerto, ni para comprar unas arepas al desayuno. Que le debiera plata a todo el mundo, que no fuera el político exitoso que es—*. Sólo las pérdidas de funciones que perduran después de seis meses tienden a ser permanentes. Eso es todo lo que puedo decirles hasta ahora y espero que las cosas sigan teniendo el curso que hasta ahora han tenido. Camilo está en un escenario intermedio entre lo peor y lo mejor *—pero no. Camilo y esa vieja no son patéticos, no son gordos, no son* loosers*... lo que son es un par de malditos que me acaban de arruinar el corazón, que me hicieron un daño peor que el que lo tiene a él postrado en esa cama sin sentir sus piernas—*. Así que anímense, traten de seguir haciendo sus actividades normalmente y pídanle a los periodistas que despejen los corredores y a la demás gente que se vaya a sus casas. Si tienen fe en algo, pues a rezar. Pero acá sólo necesitamos tiempo, buena energía y tranquilidad *—¿Ah sí, no sientes las piernas?*

¡Vieras lo bonito que es no sentir el corazón y que en reemplazo a uno le pese como un ladrillo el hueco que quedó!—. Ahora mismo puede entrar alguien conmigo a verlo. María, si quieres venir...".

Todos miraban a María esperando a que se parara y siguiera al doctor o por lo menos a que contestara algo.

—María, ¿me estás oyendo? —le dijo el médico.

—Sí, sí, doctor Riveros. Vamos —reaccionó María.

Entraron en un cuarto que tenía varias cortinas para dividirlo y recibir más pacientes, pero no había ningún otro compartiéndolo con Camilo, que tenía un hueco en la garganta y estaba conectado a un respirador. Le habían rasurado buena parte del cráneo. La nuca estaba intacta porque ahí no lo podían tocar. Su cara estaba pálida y su cuerpo inmóvil.

—Los voy a dejar solos un momento, Mari. Háblale suave, que aunque le hemos dado varios sedantes es posible que te oiga y no queremos que se altere. No vayas a llorar, china. Sé macha que de esta salimos ¿bueno? —le dijo el doctor Riveros al tiempo que le daba un golpecito en la espalda.

María estalló en llanto, por supuesto. Trató de calmarse. Acercó una silla a la cama de su novio inconsciente y le cogió la mano que no estaba conectada al suero. Le hablaba en susurros que no se entendían. A veces se callaba, cerraba los ojos y luego volvía a arrancar con las frases inconexas.

—Me hiciste creer que estaba loca —sollozos— ... armaba cuentos con la tal Ana Cristina —sollozos— ... una celosa —sollozos— ... que tú nunca habías tenido amigas y no —sollozos— ... las infidelidades en mi familia —sollozos— ... mil veces que me dijeras la verdad.

Apretaba los dientes muy duro. Camilo sólo entreabría los ojos, como queriéndole decir algo, pero ella no se daba cuenta por estar limpiándose la cara. De pronto respiró profundamente, se limpió la cara por última vez y retomó la calma.

—Quiero que te despiertes. Voy a estar a tu lado, así no puedas caminar. He andado todas las batallas a tu lado. Me muero de sólo pensar que no estuve a tu lado durante el accidente. Si hubiera sido yo, te hubiera acompañado, no me hubiera quedado ahí parada como una imbécil. Lo vi todo, Camilo. Lo pasaron en todos los noticieros. Y, ¿sabes cuánto me importa lo que piensen los demás? ¡Nada! Lo único que quiero es saber por qué me crees tan estúpida y por qué *soy* tan estúpida —dijo frunciendo el ceño y casi a punto de llorar, pero se controló—. Me retumban tus palabras: "Estás loca, María. Si no puedes manejar esto de que me esté convirtiendo en personaje público sí estás muy mal. Lo de la fiesta con Ana Cristina fue simplemente un favor medio personal que me pidió el Presidente para tranquilizar a Pombo con lo de las embajadas"... ¡Como si el Presidente pudiera decirte "salga con esta, cómase a esta otra"! Siempre todo contigo es una excusa: el Presidente, mi carrera política, tal o cual negocio —y aquí si ya no pudo y lloró casi ahogándose, con esas lágrimas amargas y desesperadas que no pueden detenerse. Como gritos encapsulados en cada gota. La mandíbula le dolía de tanto apretarla—. No importa nada, Caaami, ponte bien, yo ya estoy acostumbrada. Quiero que te pongas bien, que te pares de esa cama. Nadie en la vida está exento de que le guste otra persona —le cogió la mano y se la besó—. No, no me voy. Me quedo hasta el final, hasta que te despiertes.

En esas entró su suegra con la mirada estoica de las mamás. María tuvo que controlar la respiración mezclada con hipo que queda después de llorar como un niño.

—Mari, a Camilo no le hace bien verte así. Yo creo que es mejor que vuelvas a verlo otro día, cuando él esté mejor y tú también. Marujita —y le tembló la voz—, tú eres el angelito guardián de Camilo, no lo dejes solo en esto. Él te necesita ahora, como siempre lo ha hecho. Pero tienes, tenemos, que ponernos fuertes para él. Anda, Maruja, vete a descansar que yo no voy a dejar solo a tu Cami —pasó sus manos dulces y frías por la mejilla de María, la abrazó y ella salió del cuarto. Cuando caminaba por el pasillo cercano a la zona de maternidad, se encontró a un aseador recogiendo pedazos de guata y de peluche por todo el corredor.

39

Ya lo único que te importa es llamar a Miguel, preguntarle que si quiere que vayas hasta Puerto Rico. Estar con él, ser su apoyo, cogerle la mano, hacerle saber que nada ha cambiado, que sigues siendo suya. Consentirle las pestañas mojadas mientras se queda dormido, porque no ha parado, y tú seguro lo puedes ayudar a descansar un rato. Ser otra vez su refugio. Mirarle las pecas y contárselas hasta que te dé un número capicúa. Tu favorito: 969, porque hasta al revés es capicúa.

Coges el celular temblando todavía, ya montada en el carro. Buscas en la memoria el número de sus papás en Puerto Rico. Espichas *send.* No se oye nada al otro lado. De pronto de oye el paa, paa de "ya van a contestar". Pero no es el usual. Es uno viejo, lejano, gago. Dura unas milésimas de segundo más en apagarse. Te pone intranquila.

—¿Hola? —contesta una voz nasal al otro lado. Es la mamá de Miguel, parece.

—¿Carmina?

—Sí, ¿quién habla? —pregunta la voz después de sorber con la nariz y recomponerse un poco.

—¡Ay, Carmi, no sabes cuánto lo siento! Es Ana

Cristina —dices tú sollozando.

—Ah, hola —dice Carmina dejando atrás el acento boricua y las lágrimas—. Te agradezco mucho la llamada, Ana Cristina. Esto es muy duro.

—No puedo creerlo, Carmi. ¿Cómo está Álvaro?

—Te imaginarás. Pero bueno. Ya estamos todos juntos que es lo más importante —dice digna y distante.

—Pues de verdad que los acompaño. ¿Miguel anda por ahí?

—Espera un momento le digo. Miguel, ven acá que es Ana Cristina en el teléfono —dice recobrando el acento. Pasan unos segundos muertos. Sólo se oye su respiración congestionada—. Ana, es que está recibiendo una visita de unas amigas y no puede pasar. ¿Quieres llamarlo más tarde?

—Pues… ¿es imposible que pase?

—Espera.

Entendiste perfectamente el mensaje. No quiere pasar. Aún así insistes. Pasan un par de minutos. Suena un pito de una llamada que entra a tu celular. Es tu jefe, pero estás demasiado nerviosa para contestar. Además, qué tal que Miguel pase justo cuando contestes la otra llamada. Ensayas una y otra vez qué le vas a decir. ¿Pecosito?, ¿mi pecosito?, ¿Miguel?, ¿amor?

—Aló —dice al otro lado Miguel muy seco. Tú te atacas a chillar—. Aló —vuelve a decir él.

—Pec…Migueee, mi vida. ¿Cómo estás? Quiero estar ya contigo. Dime que me vaya para allá y cojo el primer vuelo —y aquí viene un silencio que aviva tu llanto.

—Ana Cristina, deja de llorar —contesta Miguel

seco, en calma, irreductible.

—Miguee, lo siento mucho. ¿Cómo estás tú?

—Mejor, ya más tranquilo de estar acá con mis papás —y otro silencio.

—¿Qué fue lo que pasó?

—Felipe se le tiró a un bus. Estaba en sobredosis de peric... La verdad es que no tengo muchas ganas de hablar de eso. Pero gracias por llamar.

—Yo sé, perdóname. ¿Quieres que vaya?

—¿De qué estás hablando, Ana Cristina? ¿Tú no estás supuestamente ocupadísima en un viaje de trabajo? Saliste muy linda en los noticieros.

—Miguel, *please*. No seas duro. Quiero acompañarte.

—Bueno, ya es tarde. Ya no estoy. Ya no está Felipe. No hay mucho qué hacer. ¿Qué? ¿Te dio lástima? Tranquila, vamos a estar bien —vuelve a sonar el tono de llamada en espera, y corta las palabras de Miguel—. No es …paa… cho más grave de…paa… que le pasó …paa… tu amigo.

—Amor, dime que vaya.

—Ni te digo que vengas, ni me digas amor. El amor es otra cosa. Tú vives confundida con esa palabra y la andas escupiendo por todas partes. Seguro que en Cartagena también…

—Miguel, ¡por favor! Nada es más importante que estar contigo en este momento.

—Ya te dije. Cuando uno se le tira de frente a un bus, no hay vuelta atrás. Cuando uno dice mentiras tampoco. Y quiero colgar. Me están esperando para entrar al velorio otra vez.

—Miguel, perdóname, porfa. Lo único que importa eres tú.

—Esta conversación se acabó. Deja el drama, además, porque lo de Felipe me pasó a mí. No "nos" pasó. A ti no te ha pasado nada, fuera de estar en el lugar equivocado. O bueno, mentiras, perdona: siento mucho lo de tu galán —y cuelga sin despedirse.

Juguemos en el booosque, mientras el lobo no está ¿el lobo estááá?: "¡Está metiendo perico en una fiesta de *Happen!*". *Juguemos en el booosque, mientras el lobo no está ¿el lobo estááá?:* "¡Está dejando un sobre tirado en la portería!". *Juguemos en el booosque, mientras el lobo no está ¿el lobo estááá?:* "¡Está alistando maletas para Cartagena!". *Juguemos en el booosque, mientras el lobo no está ¿el lobo estááá?:* "Está en Punta Iguana con Urrutia!". No estabas, Anacrís. Lástima. Ya todos se echaron a correr. El teléfono empieza a sonar otra vez. Es la tercera llamada de tu jefe. Cuando contestas te dice que vayas urgentemente a Radiofutura, que quiere hablar contigo.

40

Lloras desconsoladamente. Se te juntó todo. Camilo no camina, Miguel no quiere verte, ya no tienes trabajo. Tú sí que tienes el poder de sentirte miserable, Ana Cristina. Nadie lo sabe. Pasas siempre triunfante, invicta. Nada te afecta demasiado. "Eso es a Toñi", dices. "¿Yo? Yo estoy por encima del bien y del mal, soy súper racional, estoy curtida, sé manejar todas mis emociones". Pura moralita cula, como diría ella. Eres de lo más sentimental y cursi, de lo más blandito e irracional que mi Dios ha echado a la tierra. Mírate nada más. Estás como los merengues que te empeñabas en hacer cuando eras chiquita: los metías al horno y, por algún motivo, no crecían. Eran unas plastas de azúcar con huevo.

Y, claro, como La Toñi es la única a la que le dejas ver tus lágrimas, la acabas de llamar ahogada. Te calmó. ¡Qué paradójico! La Toñi calmándote a ti. Cuando dejaste de llorar empezaste a recobrar ese halo de dignidad que te aflora en todo lo relacionado con tu jefe. Con tu ex jefe. Que qué se creerá ese tipo que ni sabe vestirse. Que ojalá algún día tengas un poquito más de poder, no mucho, sólo el suficiente para insultarlo en la cara sin que te veten en todos los medios. "Idiota ese, que manipula todos los hilos que mueven el poder, y yo soy una de sus marionetas. Cuando le convenía me acercaba a Camilo. Ahora que todo puede convertírsele en un escándalo entonces me aleja del escenario, me guarda en una cajita".

Bobita, si pudieras ver más allá de tus narices entenderías que en esta historia la aparecida eres tú. Pombo conoce a María y a su familia desde hace mucho tiempo. Lo primero que ella hizo después de verte en la clínica fue llamarlo llorando. Hablaron del estado de Camilo (respirador, traqueotomía, vértebra, cuidados intensivos), y luego vino esta conversación:

—Yo jamás haría esto, Manu. Pero tienes que ayudarme. Estoy desesperada. ¿Qué significa la tal Ana Cristina para ti?

—Nada, Mari. Es una buena periodista, tiene buena voz, hace las cosas sin bulla. Pero tampoco es indispensable. Es una persona más del equipo. ¿Por qué?

—Yo nunca haría esto, entiéndeme —dice con falsa decencia—. Y si te parece muy mal que lo haga, ¿puedes hacer como si nunca lo hubieras oído?

—Tranquila, Mari. Dime lo que quieras.

—¿Tú serías capaz de sacarla del programa?

—A ver: explícame...

—Es una cuestión de orgullo, Manu. Todo el mundo va a empezar a indagar quién era la mujer que salía en el video ese que apareció en los noticieros. Y yo no quiero que se vuelva la estrella. Ni tampoco quiero que se dañe tu investigación, la de los embajadores. Camilo me comentó algo de eso y me dijo también que el Presidente le había dado órdenes de llevar a esta niña para ver cómo podían suavizar el tema.

—María, mi amistad con tu familia lleva años. Está por encima de cualquier cosa. Es cierto que el Presidente está nervioso porque llamé a pedir unos datos a la Cancillería y porque hablé con un par de embajadores. No sé qué te haya dicho Camilo, pero pídeme lo que quieras sin enredarnos. Ya te dije: aquí sólo importa que somos amigos, ¿ok?

—Bueno, entonces échala. No quiero que figure más. En cuanto Camilo salga de esto me quiero casar, quiero que todo quede como estaba.

—Déjame pensarlo ¿Tú sabes lo anti ético que es esto que me estás pidiendo? —¡como si Pombo jamás hubiera hecho algo anti ético!

—Sí, pero tú lo dijiste antes: la amistad está por encima de cualquier cosa.

—Ahora más tarde paso por ti y nos tomamos un café, Mari. Me está llamando Chipi.

—Bueno, un beso. Ayúdame. Yo sé que es algo demente, ¡pero me duele tanto todo! Y quiero que esa niñita aprenda que conmigo no se mete.

Manuel José le contestó a su mujer.

—Hola, mi vida —le dijo ella.

—Chipi, mi amor. Estaba hablando con María.

—A eso te llamaba. Es que todo esto que pasó es ridículo. ¿Tú sabías de esta muchachita con Camilo?

—No, ¡cómo se te ocurre!

—¿Cómo se me ocurre? Manuelpombo —dice la esposa con esa maña de los costeños de pegar nombre y apellido en una sola palabra, con un solo acento—. Cecilitaparicio me llamó después de la posesión y me contó que habías ido con esa niña. Yo te conozco. Tú no das puntada sin dedal. ¿Y aparece ahora en Cartagena?

¿Qué puedes decir sobre eso? Tú tuviste algo que ver en el enredo de ellos dos y ahora, si te quieres reivindicar conmigo, vas a tener que hacer algo por la pobre Mari, que está deshecha, porque y ajá.

—¡Pero ustedes están locas! Echar a una mujer cualquiera, que no significa nada en la vida de Camilo, sólo porque María quiere sacarse la espina. ¡Ahorita hay cosas más importantes!

—Ya yo te lo dije, Manuelpombo. Esa niña sale del aire o te las vas a ver conmigo. María y su familia han sido amigas nuestras toda la vida. No te digo máj.

—Para mí no es tan relevante, la verdad. Si eso quieren, eso haré. Pero Chipi, déjame decirte que es la cosa más ridícula que he visto en un par de mujeres como María y tú. ¡Qué poca altura!

—¡Así somos, qué vaina, no joda! No quiero tener que hablar más del tema. Eso está resuelto. Sea lo que sea. ¿No que la muchachita es insignificante?

—Pues como persona, sí. Pero tiene madera y ha hecho un par de cosas bien.

—¿Qué? ¿Rifar unas boletas en un parque mientras tú le gritas al aire que haga no sé cuántas estupideces? Qué va, si te conozco el caminao, Manu. No me hagas poner brava. Todo esto me tiene angustiá.

—Camilo está muy mal, te cuento. Eso sí que es preocupante.

—Yo sé. Pero no me cambies de tema. Por eso mismo es que se hace la santa voluntad de María. Que esa niñita se consiga otro trabajo y ya.

—Me está entrando otra llamada, Chipi. Ahora te cuento qué decidí.

—Tú no decides, querido. Ya yo te dije lo que hay

que hacé —y le cuelga después de un ruido de beso.

Chipi. Nunca la conociste bien. Sólo te acuerdas de ella por la comida de cumpleaños a la que te invitaron esa vez y por las sociales de todas las revistas. Se viste espectacular. A veces se le sale mucho lo costeño, pero plata sí tiene para comprarse lo que sea. Manuel José tuvo una novia cachaca con la que se iba a casar y todo. Un día se fue a Montería y vio a Chipi, que tendría en esa época unos veintidós años. Acababa de ser señorita Córdoba. Tenía un color canela casi de mentira y un cuerpo lleno de carnes duras, sobre todo en las nalgas, que se levantaban retando cualquier ley de gravedad. Ayudaba además toda la magia del Caribe: el palo de mango en el solar de su casa, el suero atollabuey, la arepa de huevo, la iguana, las cocadas, el dulce de tamarindo, y también que tenía una familia de esas que le rinde pleitesía a cualquier cachaco con apellido célebre.

Chipi era provinciana, pero refinada en sus maneras. Cada vez que emitía un sonido ponía la boca en forma de corazón y entonaba como si estuviera dando una declaración en el micrófono del concurso al que toda la vida se había muerto por ir. Sabía exactamente cuál era el momento en que los clarinetes les contestaban a los bombardines en un porro, por ejemplo, pero cuando vivió en París jamás fue a un concierto. Hacía muchas muecas de reina, se ponía una mano en la cintura para caminar y sonreía de una manera que hacía temblar a cualquier hombre. Tenía cierto aire de Lolita sin maldad, aunque no todo en ella era ingenuidad. Había vivido el machismo de su padre, que la hacía meterse al mar en camiseta, cuando iban a las playas de Coveñas y él se pegaba unos parrandones eternos con sus compadres. Por eso tenía la firme convicción de salir de Montería y de hacer una vida diferente a la de su mamá, aunque al lado de Pombo recibió casi el mismo trato, sólo que con algo más de *glamour* y una pizca menos de provincialismos. Sin embargo, tenía esa mágica cualidad de las costeñas de hacerse la pendeja y de ser un poco pendeja, pero a la larga de conseguir siempre lo que quería. Era como una pequeña Dalai Lama desprovista de sabiduría alguna. Los empleados de su casa, e inclusive su mamá, la atendían y obedecían como si fueran sus esclavos. Ella los miraba dulce y sonriente. No tenía que hacer mucho más que una carita de incomodidad que incluía pucheros eróticos, para que todos corrieran a preguntarle "qué te pasa niña Chipi, qué quieres niña Chipi, dónde te duele niña Chipi". Pombo fue con su cachaca a una parranda vallenata, invitado por el papá de Rosana del Pilar de la Espriella —así se llamaba Chipi y por eso el apodo: la última sílaba de Rochi y la primera de Pili. El tipo era un político famoso de la región y tenía negocios con el papá de Pombo. Desde que se bajaron del avión, la pobre cachaca se sentía como mosco en leche. Siempre va a ser un enigma por qué los mosquitos se tragan las piernas blancas de rana platanera de las cachacas y no tocan ni por equivocación las provocativas y doradas pantorrillas de las costeñas. Ellas están acostumbradas al sol, a la brisa, al calor, al aire acondicionado. El pelo les brilla, el maquillaje permanece intacto en sus rostros, mientras que las cachacas sudan, no saben cómo manejar el pelo, están llenas de ronchas y de ampollas y no pueden ni hablar de la ronquera y la tos que les produce un simple abanico. Las costeñas juegan de locales en su tierra. Y fue en la tierra de Chipi donde Manuel se enamoró. A la cachaca —que pensaba que bailaba bien, antes de verse haciendo el ridículo bailando un porro en medio de ninfas que movían sus caderas con la cadencia exacta—, no le quedó más remedio que resignarse y volver a su hábitat natural para vestirse con medias y zapatos oscuros, hacerse el *blower* sin que se le dañara a los quince minutos y evitar las frituras deliciosas de la costa, que se estancaban en sus muslos formando una gruesa capa de celulitis. Claro que a Chipi le costó trabajo jugar de visitante cuando Pombo la trajo a vivir a Bogotá. Pero para ese entonces la batalla ya estaba dada: la suerte de la costeña, la cachaca la desea. Por más provincia, por más machismo y por más calor, no hay presentación en sociedad detestable que valga: una cachaca le vendería su alma y toda su sensatez al diablo, con tal de vivir dos minutos en el cuerpo dorado de una costeña.

Esa es Chipi, la mujer que acaba de convencer a su marido para que te eche como a un perro del trabajo y que se trajo a su nana de toda la vida a Bogotá para que le cuidara a su hija, Julieta, la que en pocos días se irá a Miami a visitar a su amiguita Manuela. Sí, esa, la alumna de Miguel con tetas recién nacidas.

41

¿Cuál es la justificación para querer desaparecer del mundo? Ninguna. Con un simple dolor de estómago basta. Tu cabeza maquina, quieres encontrar una razón de peso, pero nada pesa. Lo único que pesa es un cansancio adormecedor en los ojos. Y algo visceral que te lleva a sentir que no tienes el lugar que te mereces en el mundo. Pura pataleta de niña chiquita, mezclada con culpas. No viste bien. No mediste nada. Miguel estará llorando a su hermano en este momento y, aunque te crees la única persona en el mundo para consolarlo, él no quiere ni verte. A veces recobras la sensatez y te dices: "Estoy traumatizada por el accidente de Cartagena, es algo así como la suma de todos los miedos: una concatenación de eventos que de ninguna manera se pueden sumar". Pero como la que suma ahorita no es la registradora madre de todas las neuronas, sino un corazón hinchado y arrepentido, empiezas a sumar y el total te da = Panadol. Tampoco es que lo pienses mucho. Vas manejando tratando de concentrarte y espantar los malos pensamientos. Bueno, eso crees porque poner el radio a todo volumen con un disco de Radiohead no ayuda mucho. Quieres llevarte hasta el fondo de todo esto y

Thom Yorke es bueno en estas lides, el mejor de los guías: "señores y señoras, a su derecha se encuentra Camilo Urrutia paralizado en cuidados intensivos. Si giran sus cabezas encontraran, justo al otro lado, a Miguel con su hermano muerto. En el medio se encuentra esta mujer de nombre Ana Cristina, pero no tiene importancia, porque ya no trabaja con Pombo. Sigamos para que puedan ver más adelante a María, una novia engañada y desesperada". No te sale la voz para acompañar a Yorke: *you´d kill yourself for recognition / kill yourself to never ever stop...* Pero vas muda en tu carrito de Disney guiado por este muñequito de video. *It´s the best thing that you ever had / the best thing that you ever eeever had...* En otros vagones van personas de más edad y con cuadros mucho más patéticos. Sus cuentas sí están bien hechas y están tan claros que no les dan = Panadol. No. Lo de ellos es determinante: tiro en la sien, salto al vacío desde un doceavo piso, corte perpendicular de venas, envenenamiento con cianuro. Al menos ya llegaste a la finca. Don Pedro te pregunta que qué son esos ojos tan hinchados. Lo miras como "qué le importa" y él cierra el portón al tiempo que tú parqueas el carro.

Para seguir con la pesadez, pones una canción de Jeff Buckley. *When I think more than I want to think / Do things I never should do / I drink much more that I ought to drink / Because it brings me back you...* Abres la botella de vino, te tomas tres vasos. Pones la canción varias veces: *Lilac wine is sweet and heady, like my love / Lilac wine, I feel unsteady, like my love / Listen to me... I cannot see clearly / Isn't that she coming to me nearly here? / Lilac wine is sweet and heady where's my love? / Lilac wine, I feel unsteady, where's my love*. Panadol *night:* Paracetamol, diphenhydramine hydrochloride. Hay sólo cinco pastillas. *Listen to me, why is everything so hazy? / Isn't that she, or am I just going crazy, dear? / Lilac Wine, I feel unready for my love...*

Te acercas al borde de la piscina ya mareada por el efecto del Panadol y de los vinos. Tu cabeza da vueltas y te tambaleas de un lado al otro *—why is everything so hazy*. Sólo se oye el ruido de las chicharras y de los sapos. No hay nadie en la finca. Oyes la voz de tu abuelo, aunque nunca antes la has oído. "Ana Cristina, a la una, a las dos y a las tres". Sientes el frío por tus huesos medio adormilados *—why is everything so hazy*. Recuerdas una a una las veces que te sumergiste en el agua con tus gafas y tu gorrito. Imaginas que estás nadando como solías hacerlo, pero tus extremidades no responden. Sientes que puedes aguantar la respiración hasta el infinito. ¿Qué esperas, Ana Cristina, que venga Pedro, el mayordomo? Ya viene, tranquila. Sólo es cuestión de segundos. Te vas a despertar. Pero no te van a llevar a ningún centro de salud. Con un par de golpes en el pecho vas a escupir el agua que estaba ahogándote. Los panadoles no fueron suficientes. Estás intoxicada, adormilada, pero alcanzas a reaccionar y le dices a Pedro entre susurros que no llame a nadie, que te vas a poner bien de un momento a otro. Él te lleva a tu cuarto, te tapa con una cobija y te quedas dormida. No hay enfermeras, no hay paredes blancas. Sólo vas a dormir muchas horas seguidas, casi dos días. Para cuando te despiertes, Pedro por supuesto habrá llamado a tus papás y ya estará tu mamá al pie de la cama, cogiéndote la mano y esperándote para no preguntar nada, para abrazarte y no preguntar nada, porque es la única que entiende que no hay que entenderte. Un médico discreto que siempre ha atendido a la familia se hará cargo en la finca y nadie tendrá por qué enterarse. Cuando te despiertes, Anacrís, tu vida va a ser la misma: llena de laberintos y de preguntas, pero realmente sin mayor sobresalto. ¿Qué querías, que todo acabara en una tragedia de esas en que la gente llora y la vida tiene un punto de giro que todo lo cambia? No, Anette. La vida es simple, aunque tú te empeñes en querer complicarla. No es tan romántica como los románticos querían que fuera. No hay nada tan grave como para que te sientas excepcional. Judas, Vincent, Ernest, Marilyn, Julieta...Alfonsina. ¡Tú sí eres cursi, Anette! Si esta vida está llena de preguntas tontas, de acontecimientos que, más que los de una novela, parecen los de una serie de televisión. ¿Entiendes a qué me refiero? Nada es tan importante, tan crucial, tan determinante. Nadie tiene parlamentos apremiantes como los de Shakeaspeare. O, bueno: en realidad todos los tenemos y eso hace que no sean tan apremiantes.

Alguna vez te explicaron qué era una multiplicación y se te hizo complicado. Cuando superaste eso, te enseñaron álgebra y pensaste que ese era el nivel más enredado que podía adquirir tu existencia. Después vinieron las factorizaciones, las derivadas y, aunque no aprendiste nada de eso, la vida sigue complicándose, el ser humano sigue siendo una x para despejar en la que cada día juegan más y más elementos. La ecuación nunca se detiene, nunca deja de hacerse más compleja. Y al final, somos sólo una x despejada, como tú, tirada en el borde de la piscina, queriendo complicarlo todo de nuevo, buscando que la x jamás se deshaga de todos sus vericuetos.

Lo que pasa a tu alrededor no te pasa a ti, como bien dijo Miguel. El destino no existe. Es un mal sueño largo, una tonta película de espantos, un túnel que no acaba, lleno de piedras y de charcos —dice Robi, el paisano de tu ex. Y aunque creas que eres la más sensible, que nadie entiende como tú la vida, que esto que sientes tú no lo siente nadie, lo sentimos todos. Todo el tiempo. No hay tregua. Volverás a tu vida, la misma que tenías, esa que está hecha de cosas insulsas: de los zapatos que te quieres comprar, de los ladridos de tu perro, de los viajes rutinarios hacia el trabajo, de personas que, como tú, buscan explicaciones que no existen. Al menos te queda esa satisfacción: que tú y otros cuantos más sí se preguntan. Quién será más feliz: una modelito de *Happen* que nunca se pregunta nada, o tú, que estás queriendo preguntar todo una y otra vez. ¿Tal vez ella? Ya nunca lo sabrás porque no hay manera de aligerar tu ecuación, que tampoco es que sea la de un gran genio, como Dalí o Hawkins o Beethoven. A lo mejor Einstein alguna vez se preguntó quién sería más feliz: si una locutora joven, que sólo piensa en ir a nadar y en querer a su perro, o él, que sí se la pillaba en serio.

Volverás a tu vida por más que no quieras. Tendrás la gran ventaja de no tener que contarle a nadie lo del Panadol. Sólo lo saben cuatro personas: tu mamá, tu papá, el médico y Pedro, que de todas maneras debe tener su versión tergiversada del tema. Y yo, por supuesto, aunque dures años sin confesármelo.

Bueno...en Vistahermosa lo van a saber una cantidad de personas que nunca te van a conocer o a las que tal vez algún día les pidas una cocacola o un paquete de cigarrillos. "Esa es la niña Calderón, la que se tomó unas pastillas y casi se muere". Y tú estarás lejos del episodio del Panadol y la piscina, porque tu vida tomará rumbos aún más complejos, así no vuelvas a ver a Miguel, así Felipe sí haya tenido los cojones para matarse, así Chico Migraña nunca pueda estar celoso del perro de pañoleta azul, así Adrienn se muera con la ilusión de encontrarse con Elisa, así el niñito enamorado de la vieja que viste en la Cherokee sea un eyaculador precoz para siempre, así Julieta nunca le hable a su papá y su papá jamás vuelva a mencionarte a ti, así te llame Justin Hall y te cueste enamorarte de él. Así te cueste, Cristica. Tú nombre no es ninguna premonición.

¿Cuándo es el final? ¿Cuándo se despeja completamente la x? La ecuación nunca acaba, Anacrís. Las posibilidades de abrir ventanas en tu cabecita, como en un computador, son infinitas. Puedes hacer clic hasta el cansancio. En algún momento unas ventanas se cierran solitas, otras las tendrás que cerrar tú. Pero el disco duro jamás te dará tregua, como tampoco lo hará tu corazón. En menos de lo que canta un gallo estarás regañando a tu perro, hablando con La Toñi por teléfono, enamorándote, incluso sabiendo que no estás lista para el amor. Nunca vas a estar lista para vivir. Nadie lo está y, sin embargo, aquí estamos. Párate, niña. Y sacúdete, que aquí no ha pasado nada. Puedes estar segura, como que me llamo María Antonia.